El despertar de
Anubis

El despertar de
Anubis

Relatos de un dragón.

ALAN CHAVEZ A.

Para realizar pedidos de este libro, contacte con:
Palibrio LLC
1663 Liberty Drive
Suite 200
Bloomington, IN 47403
Gratis desde EE. UU. al 877.407.5847
Gratis desde México al 01.800.288.2243
Gratis desde España al 900.866.949
Desde otro país al +1.812.671.9757
Fax: 01.812.355.1576
ventas@palibrio.com
500306

ÍNDICE

AGRADECIMIENTOS

Una vez más este libro esta dedicado a mi Mama, y a mis hermanas quienes siempre han creído en mí. A mi esposa Maya a quien amo y es una parte fundamental en mi vida, de igual manera se lo dedico a mi familia política de Japón. También le doy las gracias a Ángel Cano quien realizo una excelente ilustración para la portada y me tuvo mucha paciencia con los cambios. Al igual se los dedico a aquellas personas que no se rinden por alcanzar sus sueños a pesar de los obstáculos que se interponen en la vida.

"Nunca olviden que los límites solo existen si nos los imponemos nosotros mismos".

Alan Chávez A.
Noviembre 2013

LA CEREMONIA DE CORONACIÓN

Año 3113 A.C.

Todo comienza en la gran Metrópoli perdida que todos los humanos nombran en leyendas como La Atlántida, su nombre real es Shambala. La ciudad brillaba con luz propia. Existían grandes edificaciones de mármol, palacios que pertenecían a los nobles y a los Agharti; quienes siempre fueron muy ajenos a presentarse en público, pues ellos vivían en la parte más alta de la urbe.

Los nobles habitaban en modestas residencias, fueron los primeros humanos que adquirieron los conocimientos de los Agharti y su longevidad era mayor que la de los humanos promedio. Existían ancianos que tenían más de 300 años.

Los esclavos vivían en el centro de la ciudad y otros más en las costas de la isla, los cuales fueron traídos de tierras cercanas, principalmente del África o del Continente Americano (Estos continentes serán nombrados así en algunos miles de años).

Proliferaban los sirvientes de piel morena clara, ya que los nativos americanos en especial las mujeres, emanaban una sensualidad difícil de pasar desapercibida para los nobles, quienes en muchas ocasiones llegaban a tener hijos con ellas y muy pocos niños sobrevivían a los celos de la esposas de los nobles, A excepción de las mujeres que gracias a su belleza natural sus propios padres las salvaban. Esto causaba que el Incesto fuera común. Las enviaban a las costas o a los establos, fuera de la vista de los demás nobles, para así frecuentarlas.

La razón de porque la ciudad brillaba como si tuviera luces de neón color azul en sus edificios se debía principalmente a las Piedras Sagradas provenientes de la fuente de poder más grande que haya existido, la poderosa piedra Ben Ben, la cual está conformada por dos partes que se equilibran entre sí, una es utilizada como fuente de poder de toda la ciudad, y genera energía para los vehículos en forma de mantarayas y tiburones; Inspirados en los animales que sirven como guardianes de la ciudad. Mientras que la otra mitad de la piedra Ben Ben controla el flujo de energía, y la equilibra con todos los demás habitantes ya que está conectada con el DEVACHAN de los humanos. Ambas piedras unidas son del tamaño de una manzana y han permanecido en la cima de la pirámide Inkalitun edificada en el centro de la población desde que fue fundada hace muchos siglos atrás.

Los Agharti, tienen sus propias piedras que derraman su poder independiente tanto para ellos mismos como para sus vehículos personales, los cuales son de enorme tamaño y son muy poco utilizados, ya que regularmente no viajan grandes distancias, y prefieren transportarse en vehículos convencionales las pocas veces que hacen acto de presencia en la ciudad.

Hoy particularmente se celebrará la coronación del Príncipe Amon como sucesor de su padre, el Rey Lobsang.

La ceremonia se llevará a cabo en la cima de la pirámide Inkalitum, en donde se encuentra la sagrada piedra Ben Ben.

Todo en el lugar esta ataviado con figuras de peces, ballenas, delfines y animales terrestres como el chacal, el León, el carnero, el buey, etc. Son animales que representan a los guardianes a cada uno de los Agharti. En esta ocasión el animal más visto es el Águila Real tótem del Príncipe Amon.

Los adornos colocados en los puertos y en los barrios bajos, son en su mayoría hechos de grandes hojas de arboles recortadas con la figura de los animales aunque en los barrios altos, los adornos son confeccionados con telas finas e incrustaciones de oro, todo con tal de atraer la atención de los Agharti y hacerlos sentir dichosos de sus sirvientes y seguidores, como muestra de agradecimiento por permitirles existir en un país de ensueño como lo es Shambala.

Se observan a través de las grandes avenidas, tiendas o mercadillos en donde venden telas, animales muertos traídos de los diferentes continentes para su deleite gastronómico o por sus pieles, tiendas de muebles labrados en mármol o en fina madera proveniente de América revestidos con las más suaves telas y rellenas de plumas de ganso, para una mayor comodidad de los clientes.

Se destaca que entre estos espacios comerciales no existe muestra alguna de armas, ya que la paz abunda y la guerra es un concepto que no conocen los habitantes de esta bella isla. Los Agharti siempre han puesto orden entre sus habitantes y no les falta ni comida ni techo a los que moran sus tierras. Aunque uno de los artículos que proliferan son los medallones provenientes de las profundidades de la Pirámide Inkalitum, en donde radican las piedras de poder y se encuentran conectadas con la Piedra Ben Ben, y como recalqué anteriormente, dichas piedras son puestas en los diferentes vehículos y ayudan a conseguir energía para que se muevan, o en las casas se colocan en especies de lámparas que cuelgan de los techos para ayudar a iluminar las moradas, pero una de las funciones de las piedras que es menos aprovechada ya sea por evitarse la fatiga o porque no les interesa a los humanos, es el de utilizarlas para desarrollar sus poderes mentales o controlarlas de manera adecuada. Aunque ese tema no es de mi interés, ya que me siento conforme con que mi pequeña protegida, en verdad le intriga esta actividad, y puede pasar hasta ocho horas diarias buscando la manera de como controlar su telequinesis a voluntad.

Por cierto, mi pequeño y modesto templo se encuentra a un lado de la pirámide Inkalitum.

Siempre me han gustado los lugares cómodos y no tan ostentosos, así que cuando me dieron a escoger como quería mi lugar de descanso, pedí un lugar como este: muros de mármol, adornados de pinturas de algunos de mis antepasados y parientes dragones, los cuales en su mayoría aún se encuentran con vida alrededor de la urbe. Los más jóvenes, la mayoría están en búsqueda de aventuras en el mundo. Y claro, no podía olvidarme de lo que podría llamarse cama, que esta hecha de heno cubierta de telas exóticas como la seda, aunque para ser honesto, este pequeño detalle es un capricho mío.

La pequeña niña que está a mi cuidado, de nombre Anatis, es proveniente del continente americano. Fue recogida por el Rey Lobsang en uno de sus tantos viajes, aunque sospechosamente tiene un parecido increíble con él, especialmente en la forma de los ojos tan pequeños y llenos de misterio.

Anatis solo tiene 10 años de edad, es muy inteligente y decidida. Físicamente la hacen una niña bonita: su piel color arena, su boca grande, con una sonrisa muy alegre, de mirada firme e intrigante; Nunca saben lo que piensa, pero yo, siendo Dragón, no me es difícil adivinar lo que tiene en mente, también cuenta con un cuerpo delicado y puedo asegurar que para cuando crezca, tendrá una figura imponente y bella, aspecto que ha resaltado el rey cada vez que viene a visitarme, ya que asegura que su madre así era.

La niña y yo, ya hemos pasado tres años juntos compartiendo conocimientos y pequeñas travesuras que solemos a hacer a nuestros vecinos, como aquella vez en que la convencí en que pintara en los muros de nuestro vecino, con el jugo de las frutas que me obsequian como tributo, pero que no me gustan ya que me dejan la boca manchada por varios días de color verde y no va conmigo ya que soy de color arena. Pero como les decía: la convencí que pintara la leyenda: "Cuidado con el dragón, porque muerde", cosa que no le causó gracia al vecino, un viejo regordete que sólo se limita a besarle los pies al primer Agharti que cruce su camino, no importando quien sea, todo con tal de que le den la clave de la eterna juventud, algo que es muy preciado por los humanos de la ciudad, esto se debe a que sólo los ancianos sabios han logrado ser merecedores de dicha fórmula, y no existe ninguno con aspecto joven que tenga menos de los sesenta años de edad.

Anatis gusta de pasársela conmigo todo el día escuchando mis historias sobre los Agharti, y las piedras Ben Ben, ella siempre ha tenido la curiosidad de aprender a desarrollar los poderes de su mente, tal como lo han hecho los pocos humanos capaces de controlar la telequinesis y el manejo de la energía interna, y en estos tres años, ha logrado unos pequeños avances significativos como mover por medio su mente las cubetas del agua, lo que le ha costado mucho trabajo, pero gracias a la Piedra Ben Ben que le regaló el Rey Lobsang cuando la trajo conmigo, ha logrado conseguir sus pequeños avances, y gracias a mi modesto entrenamiento y disciplina que he compartido con ella, se han conseguido buenos resultados.

Me agrada mucho su compañía, ya que cuando la trajeron a mi lado yo tenia poco de haber llegado a Shambala, y de eso ya tiene más de tres años. Anteriormente vivía al lado de mis padres y hermanos en el continente europeo, de donde provenimos la mayoría de nosotros, LOS DRAGONES. Algunos son anfibios y nacieron en el mar y fueron criados por los Nommo, una raza estrechamente relacionada con los Agharti, pero que sólo pueden subsistir bajo el agua y que rara vez pisan la superficie terrestre, y cuando es así, lo hacen acompañados de cascos especiales que les suministra su respectivo oxigeno.

Anatis con regularidad me trae noticias del pueblo y de las costas, ya que por lo regular, no suelo salir mucho de mis aposentos, puesto que los Agharti nos tienen controlados a los dragones para que nuestro enorme tamaño no espante a los visitantes del pueblo ni a los moradores, debido a que se sienten intimidados ante nuestra presencia. Así que mientras que ella no está, me dedico a leer los manuscritos que me hacen llegar los esclavos del rey, en ellos se me mantiene al tanto sobre las condiciones de la ciudad y sus habitantes, como algunos chismes o en todo caso, noticias directas del Rey con respecto a su salud y como van los preparativos del ascenso de su hijo al trono. El Rey a pesar de ser el más poderoso y sabio de los Agharti, es una persona muy alegre y siempre ha impedido que los demás Agharti se apoderen de las principales piedras Ben Ben, que son muy codiciadas por ellos, debido al poder que estas contienen, ya que pueden despertar los poderes para gobernar al planeta o aumentar sus poderes mentales aun más que sus respectivas piedras independientes. Esa es la razón principal, por la que el Rey, me tiene como guardián de la pirámide Inkalitum, ya que por mi enorme tamaño de veinticinco metros de largo y mi juventud de cuarenta años humanos, es lo que me proporcionan la suficiente fortaleza para proteger a las Piedras Ben Ben, aunado a que el Rey siempre ha cuidado de mi y me ha otorgado varios conocimientos importantes gracias a los manuscritos que me hace llegar seguido, con todo esto y más me he convertido en una criatura de enorme confianza para el.

Con mis garras extiendo los pergaminos escritos en enormes letras para que pueda leerlos sin problemas, y hay uno de ellos que me tienen preocupado, ya que el Rey me pide que me mantenga alerta en la ceremonia de hoy, ya que sospecha que Anuket, la Agharti a quien consideran Diosa del Agua, esta tramando junto con Neftis, una conspiración contra el Príncipe Amon. Por esta razón me pide que salga de mis aposentos y que vigile la isla desde los cielos, para prevenir cualquier percance., Y también me pide que lleve conmigo a Anatis, ya que no quiere que corra peligro la pequeña.

Han comenzado al fin las festividades. El pueblo esta lleno de extranjeros y después de mucho tiempo vemos a un gran número de

Agharti reunidos, y no esta de más, ya que la coronación designará a su próximo rey, quien no sólo gobernará la ciudad, sino que a toda la vida que hay sobre el planeta entero, incluyendo los cinco continentes, lo que vuele por sus aires, y todo lo que viva en sus mares. Sin lugar a dudas es un evento sin precedentes.

Mientras vuelo por las costas de la isla, llevando en mi lomo a Anatis, hago piruetas en el aire para divertirnos un poco, ya que la vigilancia siempre me ha parecido aburrida, y la compañía de la pequeña me impulsa a divertirnos un poco. Pero tras la diversión nos percatamos de que todos los Nommo van llegando a los puertos, algunos en sus vehículos representativos, muy parecidos a los submarinos que se verán hasta el siglo XXI. Los demás arriban nadando, o montados en animales marinos, así que podemos observar ballenas enormes, carrozas tiradas de delfines o por mantarayas.

La Diosa de piel Azul como el mar y de esbelta figura con espesa cabellera blanca, Anuket, viene montada en Leviatán, la serpiente marina legendaria, la cual mide alrededor de cincuenta metros de cabeza a la cola, con escamas de color azul claro como el cielo de enormes aletas en la cabeza que por alguna razón inexplicable para mí, le ayudan a volar por los cielos. Esto no me agrada nada, ya que las bestias legendarias como Leviatán, los Dragones, Minotauros, Ciclopes, entre otras criaturas, que solemos ser de gran tamaño, no se nos es permitido presentarnos ante los Agharti sin autorización de ellos, para no ocasionar revueltas en las ciudades o entre sus habitantes.

Tendré que vigilar a Leviatán muy de cerca, sólo espero que no pase a algo mayor en esta exhibición de criaturas acuáticas, ya que a mi parecer son muchas para escoltar a la única persona que puede entrar a la ciudad, la cual es Anuket.

La ceremonia da comienzo. En lo alto de la pirámide Inkalitum se encuentra el Rey Lobsang, de piel blanca lechosa, quien aparenta una avanzada edad gracias a su cabello canoso y su mirada tan dura pero a la vez compasiva Ha visto muchas batallas y el surgimiento de muchos imperios en este mundo; junto a él se encuentra el joven príncipe Amon, acompañado por su madre la Reina Mauth, ambos son de piel algo obscura ya que suelen pasear durante casi todo el día por las costas y adentrarse en los bosques de la isla ya que aman la naturaleza, y los jardines son bastante vastos. También se encuentran a su lado los Virreyes Isis y Osiris, ambos provenientes del continente Africano, es por ello que tienen la piel morena muy representativa en ellos; junto a ellos esta Neftis y su hijo Anubis quien irradia juventud acompañada de una fortaleza que bien va con su terso rostro, como si fuera sacado del molde de uno de los tantos centinelas de piedra que adornan los templos egipcios, aunque cabe destacar que tiene un parecido increíble con Osiris, pero esa noticia ya es algo vieja, ya que Osiris suele ser muy promiscuo, y en lo personal no dudo que Anubis sea su hijo, y con mas razón debido a que Isis suele permanecer mucho tiempo en Shambala, al lado de la Reyna Mauth.

Anuket susurrándole al oído a Neftis, parece que se secretean algo importante como para que no se enteren los demás. Le pediré a uno de los mensajeros del rey que las vigilen, mientras tengo que seguir con mi recorrido por la ciudad.

"¿Porque la serpiente marina que llamas Leviatán, se dirige hacia la ciudad, Bahamut?" - Es la inocente pregunta de Anatis que me hace dar vuelta hacia la entrada de la ciudad y detener el avance de Leviatán, ya que no puede pasearse arrastrándose por las calles. Pero mientras sobrevuelo la entrada a la ciudad, noto venir flechas hacia mi ser y apenas logro eludirlas. - ¡Qué demonios esta pasando?- Tengo que dar la alarma, así que lanzo una gran bocanada de fuego hacia una de las pilas de madera que esta en una de las torres de la puerta de la ciudad, para que el fuego y su humo sirvan como alarma para prevenir a los guardias de la ciudad. Ya que tengo que encargarme de Leviatán, tendré que aterrizar frente a él, para detener su paso en seco. La velocidad en que bajo es demasiada, así que le grito a Anatis que se agarre lo más fuertemente posible de donde pueda.

Aterrizo con fuerza en el piso, extendiendo totalmente mis alas frente a las puertas de la ciudad, y provoco que Leviathan trate de levantarse del suelo para enfrentarme, pero no se lo permito y le lanzo una gran bocanada de fuego que lo derriba. Pero no logro hacerle el daño necesario, por lo que sostengo su cuerpo con mis patas traseras y me alejo con él hacia la playa. Pero tiene una fuerza descomunal se mueve de un lado a otro para soltarse y su cuerpo tan largo le ayuda demasiado, ocasionando que se zafe por completo, pero al caer logra darme un coletazo que me marea un poco y mientras va cayendo gira su hocico hacia mi para dispararme con una ráfaga de agua, que me pega de lleno y descontrola del vuelo, haciéndome precipitarme hacia el piso, trato de maniobrar para no caer encima de Anatis y lo único que logro es caer sobre un costado e inmediatamente trato de reincorporándome en mis cuatro patas, y apenas lo consigo. Al recuperar un poco más el sentido, me veo rodeado de una gran cantidad de los Nommo, quienes portan lanzas que disparan una especie de rayos aturdidores en las puntas. No tengo que dejar que me entretengan mucho tiempo, debo detener a Leviatán, no permitiré que entre a la ciudad, no importa que se proponga, pero no se lo permitiré. Así que emano el suficiente fuego cerca de donde me encuentro, para impedir que los Nommo se acerquen y así volar lejos de ellos.

Ya una vez en el aire, me doy cuenta de que todos los Nommo que venían acompañando a Anuket se dirigen también hacia la ciudad portando sus armas en la mano, ya sea por Tierra o por aire montados en sus vehículos van destruyendo todo a su paso, al igual que las criaturas marinas están destruyendo las flotas de naves y barcos de los muelles. ¿Pero qué diablos esta sucediendo aquí? Debo dirigirme ante el Rey Lobsang cuanto antes y advertirle, antes de que Leviatán llegue con su ama Anuket.

Bien, estoy arriba de Leviatán, ¿Pero como lo detengo o entretengo para que yo pueda ir con el Rey? ¡Ah!, Ya sé, esa torre de vigilancia me ayudará, sólo debo lanzar una bola de fuego concentrada en su base, en el momento justo para que le caiga encima a la bestia rastrera. Bien, aquí voy. Concentro suficiente fuego en mi boca para formar una gran bola de fuego y la lanzo… ¡Ahora! Perfecto, justo en el blanco, toda la Torre le cae encima a Leviatan, tardará un rato en reponerse pero servirá; Debo ir al centro de la ciudad y avisar. Esta torre ya no me servirá, así que lanzaré cuantas bolas de fuego pueda en las pilas de madera de las torres de vigilancia siguientes en un sólo tiro para que nada más retrase mi vuelo camino a la pirámide Inkalitum…Apunto, disparo, y otro tiro perfecto. Muy bien, llevamos una, ahora la que sigue.

Tras atinarles a las siete torres que tenia en el camino por fin he llegado al centro de la ciudad, pero no con agradables noticias, y sin tomar en cuenta las advertencias de los guardias para que no me acerque al Rey, logro conseguirlo sorprendiendo a todos los presentes, y le informo sobre la traición de Anuket, señalándola con la mirada, pero es demasiado tarde, ya que no se encuentra entre los demás, así que sobre vuelo un poco y veo que esta en la cima del techo del templo, dirigiéndose al cristal Ben Ben, pero no se lo permito, y le lanzo una bocanada de fuego para detenerla. Un momento, que es ese brillo en su mano. Una ráfaga de poder viene hacia mí, pero es demasiado tarde para eludirla, me dará de lleno golpe.

Ya me preparo para el impacto del rayo tapándome con mis alas, pero no recibo ningún golpe, no creo sinceramente que haya fallado, y al quitar una de mis alas para ver que sucedió, me doy cuenta de que el Rey Lobsang se interpuso entre la ráfaga y yo con una especie de escudo proveniente de su mente. ¡Vaya que si es poderoso el Rey!

Anuket no cesa en su intento por robar la piedra Ben Ben, y loga apoderarse al fin de ella en el momento en que el Rey le lanza también una ráfaga de energía haciéndola caer con ambas piedras, de las cuales logra apoderarse de una de ellas y antes de que se apodere de la otra, el Rey la atrae hacia su persona con telequinesis.

Anuket viendo que no tiene posibilidades ante el poder del Rey, se resigna y al voltear hacia sus alrededores para analizar su situación, regresa la mirada hacia nosotros pero de manera muy confiada se deja caer desde la cima de la Pirámide al vacio, y antes de que podamos alcanzarla, escuchamos un chiflido y vemos como emerge ella montada en Leviatán surcando los aires y elevándose ambos hacia las nubes, antes de que yo pueda alzar el vuelo, ella activa el poder de la piedra y logra lanzar poderosas ráfagas de energía que destruyen gran parte de la base de la pirámide, provocando de esta manera que comience a derrumbarse.

Maldita Anuket, se lleva una mitad de la Piedra Ben Ben, debo detenerla, pero ¿Qué puedo hacer? ¿Ir por ella o salvar a los Agharti que aún se encuentran en la pirámide?

Pero por perder el tiempo en tomar una decisión, no me percato de que la estructura que sostiene el techo del templo se desploma, junto con el Rey Lobsang. Tendrá que esperar Anuket, primero lo primero. Me lanzo hacia donde se encuentra el Rey y permito que el techo caiga en mi cabeza.

Mi lomo junto con Anatis queda libre de peligro al igual que el Rey quien desciende sin problemas encima de él. Todo el peso se encuentra en mi cabeza, y no creo soportarlo por mucho tiempo, así que decido mejor lanzar los escombros a un lado sin que pongan en peligro a alguien, y le pregunto al rey si se encuentra bien. El me responde que sí; no le sucedió nada, que debo ir tras Anuket, también me pide que prometa cumplir con la gran misión que marcaria mi vida por toda le eternidad: Que proteja la otra mitad de la Piedra Ben Ben, y que no permita que caiga en manos equivocadas, ya que se trata de la mitad que controla el DEVACHAN y que puede despertar el gran poder mental de quien la posea. Afortunadamente a los Dragones no nos influye en lo absoluto el sentimiento de poder. Lo que más me sorprendió es que me pida que cuide de Anatis y la proteja con mi vida, revelándome que en realidad se trata de su hija, y que le enseñe todo lo que el me enseñó sobre los Agharti, el origen de los Dogon (o humanos, como prefiero llamarlos), y que la ayude a desarrollar sus poderes mentales con ayuda de su Piedra Ben Ben, pero sobre todo que ayude a la raza de los Dogon en su lucha contra los Nommo y quienes atenten contra ellos.

El rey decide introducir la Piedra Ben Ben dentro de mi cuerpo, con ayuda de sus poderes mentales y la deposita junto a mi corazón, para que así nadie intente apoderarse de ella. Después de tal acción, le pido que suba en mi lomo pero se niega a hacerlo, ya que su deber es proteger a los Dogon y a los demás Agharti. Me dice que vaya tras Anuket y la detenga, y que de momento deje atrás a Anatis para que la cuiden, la reina y su hijo, y no corra peligro. No me agrada mucho la idea pero debo de acatar sus órdenes. Levanto el vuelo y al voltear hacia lo que queda de la pirámide, me alejo viendo como Anubis se acerca al rey, y se pone a salvo con ambos.

Surco los cielos a toda velocidad, hasta que por fin logro darles alcance a Leviatán quien lleva en su lomo a Anuket, así que preparo mi fuego y les disparo sin cesar, pero no logro atinarles, ya que el vuelo de Leviatán no tiene una trayectoria definida y pareciera como si zigzagueara por lo que logra evadir las bolas de fuego, hasta que al final una le pega en un costado muy cerca de donde va montada Anuket. Logrando llamar su atención hacia mí, por lo que Anuket detiene rápidamente el vuelo de Leviatán y sosteniendo con la mano derecha en alto la piedra Ben Ben, comienza a lanzarme ráfagas de energía con su mano izquierda, pero las eludo hábilmente, hasta que ella se harta de fallar constantemente y con las dos manos dirige la piedra hacia mi, logrando lanzarme una gran cantidad de enormes ráfagas de energía, de las cuales logro esquivar unas cuantas hasta que una de ellas logra alcanzarme y darme en una ala, permitiendo que las demás me peguen de lleno, hasta que por fin me derriban, lo último que logro ver en mi caída antes de desmayarme, es la costa de la isla llena de Nomos. Bueno, por lo menos caeré en varios de ellos, así que mi caída no será en vano. Lo siento, Rey Lobsang, no pude recuperar la Piedra Ben Ben, le he fallado.

CAIDA Y HUIDA DE SHAMBALA

Me siento extremadamente mareado, mi visión aún sigue nublada tras ese ataque de Anuket, no sé en donde me encuentro, tengo todo el cuerpo adolorido. ¿Acaso me encontraré aún en las costas de Shambala encima de mis enemigos, o será que ya me hallo muerto y esta es la sensación que se siente antes de ser trasladado al mundo de los muertos? No lo creo, ya que siento una gran corriente de aire golpeando contra mí, pero con más fuerza en comparación de cuando suelo volar, y no me queda otro remedio que intentar abrir los ojos para ver que es lo que esta sucediendo. Nunca creí estar tan adolorido como para que la sencilla acción de abrir los ojos me cueste tanto trabajo realizarla. Todo esta muy obscuro, parece ser que al fin anocheció, y estoy atado al parecer en la parte superior de una nave, y mover el cuello aunque sea un poco, es sumamente doloroso. Tengo que saber en donde estoy y porque voy a tal velocidad volando por los cielos.

En cuanto comienzo a mover un poco el cuello, escucho la voz de Anatis a mi lado, la pequeña se preocupa por mí, y al parecer ha permanecido a mi lado protegida gracias a un campo de energía que genera gravedad independiente que la mantiene a salvo. La pequeña me pide que no intente moverme, porque tras la batalla contra Leviatan quede muy herido, y en eso tiene toda la razón. También me explica que me encuentro en la parte superior de la nave de Amon, y que nos dirigimos a la ciudad de Uaset, que tiempo después los griegos la bautizarían como la antigua ciudad de Tebas. Uaset es la ciudad en donde habitan Osiris, Isis, Anubis y su madre Neftis, y es ahí a donde nos dirigimos los antes citados, más Amon, junto a la reina Mauth, y unos cuantos sirvientes del Reino.

Anatis agrega que despúes de que quede inconsciente tras mi caída, Anuket logro huir con la Piedra Ben Ben, y justamente cuando los guardias se disponían a alcanzarla en sus vehículos, repentinamente se comenzó a ir la energía de la ciudad, y a dejar de funcionar todos los vehículos, y desafortunadamente los guardias caían de sus aparatos voladores y se precipitaban al vacio. Mientras que algunos Nommo aprovechaban para atacar a los ciudadanos indefensos otros se internaban en la ciudad disparando con sus armas de energía a las casas, las cuales se incendiaban inmediatamente gracias a las cortinas que servían como adornos de las mismas, o directamente a los tapetes bordados con telas y sedas finas provenientes del continente africano. Además los muy malditos disparaban a los techos cubiertos con paja para que se incendiaran las casas de los poblados bajos en donde vivían los esclavos y los habitantes de pocos recursos.

Los mercaderes y pescadores defendían sus chozas con las armas improvisadas que tenían a su alcance, como arpones, palos, piedras, escobas, y demás cosas con que pelear pues como les había contado antes, los ciudadanos de Shambala eran pacíficos. Todos lucharon cuanto pudieron, teniendo como estrategia esperar cautelosamente para lanzar redes desde los techos para capturar a los invasores que caían en la trampa, y abalanzarse contra ellos, quitarles sus armas y utilizarlas contra quienes amenazaban a sus familias y hogares. Todos hicieron lo que pudieron, hasta que entraron a la ciudad los soldados más fuertes de los Nommo, una especie de gigantes parecidos a centinelas metálicos, con grandes armaduras pesadas que son difícil de penetrar con las armas rudimentarias de los pobladores de Shambala y aún con ayuda de las armas de los Nommo, no lograban detener a estos centinelas bien protegidos, quienes comenzaron de repente a disparar grandes rayos de energía provenientes de sus brazos contra todo lo que estuviera a su paso, destruyendo así casas, murallas, matando gente inocente, sin importar que fueran mujeres, niños, hombres o ancianos; todo se convirtió en una verdadera masacre, hasta que llego el Rey Lobsang volando en su propia maquina voladora interponiéndose ante ellos y la vida de los habitantes de Shambala con ayuda de un enorme escudo hecho de energía, justo en el momento cuando estos colosos metálicos intentaban eliminar a un gran grupo de personas con sus rayos. Al percatarse el Rey de que se aproximaban alrededor de veinte de estos enormes centinelas robóticos de cinco metros de altura, les pidió a sus soldados y a los hombres que se encontraban en las calles, que ayudaran a los mas débiles y los llevaran al centro de la ciudad, mientras que el detenía el ataques de los centinelas, les ordenó que no tardaran, ya que el tiempo se terminaba.

Anatis me contó que mientras el detenía a los centinelas, los demás Agharti apresuraban su paso para subir en la nave de Amon, para lograr escapar y dirigirse hacia la playa en donde me encontraba yo, y que de la nave emergió una especie de rayo tractor que me colocó en la parte superior de la nave, justamente cuando la tierra comenzó a temblar y a abrirse para después tragarse consigo a varios soldados Nommo en el transcurso. Mientras se alejaba la nave conmigo encima, cuando Anatis me recibía en el techo de la nave; Pudo ver como la isla comenzaba a hundirse en el mar, se derrumbaban murallas, árboles, con volcanes haciendo erupción, al igual que animales terrestres y aves huyendo para no ser tragados o alcanzados por la lava ardiente. Los Nommo por lo tanto corrían a sus bestias marinas para salvarse de la destrucción masiva. Toda era una verdadera catástrofe, y lo último que vio a lo lejos fue como el Rey Lobsang extendía su campo de energía en el centro de la ciudad mientras se hundía, y eso fue lo último que observo del Rey y la isla que se perdían en las profundidades del mar.

En la huida algunos Nommo, trataron de dar alcance a la nave de Amon montados en sus vehículos voladores, pero de una de las escotillas de nuestra nave Anatis pudo ver como se asomaba una mano delicada con un báculo que contenía en su punta una Piedra Ben Ben, de la cual salió un enorme rayo azul que choco contra el mar que provoco una enorme ola de proporciones inimaginables, que se trago a los vehículos de los Nommo que sobrevolaban el mar y que jamás nos dieron alcance. Anatis añade que trato de seguir con su vista el seguimiento de la ola gigante, pero por la velocidad con la que escapábamos en la nave, sólo alcanzó a ver como la ola choco por completo contra la isla como si la engullera totalmente.

Me pregunto que habrá sucedido con el Rey Lobsang y los sobrevivientes, sólo espero que se encuentren a salvo y no hayan perecido. Mientras tanto, creo que descansaré un poco más hasta que lleguemos a nuestro destino, pues aun no me recupero del todo y con trabajos pude mantenerme despierto para escuchar la narración de Anatis.

Hemos llegado a nuestro destino, el movimiento de la nave es demasiado fuerte. Me siento débil, pero ya puedo moverme un poco, lo suficiente para levantarme y darme cuenta de que nos encontramos a espaldas del imponente palacio de Osiris en la mítica ciudad amurallada de Uaset, la cual se conoce como la primera ciudad edificada en el continente africano.

Aparte del gran palacio real, en el esta repleta con casas de adobe con techos de paja en donde habitan los de rango más bajo entre la sociedad, tales como esclavos, escultores, mercaderes y campesinos; en cambio muy cerca del palacio viven los nobles, ya sean arquitectos, pintores, dueños de las más preciadas joyas que suelen vender a extranjeros, al igual que las personas mas allegadas a Isis y a Osiris, ya sean hombres y mujeres de compañia o consejeros.

El joven Anubis se encuentra ayudando a Anatis a descender de la nave, mientras que la reina Mauth, pide a diez esclavos de cuerpos fornidos, que se acercan a recibirnos, para que me ayuden a bajar de la nave para llevarme a unos aposentos que Osiris me tiene preparados cada vez que solía acompañar al Rey Lobsang a visitar estas tierras. Es un pequeño templo muy modesto a decir verdad, con pilares de piedra caliza, y muros del mismo material, techo de paja que por el calor que suele haber en esta región, es muy adecuado para mí.

Mientras, otros esclavos traen consigo cinco carretas jaladas por fuertes bueyes para poder transportarme, la Reina Mauth se acerca a mi, para comentarme que el Rey Lobsang le pidió a ella que cuidara de mi, ya que siempre fui de mucha importancia para él, y fue su ultimo deseo antes de desaparecer en el Atlántico, y me pregunta si quiero que cuiden de Anatis por mi, o si yo quiero hacerme cargo de ella, a lo que respondo que yo me encargaré de la pequeña, al igual que ella cuidará de mi. La reina Mauth pide a Isis que manden a construir una choza junto a mis aposentos para que viva ahí Anatis. Isis llama a uno de sus nobles arquitectos, un hombre entrado en edad de piel bronceada con cabellos plateados alto y robusto, y con callos en las manos que denotan que ha construido muchos palacios con sus propias manos e Isis le pide que cumpla el mandato de la Reina Mauth.

Osiris se encarga de escoltar a la Reina Mauth y al próximo Rey Amon, hacia sus respectivos aposentos, para descansar, tras los lamentables acontecimientos ocurridos horas antes en Shambala. Los tres entran al Palacio principal edificado majestuosamente como la estructura más alta e imponente de la ciudad, con paredes que dejan a plena vista, ventanas que se encuentran a más de siete metros de alto a nivel del suelo, con muros completamente lisos acompañados de unos cuantos balcones que pertenecen a las habitaciones reales y de invitados especiales. La estructura es muy parecida a una pirámide ya que en la parte más alta, se encuentra el trono de los reyes de estas tierras, Isis y Osiris bajo un techo para protegerlos de los rayos del sol y frente al trono se hayan las estatuas de Osiris e Isis, esculpidos majestuosamente en mármol, con un trabajo artístico tal, que pareciera que las estaturas se encuentran vivas vigilando día y noche su reino desde lo alto de la ciudad.

Anubis por su parte acompaña a Anatis a recorrer el palacio poniendo su brazo alrededor de su hombro, lo cual indica que al parecer este muchachito le esta tomando mucho cariño a mi pequeña niña. También puedo apreciar que Neftis no se lleva muy bien con Isis, al igual que no le agrada que su hijo se lleve muy bien con Anatis, por ello pide a un esclavo que los siga y la mantengan al tanto de sus actividades, por lo que el esclavo se inclina ante su ama y se aleja inmediatamente dirigiéndose a los jardines hacia donde fueron los jóvenes Anatis y Anubis de diez y dieciséis años respectivamente.

Isis observa la majestuosidad de su reino muy pensativamente, pues en su semblante se ve que se pregunta a si misma si lo que sucedió en Shambala le sucederá a su reino. Puedo sentir la preocupación de su corazón, ya que nosotros los dragones tenemos una percepción con un nivel muy similar a la de los Agharti, y percibimos las emociones tanto de los humanos, animales y de los Agharti. Lo cual los Agharti desconocen, a excepción del Rey Lobsang, quien por esa razón me tenía a su lado, ya que en ocasiones no confiaba en los de su especie, y me pedía acompañarlo en algunas asambleas para mantenerle al tanto de sus congéneres. Pero en estos momentos sólo percibo que Isis necesitara ser aún más fuerte para poder sobrellevar su reino y mantenerlo como lo ha hecho hasta ahora, con paz y armonía, ante los posibles acontecimientos que se avecinen en un futuro no muy lejano.

Los esclavos han terminado de trasladarme a mis aposentos a las afueras de la ciudad; Anatis llega acompañada con dos esclavos más quienes me traen una gran ración de comida, y me percato de que al parecer tuvieron que sacrificar un par de bueyes, ya que es demasiada carne, y la acompañan con una gran bandeja de agua y unas cuantas manzanas provenientes de tierras lejanas, que si no me equivoco diría que la Reina Mauth escucho las sugerencias de Anatis para que me mandaran lo que más me gusta comer. Mi pequeña Anatis se sienta junto a mi lado y trae consigo su propia comida, que se trata de unas cuantas piezas de pollo cocido, algunas frutas y leche de cabra. Me platica que Anubis le mostró el reino con sus jardines, establos, y que la llevó a un oasis oculto en una cueva profunda a unos kilómetros de la ciudad, un lugar muy bello a donde quiere llevarme algún día; el lugar me lo describe con una gran cascada subterránea que proviene del mar rojo, que desemboca a un riachuelo que al parecer conecta con el rio Nilo, y dentro de la cueva hay un pequeño lago con su propia fauna y flora en el fondo, en donde Anatis y Anubis tuvieron la oportunidad de nadar y corroborar con sus propios ojos que habían unos cuantos arrecifes, llenos de peces de muchos colores y que al parecer el lago es de agua dulce, ya que también hallaron unas cuantas tortugas y ranas en la superficie del agua, pero lo que más me sorprendió del relato es que hallaron un par de corrientes muy fuertes, una de ellas los llevó al riachuelo, y otra conectaba por donde entraban una gran cantidad de peces, lo cual me hace suponer que tal vez este conectada con un rio, pero pienso que su longitud ha de ser enorme, ya que el único rio cercano es el Nilo, y son más de cincuenta kilómetros de distancia. Sólo espero que ambos no lleguen a querer investigar, como lo hicieron con el otro y que provocó que salieran por el riachuelo, ya que por suerte sus pulmones resistieron el tiempo justo que duro el viaje por la corriente.

Por el momento lo mejor será descansar y recuperarme de mis heridas, ya que esa maldita de Anuket me dio una verdadera golpiza con ayuda de la Piedra Ben Ben, mejor no tiento a la suerte y mejor descanso para recuperarme por completo. Así que le pido a Anatis que se acerque y se duerma a mi lado, ya que a partir de día de mañana comenzare a entrenarla en la manera de como debe utilizar su Piedra Ben Ben.

CONOCIENDO A SIPTAH

En las semanas siguientes mi recuperación ha mejorado considerablemente y gracias a ello me encuentro en optimas condiciones, por lo que he comenzado con mi tarea de entrenar a Anatis en sus habilidades con la piedra Ben Ben, al igual que con algunas artes marciales y con el manejo de lanzas y espadas, y por medio de indicaciones le sugiero como debe realizar sus posiciones y movimientos, ya que no quiero que algún día ella tenga que depender de un hombre para defenderse o para que peleen por ella o sus ideales. En el transcurso del tiempo en que se ha ido aumentando el nivel de los entrenamientos, se ha unido Anubis, ya que un día, cuando estaba jugando con Anatis en las afueras del palacio, Anatis sorprendió a Anubis al derribarlo con un buen movimiento de sus brazos para utilizar el peso de Anubis a su favor. Ante tal acción, Anubis se sorprendió tanto que le pregunto a Anatis como fue que lo aprendió, y ella le confesó sobre las clases que le he estado dando, así que Anubis decidió unírsenos, pero le pedí de favor, que jurara que jamás se lo contaría a los otros Agharti, ni a su madre y ni a los esclavos, a lo cual él acepto sin dudar, ya que si rompía con su promesa, yo dejaría de darle el entrenamiento y le impediría ver de nuevo a Anatis.

En estos momentos les estoy enseñando movimientos con palos largos, para que no se lastimen entre si. Anatis demuestra una temprana agilidad, mientras que Anubis hace muestra de una gran cantidad de fuerza, aunque debo confesar que le hace falta concentración en los movimientos de su oponente, ya que Anatis lo derriba en varias ocasiones, pero Anubis se enoja y aumenta de fuerza sus ataques, con tal de lastimar a Anatis hasta que interpongo mi cola entre los dos, y le sugiero que elimine la ira de sus ataques, pues la mejor forma de enfrentar a un oponente es hacerse uno mismo con su oponente, al observarlo profundamente, comprenderlo en todos los sentidos, como su ira, su motivación por la lucha, la posición que tiene para defenderse y atacar, pero principalmente no debe de perder de vista su mirada, ya que esta puede decirle todo, y que no olvide jamás lo mas importante ante todo, lo cual es estar bien con uno mismo para así poder estar bien con y contra las personas, para que de esta manera uno mismo pueda dar lo mejor a la hora de la batalla.

Anubis se enoja con el consejo, ya que piensa que no le sirve de nada hacerse uno con el enemigo, si al fin y al cabo es su enemigo, y para hacerle ver la verdad de mis palabras, le pido a Anatis que le demuestre al muchacho como se debe compaginar uno con el enemigo sin ninguna arma. Anubis se confía demasiado, debido a que el es más fuerte y grande que Anatis y piensa que ella no podrá ganarle, pero se demuestra su confianza mal infundada al primer golpe que le lanza a Anatis, el cual ella lo elude fácilmente para después tomarlo del brazo y con la misma fuerza del golpe lo lanza por los aires. Anubis se molesta aún más y con un palo en la mano intenta de nuevo lastimar a Anatis, pero la pequeña golpea el palo con sus piernas mientras ella lanza su cuerpo hacia atrás y con ayuda de sus pies apoyados en el estomago de Anubis, logra conectarle una patada en su mentón que lo lanza de nuevo por los aires, y al aterrizar, Anatis logra hacerse del palo de Anubis. El muchacho tras reponerse toma el palo de Anatis con sus manos y se prepara para atacar con toda su fuerza y rabia a la cara de Anatis, pero al ver lleno de rabia a Anubis, les digo que ya es suficiente por el día de hoy, y le pido a Anubis que reflexione en lo que le dije y que no regrese al día siguiente, sino hasta dentro de tres días más, para que así logre calmarse y pensar con claridad, lo cual el no lo acepta tan fácilmente al principio, pero termina por resignarse, y tras alejarse. Me acerco a mi pequeña para felicitarla y le comento que me sorprendió en como se apoderó del palo, y ella me confiesa que cuando nos encontrábamos en Shambala, se la pasaba jugando con palos simulando espadas y lanzas contra los niños de la ciudad. Pero no me sorprenden las palabras de la niña ya que me imaginaba tal respuesta.

Una semana después tras el regreso de Anubis y una leve mejora en su estado de animo, decido dar un descanso al entrenamiento, y les sugiero que vayan a divertirse a las afueras de la ciudad, aunque en realidad mi plan es que Anubis le enseñe a Anatis a montar a caballo, lo cual puede ser de gran utilidad para ella.

Los dos salen de la ciudad, cada quien en su respectivo caballo, Anubis monta su corcel negro de melena larga blanca y de imponente figura, mientras que Anatis monta una yegua color marrón de esbelta figura, que le permite ir a más velocidad. Ambos sólo trotan por el camino, debido a que Anatis aún no sabe como cabalgar a gran velocidad, y Anubis tampoco es un excelente jinete que digamos, pero tras una plática que tienen, Anubis reta a Anatis a cabalgar a alta velocidad, y ella acepta. Así es como ambos cabalgan a todo galope por las dunas del desierto, pero sin alejarse de un pequeño y escaso riachuelo que hay en su camino, ya que es en caso de que se sientan sedientos y quieran pararse a tomar un poco de agua. Pero al aumentar la velocidad, Anatis poco a poco se comienza a llenar de miedo al no saber como frenar al caballo, aparte de que no hace mucho caso a las indicaciones que le da Anubis de como controlarlo, pero aun así continua aumentando la velocidad el caballo, hasta que atraviesan el riachuelo donde el corcel de Anubis que va detrás del de Anatis, que tras el galope veloz, logra sacar del agua un erizo puntiagudo que se clava en la parte trasera de la yegua de Anatis, lo cual provoca que se descontrole por completo, aumentando así la velocidad sin hacer caso de las ordenes de Anatis. Anubis trata de alcanzarla, pero la yegua es demasiado rápida, aparte las habilidades de Anubis cabalgando a todo galope no son tan buenas, pero aun a pesar de ello no los pierde de vista. Anatis se siente muy asustada, ya que teme caerse del caballo y se aferra a las correas de la yegua agachando por completo la cabeza. En el trayecto por el desierto, pasan junto a un rebaño de cabras cuidadas por un niño campesino montado en un caballo pinto, a quien Anatis le grita auxilio y que la ayude a detener el caballo. El niño logra escucharla y arranca a todo galope tras Anatis, con una gran maestría que denota que el niño es todo un jinete del desierto, Anubis quien se queda detrás de ellos se percata de la situación y no quiere que el desconocido se lleve toda la gloria, así que sin pensarlo dos veces arranca a toda velocidad, pero le es aun imposible alcanzar a Anatis y a su perseguidor, pero aun así trata de dar su mejor esfuerzo. El niño continua a todo galope saltando de vez en cuando una que otra piedra para alcanzar a la asustada yegua, hasta que por fin le da alcance y agarra las riendas de la yegua, pero esta no quiere detenerse, así que decide jalar a Anatis a su caballo, y al lograrlo, sabe que no puede dejar a la yegua sola a su suerte, ya que mas adelante se haya un cañón con un precipicio, es por ello que decide montarse en la yegua para intentar detenerla, por lo que da su mejor esfuerzo para calmarla, pero el animal esta demasiado agitado por el dolor que le causa el erizo, y el niño tras no poder calmarla como lo hace normalmente con otros caballos, sospecha que algo anda mal y tras buscar la razón por la que el animal se encuentra en ese estado, se percata del erizo, así que decide quitárselo, ya que a unos cuantos metros se encuentra el cañón, pero al final logra quitárselo y tras jalar fuertemente las riendas, la yegua se detiene en seco en el borde del cañón, pero gracias al frenado repentino el niño es lanzado al vacio, pero afortunadamente logra agarrarse de una saliente, aunque sin suficiente apoyo para subir, por lo que se ve en serios problemas.

Anatis y Anubis se dan cuenta de lo sucedido y cabalgan hacia donde se encuentra el niño para saber si aun están a tiempo de ayudarlo o no.

Ambos descienden de los caballos y al acercarse a la orilla se dan cuenta de que el niño esta a unos cuantos metros de donde están ellos, por lo que buscan una cuerda para ayudarlo, pero no encuentran ninguna, así que Anubis decide amarrarse en los pies las correas de su caballo para poder bajar, pero ni aun así lo alcanza, y viendo que el niño no puede resistir más, Anatis sin pensarlo dos veces baja por el cuerpo de Anubis y le pide que la sostenga de las piernas para poder ayudar. El niño no aguanta más, y cuando esta a punto de soltarse de la saliente, Anatis logra sostenerle del brazo, de esta manera los tres quedan colgados en el acantilado y Anubis le pide al caballo que los jale, pero al hacerlo, las riendas no resisten el peso de ellos, por lo que el nudo que sostenía a Anubis se resbala por completo, lo cual provoca que los tres niños sin soltarse entre sí, se precipiten al vacio. Todos gritan en la caída y se sienten perdidos, pero de repente la piedra Ben Ben de Anatis empieza a brillar intensamente, y comienzan a flotar por los aires, gracias a ello descienden lentamente hasta el fondo del acantilado, dejando a Anubis y a los niños sostenidos de la sorprendida de Anatis, quien no sabe como pudo lograr tal hazaña.

Tras haber descendido al fondo del precipicio en la orilla de un riachuelo, Anubis y Anatis le dan las gracias al niño por haber salvado a la pequeña Anatis. El niño se presenta como Siptah, y les menciona que es un pastor de cabras, que solo fue una casualidad el que haya estado ahí cuando vio como paso Anatis montada en la yegua desbocada e hizo lo que cualquiera hubiera hecho. Pero también el niño y Anubis le preguntan a Anatis como le hizo para que pudieran descender lentamente y no matarse. Anatis les responde que no lo sabe, pero cuando vio que estaban cayendo muy rápido, solo pensó con todo su ser que no quería morir y que deseaba bajar lentamente para que pudieran salvarse los tres. Los niños se quedan sorprendidos por la explicación de la niña, pero Anubis no se sorprende del todo, ya que sabe que si alguien recibe el entrenamiento adecuado con las piedras Ben Ben, se pueden lograr hazañas como esa. Siptah le pide a Anatis que le muestre su piedra, y ella accede, a lo cual el niño se sorprende de que ella pueda tener una piedra así, ya que había escuchado de ellas, pero creía que eran una leyenda, y que solo los Agharti podían poseerlas.

Anubis se enoja, debido a que él es un Agharti y aun no ha recibido su piedra Ben Ben, gracias a su falta de interés en el entrenamiento para manejar los poderes de las piedras Ben Ben, pero no se los menciona. Anatis sabe sobre la situación de Anubis y decide mejor guardar su piedra Ben Ben. Y para dejar el tema a un lado, Anubis sugiere que mejor caminen antes de que se ponga el sol, para así encontrar un camino de regreso a la ciudad. Anatis se preocupa por los caballos, pero Siptah le dice que no se debe preocuparse ya que su caballo es muy listo y de seguro regresará con las cabras y las escoltara a su aldea, al igual que a sus caballos. Anatis le pregunta a Siptah sobre su aldea, y les dice que no se encuentran muy lejos, que sólo deben seguir el rio hacia el oeste, pero ya que el camino es un poco largo, les sugiere a Anubis y a Anatis que lo mejor será que pasen la noche ahí, y al otro día podrán regresar a la ciudad con más tranquilidad. Anubis tan orgulloso como suele serlo siempre y viendo que no le queda otra opción más que aceptar la idea de pasar la noche a la intemperie, hace a un lado su orgullo y acepta la proposición.

A la mañana siguiente los tres niños se encaminan a la aldea de Siptah, quien comienza a llevarse muy bien con ambos, especialmente con Anatis, y en el trayecto juegan tal y como suelen ser los niños de su edad, ya que se meten al riachuelo a nadar y haciendo competencias de quien llega primero, pescan unos cuantos peces para comer, en donde Siptah demuestra ser todo un experto, en cambio Anatis y Anubis tienen problemas con los peces, ya sea que se les escapan de las manos o sin querer se caen en agujeros dentro del riachuelo.

Siptah, les platica a ambos que tiene catorce años y todos los días es el encargado de cuidar a las cabras de la aldea y de llevarlas a pastar al oasis mas cercano que se encuentra a unas cuantas dunas de donde lo hallaron en el desierto. Aunque también Siptah agrega que se sorprende de que Anubis sea un Agharti y no lo aparenta del todo, ya que a excepción de tener unos ojos azules muy intensos, les hace falta ese brillo especial y la expresión fría de los demás Agharti, pero Anubis le explica que se debe a que cuando los Agharti cumplen la mayoría de edad, que para ellos son los dieciocho años, y tras haber sido entrenados con las piedras Ben Ben, se llevan a cabo las festividades para su iniciación donde se les entregan sus piedra Ben Ben, la cual despierta sus poderes y habilidades especiales, al igual que se les asigna su animal que los identifica por el resto de su vida. Pero Anatis le pregunta que porque en ese caso, el príncipe Amon quien ya cuenta con su piedra Ben Ben, junto con su expresión y el brillo de sus ojos, como es posibles que se parezca a los demás adultos Agharti, a lo que Anubis le responde que se debe a que debido a que el príncipe Amon es el próximo heredero al trono, se le ha venido entrenando desde los tres años de edad, y que deben de tomar en cuenta que actualmente el príncipe tiene catorce años al igual que Siptah, y agrega que su entrenamiento es muy duro, ya que debe ser mejor que muchos de los adultos y de ser posible tiene que superar a su predecesor, que en este caso seria el Rey Lobsang quien ha sido el único que ha superado por mucho a su predecesor y que había durado mas tiempo en el trono, ya que regularmente los reyes solo alcanzan los ciento cincuenta años de edad, y el Rey ya llevaba trescientos ochenta y siete años de vida, por lo que muchos de los Agharti aun se cuestionan sobre como obtuvo tal longevidad. Siptah al oír esto se queda meditando lo que acababa de mencionar Anubis, ya que existe una persona de su aldea, que al parecer ya ha sobrepasado los ciento cincuenta años y no aparenta mas de cincuenta, pero mejor decide quedarse callado, temiendo que no sea buena idea dar ese comentario ante sus nuevos amigos, pero principalmente a Anubis.

Tras caminar unas cuantas horas Siptah sabe que están a punto de llegara su aldea, y ya esta anocheciendo, así que lanza un silbido para llamar a su caballo, porque sabe que con ayuda de las paredes del acantilado el viento viaja en una sola dirección, y ayuda para que llegue el sonido mas rápido hasta su caballo. Anubis se percata del cometido del silbido y hace lo mismo para llamar al suyo, y otro mas para llamar a la yegua de Anatis, y tras silbar un rato que deja un poco exhaustos a los jóvenes, llegan por fin los caballos para llevarlos a la aldea de Siptah. Anatis soba la parte trasera de la yegua, preguntándole si ya no le duele tanto, a lo cual el caballo menea su cabeza de un lado a otro como señal de un "no".

Los tres cabalgan a paso lento hacia la aldea, y al estar a punto de llegar, Anubis y Anatis quedan maravillados con el resplandor azul marino proveniente de rocas incrustadas en las paredes del cañón, que provoca un efecto parecido a como si las estrellas hubieran bajado al cañón para iluminarlo, pues todo el resplandor rebota en las paredes y gracias a ello, se puede apreciar a lo lejos la aldea de su nuevo amigo. Siptah les cuenta que el brillo se debe a que en ese lugar se encuentran minas de donde sacan el mineral con el que fabrican las piedras Ben Ben. Anubis emocionado le pregunta que si es así, ellos podrían fabricar sus piedras Ben Ben, pero Siptah le responde que no, ya que los únicos que pueden hacerlas, son los Agharti con sus propios poderes y conocimientos, el cual aunque sea compartido, no lo hace posible para los habitantes de su aldea, ya que se necesita ser a como de lugar un Agharti para lograrlo. Anatis le pregunta por el brillo, ya que por lo que le enseñaron, las piedras Ben Ben solo pueden brillar así cuando un Agharti las controla o cuando se encuentran cerca de las originales que estaban en la pirámide Inkalitum. Siptah les responde que no sabe la respuesta, pero que el viejo de la aldea es quien lo sabe.

Al continuar con su trayecto, Siptah intrigado aun por Shamabala y todo lo relacionado a ella, les pregunta aun mas sobre la pirámide Inkalitum, ya que para el y su aldea es solo una leyenda, y Anatis es quien le cuenta todo lo referente a la pirámide y a Shambala, pero mientras Siptah se queda boquiabierto con la narración de la niña, Anubis se pregunta el porque del brillo de las paredes y si ya es hora de que se dedique mas a su entrenamiento con las piedras Ben Ben, ya que de ser así, piensa que el que mejor le puede enseñar soy yo, su servidor el Dragón Bahamut, ya que quedó totalmente sorprendido por la proeza de Anatis al descender a salvo por el acantilado.

Al aproximarse a la aldea, se percata Anatis de que todos viven en las cuevas que se encuentran en las paredes del acantilado, gracias a que han sido adaptadas en forma de casas, con sus ventanas de donde proviene la luz emanada por los minerales de las Piedras Ben Ben. Lo cual es todo un espectáculo para apreciarse, el como cada cueva se haya encima de otra, conectadas por medio de escaleras talladas en las rocas, al igual que existen estrechos caminos fuera de las cuevas que permiten la comunicación de una con otra y a las entradas de las mismas, las cuales tienen como puertas, finas telas de múltiples colores y bordados originales con diversas formas geométricas entrelazadas entre sí, que les ayuda con el calor al que están acostumbrados todo el tiempo en el desierto. Pero también se percatan de que las cuevas denotan las jerarquías de la aldea, ya sea por el tamaño o por el diseño de la cueva, debido a que hay de formas ovaladas, como especie de cúpulas en la parte superior, que con ayuda de los minerales brillantes, ostentan mas importancia de las demás cuevas, pero también hay unas mas modestas sin pretensiones, diseñadas de manera sencilla como en la que vive el pequeño Siptah, de forma rectangular o sin algún diseño especifico, las cuales solo cuentan con sus ventanas y alguna tela para señalar la entrada a ellas

LOS NIÑOS CONOCEN MÁS SOBRE EL GAIA

Cuando los tres niños entran a la aldea, Siptah logra ver a lo lejos a sus cabras bebiendo agua de la fuente que se encuentra en medio del acantilado, y se siente algo preocupado, ya que sabe que lo regañarán porque las dejó solas en el desierto. Por lo que se baja del caballo estrepitosamente y corre hacia ellas para guardarlas en la cueva que utilizan como establo. Anatis montada en su yegua se acerca a la fuente y cuando ve que Siptah no puede con todas las cabras y que los aldeanos se han comenzado a asomar desde sus cuevas para reclamarle a Siptah por dejar a las cabras solas en el desierto ya que lo deducen porque las cabras están bebiendo agua de la fuente, Anatis decide ayudar a su nuevo amigo, y le explica a los aldeanos que Siptah tuvo que dejar a las cabras solas ya que se porto muy valiente al salvarle la vida, todo esto mientras ayuda a guardar a las cabras, aunque en realidad tiene problemas con ellas, y trata de empujarlas o de arrastrarlas de las patas delanteras, pero las cabras no se dejan y la tumban varias veces al suelo, al ver Anubis a su amiga sufrir con las cabras, no se aguanta la risa que le ocasiona la acción, hasta que decide por fin ayudar a su amiga, aunque el también tiene problemas con las cabras, ya que no saben como darle ordenes, pero en ese momento se les acerca Siptah y les explica que al hablarles de manera como si hablaran con un amigo o hermano las cabras entienden, ya que entre mas les ordenen o las fuercen, menos lo harán, debido a que ellas también tienen sentimientos y entienden perfectamente a los humanos y quieren su propio respeto. A Anubis le parece ridículo lo que Siptah acaba de comentar, ya que considera a las cabras como animales que producen leche y nada mas, pero para Anatis la explicación tiene sentido, ya que el vivir por tanto tiempo con Bahamut la ha ayudado a entender a los animales y hace el mismo intento con las cabras. Ante la acción de la niña, Anubis queda sorprendido en como las cabras comienzan a obedecer a Siptah y a Anatis, pero no quiere aceptar que unas simples cabras al ser tratadas como humanos, puedan entender perfectamente lo que se les pide, todo ello a cambio de respeto.

En ese momento se acerca a los chicos un señor de edad ya madura, su rostro representa una gran sabiduría y tranquilidad, vestido con una túnica blanca hasta los talones, apoyado en un bastón de madera, y cabe agregar que es algo corto de estatura, barrigón de tez bronceada, de largas barbas blancas que cuelgan hasta su cintura, y calvo en la parte superior de la cabeza, y dicha persona se trata del sabio de la aldea: Bes, quien parece escuchar los pensamientos de Anubis, y le explica que no por ser un Agharti tiene que hacer menos a los demás seres vivos, ya que como el, todos conviven en este mundo, y todo esta conectado entre si. Siptah escucha al anciano hablar, y corre a saludarlo tras guardar a la última cabra. El anciano lo saluda y también a Anatis, a quien la llama por su nombre. Anatis le pregunta sobre como la conoce, y el le comenta que un viejo amigo le ha hablado mucho sobre ella. Anatis no sabe a quien se refiere, pero en el momento que le iba a preguntar quien le ha contado sobre ella, el anciano saca de su bata una vieja pipa de madera, y la enciende concentrándose en su mano derecha para crear una pequeña flama azul como el brillo de los cristales del acantilado, y con ello logra prender su pipa. Anubis le pregunta inmediatamente como logro dicha flama, pero el anciano le pide que en lugar de buscar la respuesta indicada, comprenda de qué forma lo realizo. Anubis no sabe a lo que se refiere, y piensa que lo esta tomando como tonto, así que sujeta al anciano del cuello de su túnica, y lo jala hacia su cuerpo, para que le de una mejor respuesta en comparación de la que le dio anteriormente. Anatis trata de detener a Anubis, pero el anciano le pide que lo deje, porque al fin y al cabo, el quiere respuestas, y por ello le pide a Anubis que lo suelte para mostrarle algo que puede ser del interés tanto para Anatis como para Anubis. Anubis accede, y el anciano se dirige a su cueva, en donde también vive Siptah, a quien le pide que les traiga un poco de leche de cabra y algo para comer. El niño obedece la petición, mientras el anciano invita a los chicos para que se sientan cómodos en la modesta cueva, que cuenta con un único cuarto que no abarcaría más de cinco metros cuadrados, con adornos en las paredes, algunos pergaminos antiguos con jeroglíficos provenientes de Shambala, a los cuales los chicos no le prestan mucha atención, ya que la cueva también cuenta con una especie de muebles de roca talladas a mano que representan dos camas grandes en una esquina y junto a ellas, una gran piedra cuadrada rectangular sostenida por unas pequeñas rocas de sus orillas, las cuales en conjunto representan una mesa muy cerca de la altura del piso, y para sentarse la cueva cuenta con unos tapetes bordados con diferentes colores, en donde a continuación los tres toman asiento. Anubis sigue preguntando sobre la hazaña de la flama al igual que Anatis, pero el anciano les pide un poco de paciencia ya que para obtener una gran revelación no hay nada como tener el estomago lleno para mantener al cuerpo contento, ya que si el cuerpo no lo esta, menos podrá la mente y el alma. Anubis se vuelve a desesperar y quiere irse del lugar, pero Anatis lo convence de que se quede al agarrarlo de la mano, pero el anciano solo frunce el entrecejo y el labio, por la risa que le da el joven Agharti y su impaciencia. Después de un rato de esperar y de un silencio abrumador, aparece Siptah con una gran bandeja llena de pescados, acompañado de una joven llamada Kara, que lo ayuda a llevar los recipientes con leche de cabra. El anciano les agradece a ambos por la comida y los invita a cenar también. Siptah como es característico de su personalidad impaciente e hiperactiva, le comenta al anciano durante la cena sobre su aventura en el acantilado, de cómo descendieron lentamente hasta el fondo, al igual sobre el lugar de procedencia de Anatis y Anubis. Pero el Anciano no presta mucha atención a las palabras del niño, y termina por fin su ración de comida mientras comienza a hablarles a los niños sobre la conexión que existe entre las piedras Ben Ben y la aldea en donde se encuentran. Ya que hace mucho tiempo el Rey Lobsang llego al acantilado a caballo, el se encontraba bastante cansado y mal herido, ya que la fuente de poder de su vehículo había fallado y se había estrellado no muy lejos de ahí, en donde encontró al caballo que lo condujo hasta el poblado. El anciano que en ese entonces era un joven como Siptah, con ayuda de otros aldeanos más lo curaron, lo alimentaron y le dieron ropas nuevas. Tras haberse recuperado el Rey Lobsang quedo fascinado con el brillo que producían los minerales del acantilado, y sin pensarlo dos veces investigo entre los túneles de algunas cuevas dichos minerales. Se dice que estuvo dentro por mas de dos años, y durante su estancia, en ocasiones las paredes del acantilado dejaban de brillar por completo y que en otras mas, el brillo que producía era tal, que cegaba por completo a los aldeanos. El rey solo se acercaba a las salidas de las cuevas para ingerir sus alimentos y dormir un rato, pero al final siempre regresaba al interior de los túneles, hasta que una noche salió por fin al aire libre con dos piedras del tamaño de una manzana, una en cada mano, para después introducirse a su vehículo, el cual había sido arrastrado al centro de la aldea tras haberlo encontrado dos años antes. Momentos después en que el rey había entrado a su vehículo, comenzó a vibrar todo el acantilado y los minerales se llenaron de un brillo como jamás se había visto antes, de tal manera que imitaron la luz del día en toda la aldea, y mientras esto sucedía, el vehículo del Rey comenzó a levitar hasta alcanzar suficiente altura para volar libremente por el cielo lleno de brillantes estrellas. Tras haber dado varios recorridos con la nave por las cercanías de la aldea, el Rey volvió a aterrizar su nave en el centro de la aldea, y volvió a aventurarse al interior de los túneles, pero momentos mas tarde apareció con una gran roca de un azul brillante intenso, del tamaño de una persona, como si no pesara nada la roca en cuestión y le pidió al anciano y a otros aldeanos más que se acercaran, y les pidió de favor que pudieran sacar de esa roca, las suficientes piedras del tamaño de la mitad de una mano abierta como les fuera posible y que trataran de esculpir tantas como les sea posible con la forma de un círculo ovalado. El encargo tardo varias semanas, y en ese tiempo, el Rey le explico al anciano de donde provenía, su posición entre los Agharti, sobre su cultura, pero principalmente le habló sobre la importancia de las piedras Ben Ben, su manejo, y la relación que tienen entre sí las piedras, el Devachan, el Gaia, las personas, el viento, el agua, todo ser vivo en el planeta, y cómo nunca debe perderse tal conexión.

Lo entrenó muy bien con el manejo de su propio Devachan por medio de las piedras Ben Ben, y a como escuchar a la energía del Gaia, pero de eso ya ha pasado demasiado tiempo y su manejo del Devachan con las piedras Ben Ben ha disminuido considerablemente, y ya sólo es capaz de realizar esa flama que pudieron ver los jóvenes horas antes.

Anatis y Anubis han prestado demasiada atención a la narración del anciano y Anatis le pide que la ayude a comprender el manejo de las piedras, el anciano acepta gustoso, pero les sugiere a todos descansar, ya que tuvieron un día muy agitado, porque que al otro día le enseñara a Anubis también a como manejar su propio Devachan para después comprender la energía de las piedras Ben Ben. Aparte agrega que harán un viaje largo al interior de los túneles del acantilado. Antes de dormir, Siptah les cuenta a Anatis y a Anubis que ya sabe a donde los llevara el anciano Bes, que se trata de un lugar increíble que les encantara, y que esta seguro de que Anubis comprenderá sin lugar a dudas a como manejar su piedra Ben Ben.

A la mañana siguiente, tras haberse cambiado de ropas y desayunar, los chicos y el anciano se dirigen al interior de una cueva, que los lleva por los túneles dentro del acantilado, y mientras se adentran cada vez mas, Anatis y Anubis quedan maravillados en cómo los minerales de la montaña aportan una gran cantidad de luz en el interior de los túneles, ya que no tienen necesidad de llevar consigo antorchas para alumbrar su camino.

En el trayecto, el anciano le explica a Anubis que la razón por la que no ha podido comprender el manejo de las piedras Ben Ben, es debido a que él no se encuentra en armonía consigo mismo. Anubis le pregunta a que se refiere, y el anciano le responde que se debe a que su alma no se encuentra en paz y armonía, lo cual se proyecta en su impaciencia y a las dudas que tiene con respecto a sus capacidades físicas y mentales, ya que siempre deben estar en armonía en conjunto su cuerpo, su alma y su mente, porque sin esa armonía, jamás lograra conseguirlo. Anubis sarcásticamente le pregunta que si con eso quiere decirle que Anatis es mucho mejor capacitada que él, ya que pudo manejar sin problema su piedra Ben Ben para salvarles la vida a los tres el día anterior, a lo que el anciano responde que aunque lo dude, la niña está mejor capacitada que él. Anubis reclama a la respuesta del anciano, ya que eso no es posible ya que Anatis ni siquiera es una Agharti y él en cambio si lo es, pero el anciano le responde a Anubis que no tiene porque decir eso, ya que el tampoco es un Agharti puro al igual que su madre, y le pregunta si jamás se ha preguntado a sí mismo porque razón no tiene esa luz brillante proveniente de los ojos como tienen los demás Agharti, o porque le cuesta tanto concentrarse en las jornadas de entrenamiento con las piedras Ben Ben. Anubis se queda sin habla y realmente sorprendido por el comentario del anciano, ya que toda su vida creyó ser hijo de Aghartis y el ser un Agharti legitimo.

Anatis no escucha la plática del anciano y de Anubis, ya que todo el camino ha estado platicando con Siptah sobre cómo montar a caballo y poder controlarlo sin problemas.

En el resto del camino Anubis se encuentra cabizbajo por la revelación que le acaba de dar el anciano momentos antes, ya que en el fondo siempre lo había sospechado, sobre como su madre se cansa rápidamente al igual que el tras intentar controlar el poder de su piedra Ben Ben y no consigue lograr muchos resultados con ella. Aparte, las capacidades físicas que tiene son muy limitadas en comparación a las de un Agharti, aunque hay que aceptar que sí son superiores a las de un humano normal, ¿y de ser así, porque Anatis es más fuerte que él? Todas estas y más preguntas rondan por su cabeza mientras observa el brillo de los minerales que rodean las paredes del túnel, y de como reaccionan con su piedra Ben Ben la cual brilla como nunca antes había brillado desde que la ha tenido a su lado.

Anatis camina junto al anciano y a Siptah, y le hace preguntas al anciano Bes sobre como es que la conoce, y si de verdad el lugar que comenta Siptah la ayudará a comprender a como utilizar su Piedra Ben Ben, ya que ella antes había entrenado un poco, pero siempre el arduo entrenamiento le ocasionaba un gran dolor de cabeza, hasta sueño, y no conseguía mucho con ello, pero aun así realmente le sorprendió como su piedra la logro salvar el día anterior. El anciano le pregunta que fue lo que pasaba por su mente y en su corazón en ese momento que se precipitaban el vacio, y Anatis le responde que lo único que quería era vivir y no quería que le pasara nada malo, que tal vez la única solución para salvarse era volar, y recordó que cuando suele volar en el lomo de Bahamut se siente realmente libre como si todo lo demás no importara mas que surcar los cielos, pero ya que el no estaba a su lado en ese momento, pues no le era suficiente, pero en verdad deseaba seguir viviendo y volver a ver a Bahamut. Siptah sin comprender sobre quien es Bahamut, le pregunta a Anatis de quien está hablando, y porque habla de él de esa manera, y antes de que Anatis pudiera emitir sonido alguno por su boca para responder la pregunta de su nuevo amigo, el anciano le habla a Siptah sobre Bahamut, quien se trata de un dragón, a que ya lo había conocido desde hace tiempo, y que ha cuidado de Anatis desde hace poco más de 3 años. Siptah al saber esto, se emociona instantáneamente y le hace toda una serie de preguntas a Anatis sobre Bahamut sobre si algún día se lo presentará, ya que el jamás había visto a un dragón verdadero y quisiera verlo con sus propios ojos. Anatis responde a todas las preguntas, aunque se siente un poco asediada por el curioso y extrovertido niño.

Tras caminar una hora más sin decir palabra alguna, por fin llegan a su destino, a una caverna enorme donde las estalactitas y estalagnitas han formado columnas de gran grosor, lo suficiente para ser tan resistentes como la roca. En el centro de la caverna se halla un estanque de agua limpia y clara sin algas o peces viviendo en su interior. En el centro del estanque se hallan cuatro piedras de forma rectangular que sirven de asientos alrededor de un pedestal vacío, en donde al parecer había algo encima anteriormente. La caverna brilla con ayuda de los minerales dando el efecto de una luz bellamente decorativa, también en el techo hay una abertura de gran tamaño que permite ver el cielo azul, al igual que permite el acceso a una ligera corriente de aire que refresca la caverna entera. Al llegar al estanque, los chicos se quedan sorprendidos a excepción de Siptah quien anteriormente ya había estado ahí. El anciano les pide a los chicos que se acerquen al centro del estanque y se sienten cada quien en su respectiva piedra. El anciano Bes les sugiere que antes de comenzar con su explicación, lo mejor será tomar una pequeña siesta y después comer, para que sus cuerpos y mentes estén en total tranquilidad para lo que están a punto de conocer. Anubis no esta tan acuerdo con la sugerencia y comienza a gritarle al anciano que el no camino hasta este lugar solo para dormir, pero el anciano le comenta que a eso se refería con respecto al cansancio del cuerpo y la mente, lo cual sólo provoca que uno se descontrole, y le pide amablemente a Anubis que descanse encima de su roca y se deje llevar con el sonido del viento y de agua para poder descansar tranquilamente, ya que su mente esta trabajando demasiado por la revelación que tuvo momentos antes y no permite que sus pensamientos estén en orden provocando así que de su boca salgan palabras que en verdad no tiene ningún sentido a lo que el quiere en realidad. Anubis sabe que el anciano tiene razón y decide descansar y dejarse llevar por su cansancio, y de igual forma lo imitan los niños y el anciano. Los cuatro no tardan mucho tiempo en quedarse dormidos ya que el viaje que tuvieron hasta la caverna fue muy agotador, por lo cual logran tener un descanso recuperador para sus energías, aunque su hambre aun no esta tan satisfecha del todo, y ese es el motivo principal por el que despiertan, pero cuando abren los ojos se percatan por el hueco del techo, que el cielo esta lleno de estrellas. El anciano le pide a Anubis y a Siptah que saquen de los sacos que trajeron, las maderas y prendan un fuego en lo que Anatis y él descaman unos pescados que trajeron consigo.

Mientras comen, el anciano le pregunta a Anatis si conoce la conexión que hay entre su comida y ella al igual que con todo ser vivo del planeta, a lo que Anatis responde que tal vez se deba a que la comida les da energía para poder seguir haciendo las actividades que a ella le gustan, al igual que la ayudan a crecer fuerte para permitirle hacer distintas cosas a futuro, pero el anciano no esta tan contento con la respuesta y le vuelve a hacer la pregunta a Siptah, pero este le responde que la comida le da energía para poder seguir con su trabajo de llevar a las cabras a ordeñar, el abuelo sigue sin estar contento con las respuestas y el pide a Anubis que él se la responda, pero este le responde que tal vez se deba a que la comida al cumplir su trabajo se desecha y esos desechos ayudan a que se puedan sembrar otro tipo de comida que ayudan tanto a animales como a los humanos. El anciano esta un poco más complacido con la respuesta, y le pregunta a Anubis sobre como se siente ahora que esta más calmado y puede razonar con más facilidad sus pensamientos para dar una mejor respuesta en comparación de cómo se sentía antes de tomar la siesta. Anubis se queda callado ya que sabe que el anciano decía la verdad horas antes, y Anatis le pregunta al anciano apenada sin importunar si ya les puede explicar el uso de las piedras Ben Ben, pero el anciano soltando carcajadas les comenta que no es impertinente su pregunta si eso es lo que pensaba, ya que para ello los llevo hasta ese lugar, y les pide que saquen sus piedras Ben Ben, pero Siptah no tiene piedra Ben Ben, y se lo hace ver al anciano levantando su mano derecha lo más alto posible para que él anciano se de cuenta de ello, y el anciano al ver la acción de Siptah, saca de su manto una piedra Ben Ben y se la entrega a Siptah, comentándole que pensaba dársela cuando fuera más grande, pero ya que ahora tiene compañeros con quien practicar su concentración para razonar el funcionamiento de las Piedras Ben Ben, hoy se ha convertido en un buen momento para entregársela. Siptah grita y salta de emoción y Anatis lo felicita por ello, mientras que Anubis lo tacha como inmaduro.

Ya una vez que todos tienen sus respectivas piedras Ben Ben, el anciano les pide que antes que nada, deben dejar descansar su mente y alma de cualquier preocupación y pensamiento y que relajen su cuerpo, para que así puedan concentrarse y canalizar su energía dirigida hacia un sólo punto, que en este caso seria la piedra Ben Ben. Los niños lo obedecen, pero la mente de Anubis aún no se encuentra tan despejada del todo y Siptah sigue emocionado con su nueva adquisición, por lo que el anciano les llama la atención y le pide a Anubis que no piense en nada mas que en canalizar su energía, y a Siptah le pide que deje a su Devachan estar en tranquilidad para que su cuerpo y mente lo puedan estar igual. Anatis por su parte esta muy concentrada por lo cual comienza a brillar su piedra Ben Ben, emitiendo una leve luz azul que comienza a intensificarse poco a poco, por lo que el anciano al ver esto, le pide que se concentre tal y como lo hizo el día anterior, pero en lugar de salvarse ahora debe sentir, pensar y en querer con todo su corazón, que su Devachan la ayude a levitar, los demás chicos la ven asombrados ya que comienza a levitar el cabello de Anatis, y su túnica con la que está vestida, a excepción de ella misma, por lo que se ve su ropa interior y cuando Siptah comienza a reírse de ello, Anatis despierta de su trance y sonrojada se baja inmediatamente su túnica. Siptah no para de reírse mientras que Anubis se sonroja y se voltea, el anciano por su parte le pide a Siptah que deje de reírse y mejor que comience a concentrarse, y les pide a todos que bajen sus pies al agua mientras permanecen sentados, para que así sientan cómo fluye por su piel y cómo el viento la mueve, que sientan ese movimiento y perciban cómo el viento choca contra sus caras, después de que sientan eso, que se concentren en la piedra que tienen en su brazo, para que dejen fluir su Devachan por todo su cuerpo hacia la piedra, y ya una vez hecho esto, que permitan que su Devachan se conecte con el Gaia, la energía del planeta, en como el viento, el agua, la piedra en donde están sentados como expulsan su propia energía, que se unan con todo lo que lo que les rodea, que sientan la esencia y el Devachan de los demás, que perciban como esa energía se conecta entre si, ya que todo ser vivo en el planeta esta conectado con el Gaia, que sientan como el viento sopla sobre las dunas fuera de la cueva, transporta la arena y la energía a otros lugares, en como la energía de las personas de la aldea fluye sin cesar, que perciban como la comida que acaban de ingerir tiene su propia energía que revitaliza sus cuerpos, y tras haber sentido todo eso, que transfieran toda esa energía recabada en la piedra alrededor de sus propios cuerpos. Tras concentrarse los chicos, la caverna se llena de un brillo más intenso que provoca que los minerales parecieran tener vida propia, y sienten cómo la energía de los muros de la caverna comienza a concentrarse en las piedras de los niños, las cuales comienzan a brillar más intensamente hasta convertirse en un fulgor azul, como si la energía lo hiciera crecer, pero los niños no se dan cuenta de ello y de que también ellos están brillando junto con sus piedras Ben Ben, ya que siguen sin perder su concentración. El anciano Bes les pide que sientan cómo su cuerpo, su mente y su espíritu o Devachan se concentran en las piedras, tras ello les sugiere que comiencen a desear y a sentir lo mismo que le pidió a Anatis momentos antes, que sientan cómo su energía fluye alrededor de ellos, permitiéndoles levantarse del suelo y flotar, en como sus espíritus, sus cuerpos y su mente se elevan por la caverna, deseando alzarse hasta lo más alto del hueco de la caverna, que deseen y sientan como el viento sopla en sus rostros tras elevarse, pero principalmente que no dejen de sentir la energía del Gaia y que no rompa su conexión con ellos mismos. Los chicos no se dan cuenta, pero se encuentran flotando por el hueco de la caverna que los conduce hacia la salida al exterior.

Los tres chicos, incluyendo al anciano continúan con los ojos cerrados hasta que salen volando por el hueco y aun se encuentran flotando a unos pies de la superficie de la arena del desierto. El anciano les pide que continúen concentrándose, y que deseen transportarse hacia el camino que tienen por delante, que sientan la velocidad del viento estrellarse en ellos, en como la energía del lado contrario de su dirección los impulsa hacia donde quieren dirigirse, que hagan suya toda la energía del Gaia que se encuentra a su alrededor, y al mismo tiempo que deseen en como aumentar esa carga de energía que los impulsa, para así poder incrementar su velocidad, y que se concentren en la aldea y sus aldeanos, que sientan esa energía para que los guíen hacia ellos, que sientan esa unión que los llama, que no sólo perciban la esencia de los aldeanos, sino también al agua del riachuelo y de la fuente de la aldea, que sientan principalmente a los minerales de las cavernas y como los llama. De esa forma los chicos vuelan a toda velocidad hacia la aldea de Siptah, por lo que en su camino eluden las dunas a unos cuantos metros de la superficie, y los animales que se encuentran a su paso, como por ejemplo las cabras de Siptah que en este día son guiadas por Kara, la joven que les llevó el día anterior la comida a la casa del anciano, quien va montada en el caballo de Siptah, que se espanta al verlos pasar a toda velocidad cerca de él, pero que la joven logra controlar sin contra tiempos. Hasta que por fin se acercan al acantilado donde cayeron el día anterior, y el anciano les pide que deseen en este estado en que se encuentran disminuir su velocidad, ya una vez que se detienen exactamente en el centro del acantilado, les pide que se concentren para descender suavemente hasta sentir como la energía que hay entre ellos y la superficie del piso comienza a cerrarse poco a poco hasta ser una misma con su cuerpo, y como su Devachan se une con el Gaia de la tierra, hasta que la energía de su alrededor vuelve a su estado normal, pero que no dejen ir la energía concentrada de su piedra, que cierren toda esa energía acumulada en su piedra y la sellen una vez que hayan sentido la textura de la superficie del suelo en sus pies, y ante todo les pide que construyan una especie de puerta entre sus piedra y ellos, para que les permita abrirla cuando ellos deseen. De esta manera es como los niños descienden lentamente hasta el piso para que al final logren concentrar una gran cantidad de energía alrededor de ellos que comienza a dirigirse a sus respectivas piedras como si fuera succionada hasta que el brillo que una vez fue demasiado intenso cese por completo.

Cuando los cuatro abren los ojos, sólo el abuelo se mantiene en pie y lleno de energía mientras que los niños se ríen entre ellos por la sorpresa de su proeza e inmediatamente a continuación pierden el conocimiento por el cansancio del esfuerzo que acaban de hacer, y el anciano les pide a los demás aldeanos curiosos que se han concentrado alrededor de ellos desde su descenso, que lo ayuden a llevarlos a su cueva para que descansen y duerman, que bien merecido se lo tienen.

ENTRENAMIENTO

A la mañana siguiente, Anatis abre los ojos debido a que hay mucho barullo afuera de la cueva y decide asomarse para ver que sucede, estando agotada por lo acontecido el día anterior, así que Sale de la cueva del anciano Bes, teniendo cuidado de no pisar a Anubis y a Siptah quienes continúan dormidos sobre unos tapetes en el piso. Al salir de la cueva queda deslumbrada por los rayos del sol y se da cuenta de que su servidor Bahamut, se encuentra en la aldea conversando y siendo alimentado por mi viejo amigo Bes, a quien conozco de muchos años atrás, ya que anteriormente solía acompañar al Rey Lobsang a esta aldea a suministrarse de suficientes minerales para crear piedras Ben Ben. Anatis se acerca a mi para abrazarme muy emocionada y así contarme sobre las aventuras que vivió desde que la vi por ultima vez, pero en ese momento salen de la cueva de Bes, Anubis y Siptah aun soñolientos, pero Siptah despierta inmediatamente al verme, ya que jamás había visto a un Dragón como yo, y se lanza desde la saliente de la cueva de Bes para caer encima de mi lomo, pero aunque me haya molestado un poco su caída, me agrada ver la felicidad reflejada en su rostro y no le tomo la menor importancia a la caída de Siptah sobre mi. Anubis me pregunta sobre porque me encuentro en la aldea, y le comento que el día anterior me había preocupado de donde se encontraba mi pequeña Anatis, pero cuando me decidí a ir a buscarla, comencé a sentir una gran energía acumulada, (debido a que yo poseo la Piedra Ben Ben de la pirámide Inkalitum, y todas las demás piedras están conectadas con ella, pero esto no lo menciono y me quedo guardado ese comentario para mi) y me di cuenta que esa energía le pertenecía a Anatis y a mi amigo Bes, al igual que a él y a Siptah, y esto me tranquilizó un poco, ya que sabia que mi pequeña estaba en un lugar seguro, por lo que me permitió dormir tranquilamente hasta que a la mañana de hoy, Neftis se acercó a mi guarida y me preguntó por el paradero de su hijo a quien no había visto en dos días, y le comenté que no se preocupara, ya que se encontraban a salvo, que regresarían por la tarde, que podía confiar en mi, y tras alejarme de la guarida, emprendí el vuelo para llegar hasta la aldea para llevarlo al lado de su madre, ya que no quiero problemas con ella ni con los demás Agharti.

Anubis piensa en su madre y lo que le comento el anciano Bes sobre el manejo de ella con su piedra Ben Ben, y le pregunta amablemente al anciano si es posible que pueda ir seguido a la aldea para que lo entrene a como sintonizarse adecuadamente con su piedra Ben Ben, pero el anciano le responde que lo sucedido el día anterior solo le enseño a comprender el poder su Devachan, del Gaia y su conexión con su piedra Ben Ben, que si comprendió bien la lección del día anterior, el podrá solo con la siguientes lecciones. Anubis no esta muy contento con la respuesta pero sabe que el anciano tiene razón.

Mientras tanto, Siptah sigue emocionado conmigo y no baja de mi lomo y ayuda a Anatis a montarme de igual forma, por su parte mi amigo Bes se acerca a mi y al parecer esta dispuesto a pedirme algo importante asumiendo por la expresión de su mirada, así que le pregunto sobre ello y él me responde que Siptah es un joven muy hábil, que posee una gran fuerza interna pero que su concentración deja mucho que desear, ya que como el alma libre que es, siempre se la pasa jugueteando y no suele tomar las cosas en serio, ya que aun no conoce el verdadero sentimiento del temor, lo cual es muy bueno para él, pero que a la larga podría ocasionarle muchos problemas, pues si no descubre el verdadero miedo, jamás podrá medir las consecuencias de sus actos ni sus limites, y como él y yo sabemos eso podría ocasionarle algún día una gran tragedia y los que se encuentren a su alrededor. Es por eso que me pide que lo entrene tanto en artes marciales, así como en la unión del cuerpo, alma y mente, al igual que en el manejo de su piedra Ben Ben, debido a que tiene muchas esperanzas depositadas en que Siptah algún día llegue a ser el futuro líder de su aldea, y que este es un buen momento para que comience a entrenarse, aparte de que sabe que Siptah, Anatis y Anubis, pueden ayudarse mutuamente a desarrollar sus habilidades, y eso lo pudo apreciar el día anterior al volar desde el templo escondido del Rey Lobsang hasta la aldea. Su petición me honra en verdad, ya que entrenar al futuro líder de su aldea me emociona, pues las enseñanzas que depositó en mi el Rey Lobsang podrían tener un buen uso para generaciones futuras, y esta es una excelente oportunidad para que estas trasciendan entre los humanos y no solo entre los Agharti. Así que acepto con orgullo la petición de Bes. Siptah escucha la conversación y por ello grita de emoción, saltando desde mi lomo hasta los brazos de Bes a quien logra tirar al suelo, también Anatis se pone muy contenta con la noticia, mientras que Anubis solo hace una mueca de aceptación con sus labios, lo cual me dice que su personalidad va a ser muy difícil de cambiar, y puedo percibir que su corazón y mente se encuentran en conflicto debido a sucesos recientes. Al parecer el entrenamiento de estos niños será algo duro para mi, pero sé que dejará grandes frutos.

Después de que Siptah ha preparado sus cosas para partir, inmediatamente todos emprendemos nuestro viaje. Anubis y Anatis van montados en sus respectivos caballos, y el de Siptah va atado con la yegua de Anatis ya que Siptah desea volar en mi lomo y tras pedírmelo de favor, decidí concederle su deseo, y es que en verdad me llena de alegría ver las sonrisas y sentir la emoción de los humanos que son como alimento para mi alma. También me despido de mi amigo Bes y el me agradece lo que estoy haciendo por el y Siptah, y me comenta que cuando necesite de algo tanto en los buenos como en los malos momentos podré contar con él, y me pide que no me preocupe por el Rey Lobsang, debido a su amistad de años atrás y de conocerlo mejor que a nadie, sabe que esta a salvo junto con los habitantes de Shambala y que en su momento hará acto de aparición. Sus palabras me reconfortan aun a pesar de que me estaba haciendo de otra idea, y en el fondo se que lo que dice Bes es verdad.

Y tras emprender el vuelo, Siptah se agarra fuerte de mi cuello mientras que le chifla a su caballo y le pide que cabalgue al lado de Anatis, y obedientemente su caballo le hace caso comenzando rápidamente a trotar jalando consigo a Anatis y a su Yegua. Anubis nos sigue a toda velocidad en su caballo pura sangre y al parecer no ha despejado su mente ya que sus ojos muestran coraje y decisión de hacerse cada vez más fuerte, esto me alegra y presiento que los años que vienen de total entrenamiento serán realmente satisfactorios para todos.

Después de recorrer nuestro largo trayecto de regreso a casa, y sin ninguna complicación, a excepción de que Anatis aun no se acostumbra a montar a caballo y Siptah tuvo que saltar algunas veces de mi lomo hasta su caballo para apaciguar a la yegua de Anatis, y de que Anubis se detenía varias veces para esperarnos, todo nuestro viaje fue tranquilo.

Al llegar a Uaset, Neftis nos recibe en la entrada al palacio y corre a abrazar a su hijo, quien se encuentra abochornado ante la mirada de todos debido a la repentina muestra de afecto de su madre por lo que se aleja inmediatamente de sus brazos. Neftis se nos acerca y regaña a Anatis por haberse llevado a su hijo y le pide que no vuelva a cometer tonterías en donde pueda perjudicar a ambos, que no por ser mi protegida pueda hacer lo que se le antoja. Anatis le pide disculpas y le dice que jamás lo volverá a hacer. Neftis se percata de Siptah que va montado en mi lomo y me pregunta quien es el niño y le respondo que el fue quien halló y ayudó a Anubis y a Anatis en su aldea y le comento que se quedará conmigo por un tiempo. Neftis no muy contenta de que otro humano se quede conmigo porque teme que su hijo seguirá con sus travesuras, le da las gracias por haber ayudado a su hijo y se aleja cortantemente de nosotros, llevandose consigo al joven Anubis.

Mientras tanto, los niños y yo nos dirigimos hacia nuestros aposentos ubicados en mi templo y Siptah decide quedarse a dormir conmigo unas cuantas noches en lo que los esclavos y constructores del reino añaden un cuarto extra para él a un lado de donde me ubico.

Han pasado casi dos años y los chicos entrenan arduamente tanto con el manejo de la piedra Ben Ben como físicamente. Anatis es la que tiene muchos avances con su piedra Ben Ben y es la que ayuda enormemente a que la unión de los dos niños con sus piedras Ben Ben y la de ella pueda funcionar, porque solos, Anubis y Siptah no tienen muchos logros, ya que Siptah es muy inquieto debido a su alma libre y lo travieso que puede llegar a ser, mientras que Anubis aun no despeja su mente de sus dudas y temores con respecto a su herencia.

En su entrenamiento, Siptah sólo logra flotar un metro del suelo pero siempre cuando se emociona de haberlo logrado, pierde la concentración y cae al suelo, mientras que Anubis ha sido capaz de expandir su energía enormemente pero sin retenerla por mucho tiempo ya que en su mente sólo tiene pensamientos inquietantes para poder superar a su madre.

En cuanto a lo físico, el mas sobre saliente es Anubis, quien a primera vista se observa que cuenta con una gran fuerza y un buen manejo de una lanza con una especie de hacha en un extremo, mientras que Anatis es muy buena con las espadas cortas, y Siptah sobresale con una alabarda, la cual posee dos espadas curvas anchas unidas por un mango resistente en medio de ellas, con la cual Siptah puede sostenerlas y manejar las dos espadas como si fuera una vara enorme de gran filo. En este aspecto,

Siptah suele ser muy audaz y su más grande ventaja es que no piensa sus movimientos, debido a su gran espontaneidad que posee, como si peleara instintivamente y por medio de reflejos. Cabe agregar que Siptah suele entrenar en combate contra Anatis y Anubis a la vez, ya que así es como logra explotar y mejorar sus habilidades. A Anubis le da mucho coraje que Siptah pueda ser mejor que él y es por ello que siempre acepta el reto y por ello, solo contra Siptah saca lo mejor de si mismo a la hora del combate, en algunas ocasiones logra ganarle mientras que en otras Siptah vence tanto a Anatis y a Anubis a la vez.

Anatis por su parte tiene mucha agilidad en el aspecto gimnástico y esto la ayuda con sus espadas cortas para evitar los ataques y contra atacar velozmente, situación que motiva enormemente a Siptah ya que le parece muy buena contrincante.

En Anubis, su mayor atributo es la fuerza que utiliza combinada con velocidad en el manejo de su hacha con su lanza larga, que le da gran ventaja en ataques largos mientras que en encuentros cercanos utiliza mucho las piernas y el mango de su arma para ataques potentes.

Los niños suelen turnarse para pelear uno contra uno o dos contra uno. Entre Siptah y Anatis hay un buen entendimiento, pero cuando Anubis hace equipo con cualquiera de ellos, suele ser muy individualista y orgulloso, y aunque sea muy osado, regularmente eso ocasiona que pierda a la hora de hacer equipo, y esto es lo que debo de discutir con él, por lo que después de varios meses, por fin le llamo la atención, pidiéndole que se entienda con su compañero ya que de ser así, en una batalla real el podría ser el causante de que se pierda la batalla, pero lamentablemente reacciona de manera negativa por el comentario y responde gritando que de ser así, él es quien debería de luchar solo sus propias batallas. Anatis trata de calmarlo y de convencerlo para que trate de comprometerse más en el grupo, y tras abrazarlo para intentar tranquilizarlo un poco, Anubis en sus adentros piensa que Anatis a sus doce años se está convirtiendo en una linda jovencita, y reconoce profundamente en su corazón que no quiere separarse de ella, no solo como compañero de entrenamiento, sino que algún día le encantaría dar el siguiente paso para hacer crecer su relación con ella. Siptah sospecha de las intenciones de Anubis con Anatis y sintiéndose algo celoso, le lanza el arma de Anubis a las manos de éste, para que sigan con su entrenamiento. Y mientras ambos niños siguen entrenando, le pido a Anatis que se acerque a mi y que me diga su opinión sobre ambos chicos y sus sentimientos hacia ellos, pero debido a su corta edad, ella inocentemente me responde que los quiere mucho y que quiere que puedan estar juntos para toda la vida, y tras terminar esta frase me lanza una de sus alegres sonrisas y se dispone a unirse al entrenamiento.

Pero tras haber estado entretenidos con el entrenamiento, no nos percatamos de que Neftis la madre de Anubis, siguió a su hijo el día de hoy hasta donde nos encontramos, y logra enterarse que Anubis esta siendo entrenando por mi.

Han pasado tres años más y los chicos ya han crecido bastante. Anatis ha mejorado considerablemente en el manejo de sus espadas cortas que ya ha dejado sorprendidos a los guardias reales, cuando en una ocasión, un esposo celoso se adentró al castillo para intentar asesinar a uno de los guardias reales quien se había acostado con su esposa, y tras enterarse quien era el motivo de la infidelidad de su mujer, se armó de valentía sin cuestionar las consecuencias de sus acciones, listo para liquidar al amante de su mujer. Por lo que esa noche entro sigilosamente al castillo real sin que nadie se diera cuenta hasta que mi pequeña y bella Anatis que es ya toda una jovencita de quince años, logró darse cuenta del intruso justamente cuando acababa de tener una cena con Anubis en una de las terrazas del palacio y estaba a punto de regresar a mi lado. Por lo que Anatis siguió al intruso por todo el palacio sin que este se diera cuenta de su presencia, hasta que cuando el perpetrador estaba a punto de acabar con su presa, después de haber dado con el, quien se encontraba distraído de lo que sucedía a su alrededor, Anatis majestuosamente salta de una cornisa del palacio para seguir corriendo por la pared que estaba a espaldas del atacante y así saltar de la pared, para quedar frente a frente a él y así poder detener el ataque del esposo celoso, con ayuda de sus espadas cortas, ya que iba directo hacia el guardia distraído. Y tras detener el ataque, empuja con sus piernas al aldeano celoso, pero éste solo tiene en su mente matar a quien se ha acostado con su mujer, y cegado por su cólera ataca a Anatis con toda su fuerza, pero ella elude el golpe saltando demasiado alto y dando vueltas en el aire para quedar detrás de su contrincante, y ya que a Anatis se le ha pegado lo bromista de Siptah, toca la espalda su enemigo con su dedo, con tal de llamar su atención, y justamente cuando él se preparaba para atestar el golpe, Anatis baja con sus espadas, la espada de su atacante para así poder atrancarla en el piso y tras asestarle dos patadas giratorias en el aire a su rival, por fin logra derribarlo de una vez por todas.

Otros guardias que vieron todo el espectáculo, desde una de las torres del palacio corren a arrestar al intruso, y de igual forma llega

Neftis quien aplaude la hazaña de Anatis, y le pide que le platique como detuvo al perpetrador, pero Anatis recuerda la promesa que me hizo de no contarle a nadie sobre el entrenamiento que le he estado dando por lo que se disculpa con Neftis poniendo como pretexto que tiene que volver conmigo antes de que me preocupe por llegar tan tarde. Neftis no queda tan satisfecha con la excusa, y en ese momento aparece Osiris algo adormilado y preocupado por el barullo, pero Neftis le comenta que solo era Anatis presumiendo con los guardias su nuevo estilo de pelea, pero Osiris no le cree del todo, ya que Anatis para él es sólo una linda niña delicada y protegida por su servidor Bahamut. Pero Neftis le sugiere que cuide sus espaldas ya que todo lo que brilla no es oro. Osiris no hace mucho caso a sus palabras, y se dirige de nuevo a sus habitaciones.

Siptah por su parte también se ha entrenado bastante bien en la arquería, de eso me di cuenta cuando una mañana decidí buscar mi propio alimento, porque de vez en cuando no esta de más que un dragón saque a relucir sus instintos primarios y queramos cazar. En esa mañana en particular buscaba uno de tantos camellos viejos que ya no aguantan el camino por el desierto y sus dueños los dejan abandonados en pleno desierto, de los cuales suelo alimentarme, pero antes tengo que espantar a todos los buitres carroñeros que inmediatamente se lanzan tras su presa, aunque para mi es demasiado sencillo ahuyentarlos, ya que mi tamaño los sorprende y con un solo rugido huyen despavoridos. Cuando por fin encontré a mi presa, me percaté de que Siptah se acercaba a todo galope montado en su veloz corcel y apuntando al mismo tiempo a los buitres con arco y flecha mientras galopaba, pero yo pensando en que tal vez le atinaría a uno después de tres disparos. Siptah me sorprende al atinarle al buitre que volaba lo mas alto posible de donde se encontraba cabalgando, así que cuando ve que el buitre se desploma a las calientes arenas del desierto, Siptah apresura el galope y logra atraparlo en un gran salto desde su caballo para después caer de nuevo montado pero ahora a espaldas sobre su corcel, para así poder depositar su presa en una cesta ubicada en la parte de posterior del animal. De la misma manera logra cazar más de ocho buitres que servirán como comida esa noche tanto para el, Anatis y para mí. Este joven de diecinueve años, en verdad me sorprende, ya que sin duda llegara ser un grandioso líder y guerrero de su aldea, pero debo de aceptar que aún le hace falta entrenamiento al mantener sus emociones tranquilas para poder manejar adecuadamente su piedra Ben Ben. Aunque no debería pedir demasiado, ya que al fin y al cabo Siptah es tan solo un humano y no es hijo ni descendiente de algún Agharti, y el manejo de las piedras Ben Ben, lo ha logrado gracias a la descendencia de su abuelo Bes, quien ha sido glorificado y bendecido por el Rey Lobsang.

En cambio Anubis ha visitado en varias ocasiones a mi amigo Bes para que lo ayude en el manejo de la piedra Ben Ben, ya que yo no he estado dispuesto a ayudarlo, debido a que cuando una piedra Ben Ben esta a mi lado y comienza a emanar energía, mi Devachan se despliega enormemente delatando así un incremento en todo el Gaia a mi alrededor, que no quiero que Anubis se percate de ello, ni que los Agharti se enteren de que yo poseo una de las originales piedras Ben Ben, por esa razón le sugerí a Anubis ir con Bes, quien en verdad lo ha ayudado enormemente, ya que actualmente Anubis puede volar desde el palacio hasta el templo de las cavernas, en donde dos veces por semanas el anciano Bes lo recibe gustosamente para continuar con su entrenamiento, que en ocasiones Anatis lo acompaña, pero ya que Anubis suele molestarse cuando Anatis lo supera en su manejo, mejor he preferido entrenarla yo mismo, y el entrenamiento lo llevo a cabo en una distancia similar a la de Anubis, pero al norte de del palacio, en donde se haya el Rio Nilo, de esa manera Anatis y yo no somos molestados por nadie.

Hubo una vez en que Anatis me contó que la última vez que acompaño a Anubis al templo de las cavernas, se encontraron con una banda de asaltantes que perseguían montados a caballo a una mujer y a su hijo, por lo que cuando Anubis vio esto, quiso probarse a si mismo con el manejo de las piedras Ben Ben, así que descendió rápidamente para depositar a Anatis sobre una duna para después elevarse de nuevo por los cielos y con el poder de las piedras Ben Ben logro levitar a los asaltantes de sus caballos, manteniéndolos por unos momentos en el aire, para así darle tiempo a la mujer y a su hijo a que escaparan, pero tras ver los ojos de la mujer, que le provoco recordar a su madre Neftis, cuando él era aun un niño, lamentablemente perdió totalmente la concentración y tras querer recuperarla para no permitir que el y los asaltantes se precipitaran al vacio, sólo logró concentrarse en salvarse, pero cuando quiso evitar que los asaltantes se estrellaran contra el suelo, sin querer los lanzo a toda velocidad al mismo cañón donde años atrás cayeron Siptah, Anatis y Anubis. Y al ver que los bandidos se precipitaban al vacio, Anatis voló a toda velocidad hacia el fondo del cañón para salvarlos, pero ellos ya se habían desmayado por la impresión de la caída, aun así Anatis logro salvarlos y depositarlos a salvo cerca de donde se encontraba su caballo, esperando que cuando despertaran, pensaran que todo había sido un mal sueño causado por la insolación tras haber caminado por el desierto.

Anubis se molesto demasiado con Anatis y le pidió que jamás lo volviera a acompañar, ya que el pudo haber salvado a esos bandidos sin una ayuda que el jamás había pedido. Y tras este incidente Anatis jamás volvió a entrenar en el manejo de las piedras Ben Ben al lado de Anubis.

LA CONSPIRACION DE NEFTIS

Han pasado más de dos años y en 10 días se celebrara un torneo de artes marciales en la ciudad de Uaset en honor de la toma de poder de Amon como Rey de los Agharti y de Egipto de manera formal. Amon ya ha cumplido la mayoría de edad entre los Agharti, y a pesar de que su apariencia sea de un chico de 15 años, su verdadera edad es de 22 años, y es hora de que ocupe por fin su lugar en el trono. El premio del torneo es bastante atractivo para los participantes ya que se trata de dos baúles repletos de joyas provenientes del tesoro de la reina Mauth, quien es la que organiza el evento para entretenimiento de su hijo, de los aldeanos y Aghartis asistentes. El evento es comentado por toda la ciudad, a donde arriban guerreros de ciudades y aldeas desde distintas partes del mundo, bastantes de ellos con diferencias notables en su constitución física, hay tanto agricultores de cuerpos enormes, como guerreros de complexión media pero de brazos fuertes y hábiles en el manejo de armas, todos ellos portan diferentes tipos de armas, tanto espadas largas y cortas, lanzas, hachas, oses para el arado, redes de pesca, o invenciones propias de estos guerreros, aunque también se pueden ver una que otra mujer entre el grupo, algunas son robustas y de gran fuerza, pero también hay delicadas como Anubis que a mi parecer son de las más peligrosas y letales, ya que el otro día, cuando paseaba por las calles de la aldea y de las tabernas, pude ver como un aldeano ebrio trato de atacar a una de estas mujeres para aprovecharse de ella besándola, pero en cuanto le puso una mano encima, esta sacó hábilmente una cuchilla de buen tamaño pero sin llegar a ser una espada corta de mucho filo y le corto fina y velozmente todo su brazo, con tal de que le sirviera de lección y no volver a tratar de sobrepasarse con las mujeres.

Anubis, Siptah y Anatis, que por cierto se acerca el cumpleaños numero 18 de mi pequeña, también participaran en el torneo, en ellos tres tengo depositadas todas mis esperanzas debido a que en estos últimos dos años han mejorado maravillosamente sus habilidades físicas y mentales, y aunque no podrán hacer uso de sus piedras Ben Ben, para no levantar sospechas de los demás Aghartis, no me preocupa puesto que cada quien destaca por sus capacidades individuales.

Me he enterado por medio de una de las esclavas muy cercanas a Isis que Isis ha estado de muy mal humor últimamente pues ha visto demasiado cerca a Neftis de su amado Osiris, aparte de que ya se dio cuenta del parecido increíble entre Anubis y Osiris, así que sospecha que Anubis es fruto de un amorío secreto entre Neftis y Osiris, por lo cual ha tratado de mantener alejada a Neftis de Osiris y ordenó su cambio de habitación a una ala del palacio muy alejada de la habitación de Osiris y ella. Pero esta acción de cambiarla de habitación no le ha ayudado lo suficiente pues aún así los ha visto reunirse después de sus horas de comida en las terrazas del palacio, justamente cuando Isis se ocupa de los jardines reales junto a sus jardineros y damas de compañia.

Por mi parte también sospecho de Neftis, por eso introduje hace poco más de siete años, tras nuestra llegada a Uaset una informante de mi plena confianza como parte de sus damas de compañía llamada Kikis, una pequeña aldeana de piel bronceada y pelo lacio largo negro que actualmente cuenta con veintitrés años de edad y que conozco desde niña, que al igual que Anatis vivió también conmigo en Shambala, ella me ha mantenido informado de todo movimiento de Neftis por medio de un pequeño Halcón que pasa desapercibido fácilmente por su tamaño equivalente a un gorrión, al cual bautice como Arek, en honor a mi antiguo informante de la isla Shambala, y es que sinceramente no confío en Neftis desde que la vi secreteándose con Anuket en la pirámide Inkalitum ocho años atrás. Kikis me ha informado que Neftis esta muy emocionada por el torneo que se llevara a cabo, ya que cree plenamente en que su hijo pueda ganar y tiene su confianza depositada en él, aunque sinceramente esta información no me sorprende del todo, ya que como es su madre, es lógico que aliente a su hijo a ganar, pero las últimas noticias son las que en verdad me tienen angustiado ya que el motivo de las visitas seguidas de Neftis con Osiris, se deben a que ella trata de lavarle el cerebro a Osiris, convenciéndolo de que no debería llevarse a cabo la entrega del reinado a Amon, ya que es tan solo un niño que no se separa de las faldas de su madre Mauth, que en lugar de ello es Osiris quien debería de merecer llevar al Reino a una época más prospera para los Agharti y los humanos.

Al parecer con este diálogo, Neftis ha tratado de convencer a Osiris desde hace tres años, pero Osiris siempre rechaza la idea, ya que como Agharti ha jurado proteger a su Rey y a sus herederos, y dicha promesa que le hizo al Rey Lobsang la cumplirá al pie de la letra. Ante esta respuesta, Neftis no se ha dado por vencida y ha seguido tratando de convencer a Osiris, por medio de su hijo Anubis como futuro heredero al trono, pero Osiris sigue sin reconocer a Anubis como su hijo legítimo, por temor a la ira de su esposa Isis para cuando se entere de que le fue infiel. Es por esa razón que ordenó la mudanza a la misma ala del palacio donde se encuentra Neftis a Anubis para que estuviera lo más lejos posible de Isis, aunque Osiris sospecha que Isis ya se habrá enterado de la verdad, debido al parecido de Anubis con Osiris. Temo en verdad que Neftis se tenga algo entre manos ya que ha estado mandado traer muchos bultos con diferentes hierbas, animales e ídolos de piedra, provenientes de diferentes partes del continente, y todo lo ha hecho a escondidas desde hace un año, no sé que planea esta mujer, pero ya que tiene antecedentes como hechicera y curandera del palacio, lo mejor será tenerla más vigilada, así que convenceré a Kikis para que se haga de más confianza con ella para que me mantenga al tanto de lo que haga. Pero por el momento, tengo que llevar a Anatis a un lugar donde pueda entrenar a solas en estos días antes del torneo. Es un valle escondido en dirección al Nilo, nadie lo conoce mas que Bes, el Rey Lobsang y un servidor, en este valle lleno de arboles con cascadas, riachuelos y una laguna que alimenta a los mismos arboles; es un pequeño paraíso en medio del desierto, llena de flores silvestres en tonos azules, rosas, rojas, y unos cuantos lirios, que embellecen majestuosamente el panorama. A este lugar solía el Rey Lobsang traernos a Bes y a mí para quedarnos debajo de la cascada para poner nuestras mentes en blanco, concentrarnos y unirnos con el Gaia. En mi opinión es una conexión más sencilla y más eficiente que dentro de la caverna en los túneles de la aldea del cañón, ya que las flores, los arboles, el agua, el viento y la fauna que viven en el valle facilitan la conexión con todos los seres vivos del planeta, el Devachan y el Gaia.

Ya tenia tiempo que quería traer a Anatis, pero preferí esperar y este me pareció un buen momento para ella, ya que participara en el torneo del Reino, y con mayor motivo debido a que cuando la Reina Mauth supo que Anatis se había inscrito también al Torneo, me comentó que habrá una gran sorpresa en el torneo y que será muy difícil que un humano gane el torneo ya que habrá un contrincante excepcional. Este comentario de la Reina no lo tomé a la ligera y es por eso que quiero que Anatis entrene en este lugar y deje fluir su Devachan y que se una con su mente, su corazón y el Gaia, y que trate de sacar el mejor provecho de ello.

Al llegar al pie de la cascada le pido que se introduzca en la parte inferior de la cascada y se siente debajo de ella, permitiendo que toda la cascada caiga sobre todo su ser. Ella me pregunta si estoy bromeando, pero le respondo que no, y le pido que lo haga, que no se preocupe por el frío ya que se acostumbrará, y dejará de sentir frío rápidamente, pero que despeje su mente de cualquier sensación física, que sólo deje que su espíritu la una con la energía del agua, así como del viento a su alrededor, y que perciba todo lo que está a su alrededor así como lo hizo en la caverna ocho años atrás, y la invito a que intente levitar contra la corriente para empezar. Anatis hace caso de la petición y se sienta en el lugar indicado permitiendo fluir su energía, provocando un gran brillo azul proveniente de su cuerpo y de la unión con su piedra Ben Ben, al parecer le cuesta trabajo la hazaña, pero le sugiero que se concentre cada vez más, que no tema, que sólo se deje conectar con el agua, que imponga su energía conectada con el rio, que encuentre el punto de donde fluye el Gaia que emana de la cascada, para que pueda contrarrestarla con su propia energía, hasta que la pueda vencer y se envuelva en esa misma energía para que así pueda levitar sin problema. Anatis entiende mis indicaciones y logra levitar con éxito tras unos minutos de concentración, comenzando a levitar por su propia cuenta contra la cascada hasta llegar a la parte superior de la misma y quedar flotando por los aires, así que emprendo el vuelo y la felicito por la hazaña que acaba de realizar. Anatis se emociona bastante y vuela feliz por una gran parte del valle y le hago compañía, por lo feliz que me hace sentir el éxito de mi pequeña. Después de un rato de diversión, de haber comido y descansado, le comento cual será su próxima hazaña por la que tendrá que permanecer en este lugar hasta que lo logre. Anatis me pregunta de qué se trata, y le digo que ahora lo que tendrá que hacer es invertir el flujo de la cascada y sostener por unos momentos el agua en lo más alto de su desemboque sin permitir que caiga nada de agua, todo por medio de su propia energía. Anatis piensa que estoy loco por ello, pero le demuestro confianza al comentarle que creo en ella y en sus habilidades, ya que lo que hizo hace unas horas no es nada en comparación del poder que esconde en su interior, ya que ella al igual que todos los humanos cuentan con grandes poderes mentales y físicos, pero que no saben como sacar a relucir esos poderes, y que la Piedra Ben Ben es solo un medio para canalizar esa energía al conectarla con el Gaia del planeta, aparte no tiene de que preocuparse ya que siempre ha demostrado ser muy hábil en el manejo de su energía, gracias a su Devachan o espíritu interno que siempre se ha conocido como esencia, con la cual nace cada uno de los seres vivos del planeta, en algunos es mas fuerte e imponente o en otras siempre se encuentra en estado pasivo hasta que uno se percata de su potencial y lo saca a relucir, ya sea en su personalidad, en sus relaciones con los demás, pero en este caso, ella siempre ha tenido la característica de que su mente, y cuerpo siempre han estado conectados en perfecta armonía con su alma, de manera natural, lo cual le permite realizar todas estas hazañas, y de seguir así con su entrenamiento, algún día podría superar a los Agharti al no depender de su Piedra Ben Ben, tal y como anteriormente lo solía hacer el Rey Lobsang.

Anatis se siente inspirada por mi plática y esta decidida a ser la mejor, debido a que siempre admiró al Rey Lobsang y espera ser igual de fuerte que él algún día. Así es como Anatis se decide a seguir adelante y vuelve a sentarse debajo de la cascada, concentrándose fuertemente en su objetivo, pero al principio sólo logra detener un poco la cascada sin poder levantar su flujo, algo que en verdad me sorprende, ya que no pensé que fuera capaz de hacer esto en el primer intento, así que no dudo que alcance su meta antes del día del torneo.

Anubis por lo tanto esta llevando un entrenamiento muy diferente al de Anatis gracias a Neftis quien le ha conseguido contrincantes de gran tamaño, fuerza y destreza para enfrentarlos como parte de su entrenamiento, estos diez guerreros son parte de los participantes provenientes de distintas aldeas del continente africano a quienes Neftis ha persuadido con joyas y oro para que dejen el torneo y mejor ayuden a entrenar a su hijo. En uno de los patios del palacio, muy cerca de una de las terrazas de los pasillos principales del castillo Anubis se encuentra rodeado en una formación circular por nueve de sus enemigos y sin ningún arma, pero uno de ellos, el más joven y mejor parecido de ellos con piel blanca aperlada y de cabellos rubios se encuentra viendo con suma atención el entrenamiento un poco alejado de ellos. Anubis no presta atención, piensa que tal vez se deba a que sea un cobarde y solo quiere aprovecharse de la generosidad de su madre así que decide pelear contra los demás con o sin el. El mas grande de todos, un mastodonte mulato de dos metros con diez centímetros de estatura, con un garrote con picos se lanza contra Anubis para asestarle un fuerte golpe y aplastar su cabeza, pero Anubis salta lo más alto posible y cae detrás de el, así que el gran hombre intenta un segundo golpe abanicando su mazo, pero no se percata de que uno de sus compañeros también se lanzaba contra Anubis quien vuelve a saltar provocando que el mastodonte se deshaga de su compañero, y al descender, Anubis le asesta una fuerte patada a los ojos del gigante, cegándolo por un corto tiempo, el suficiente para realizar una patada barrida y tirarlo al suelo, lo que aprovecha Anubis volviendo a saltar con sus rodillas interponiéndolas para caer en el cuello del hombre y deshabilitarlo por completo para que no se vuelva a parar. Neftis se siente contenta por la destreza de su hijo, y se percata que Osiris pasa a su lado, algo distraído ya que uno de sus consejeros le comenta sus propuestas para los adornos del castillo para el día del torneo, mostrándole con ayuda de un esclavo una exquisita colección de tapices bordados que muestran diferentes logotipos para que Osiris elija cual será utilizado en el torneo, pero antes de que Osiris elija uno de ellos, Neftis lo interrumpe y lo jala del brazo hacia la terraza que conduce al patio, pero Osiris alcanza a seleccionar un logotipo a tiempo, y dándole la indicación a su consejero para que comiencen con los respectivos arreglos del torneo.

Al llegar a la terraza, Osiris ve como Anubis detiene con ambas manos la lanza en forma de tridente de uno de sus contrincantes y haciendo palanca con su cuerpo, logra derribar a su enemigo y a utilizar su arma contra otro de sus atacantes que tenia una espada de gran tamaño, atacándolo de manera que su mano quede entre el tridente, pero sin lograr tirar la espada del todo, por lo que Anubis corre a toda velocidad a un lado de su contrincante para jalar con fuerza la lanza hacia el lado contrario, logrando tirar a su enemigo al suelo y que suelte su espada, de la cual Anubis se apodera para detener el letal golpe del mazo con cadena de otro de sus enemigos, a quien le corta la cadena, provocando que el mazo salga volando hacia a un lado de la cara del extraño joven que esta observando la pelea, quien no se inmuta para nada. Anubis solo lo mira con desprecio, y continua con su pelea, asestando una patada en el estomago de su enemigo para sacarle el aire y con el mango de la espada, golpea la nuca para que quede desmayado. Al aproximarse el sexto de sus contrincantes quien tiene una gran hacha parecida al arma que suele usar Anubis, este se barre por el piso por en medio de las piernas de su enemigo, sosteniendo el arma de su contrincante, para que con el movimiento realizado Anubis logre derribarlo contra el suelo y pueda quedarse con el arma de su enemigo. Anubis invita a todos sus atacantes que aun quedan en pie, que tomen sus armas y se lancen en su contra al mismo tiempo, y sin pensarlo dos veces, seis de ellos se abalanzan y a quien pertenecía el mazo con cadena, trata de tomar el arma del gigante, pero es demasiada pesada para sostenerla y abandona la idea, y espera a que uno de sus compañeros pierda su arma para continuar luchando. Anubis recibe al primero que lleva la espada y con la punta del hacha se la corta a la mitad, y se queda inmutado el pobre por perder su arma, otros dos aprovechan con una gran red de metal para dejar inhabilitado a Anubis, pero este se lanza corriendo hacia ellos y utiliza su arma como jabalina para saltar lo mas alto posible, para que con el impulso de su caída pueda partir la red de metal con su hacha, y al momento de partirla a la mitad, con ambas piernas derriba al mismo tiempo a los usuarios de la red metálica. Otro mas que trae dos espadas cortas se impulsa de una de las paredes del patio para impulsarse en línea recta con sus espadas de frente hacia la parte media del cuerpo de Anubis, pero este da una media vuelta rápida, y con la punta contraria de su arma, en donde solo tiene un soporte metálico, le da fuerte un golpe en la columna de su rival en medio del aire, y lo estrella en el piso. Mientras el que tenía la espada aprovecha para tomar el tridente y atacar, pero Anubis sólo se agacha haciendo su cuerpo hacia atrás para evitar la lanza y dándose una vuelta al mismo tiempo que le propicia una patada en la quijada a su enemigo y lo desmaya por completo. Por ello ya solo quedan dos enemigos más, el que aun espera tomar un arma para pelear ya no sabe que hacer, ya que todas están destruidas, y otro mas quien posee dos látigos metálicos que maneja prodigiosamente, quien lanza uno al arma de Anubis que trata de detener el ataque, pero su arma es partida a la mitad por uno de los látigos, ya que el otro logra asestarle a los pies y lo tira por completo al suelo. El contrincante de Anubis comienza a atacarlo con sus látigos, pero Anubis logra evitarlos utilizando sus brazos y piernas para impulsarse y girar en el aire para ponerse de pie, y dándole una pata giratoria inmediatamente a su rival, pero no logra hacerle suficiente daño, así que este aprovecha para lanzar sus látigos al mismo tiempo de manera horizontal, y Anubis logra salvar el golpe saltando en medio de ellos, y con ayuda del mango del hacha que tenia hace unos momentos, logra golpear uno de los látigos rápidamente para enredarlo en el cuello de su enemigo quien aun sigue moviendo fuertemente sus látigos, logrando ahorcarse el solo y caer al suelo sin cabeza, ya que este látigo tenia a su alrededor una hoja afilada extremadamente delgada con la que pudo cortar el mango del hacha con tanta facilidad, y Anubis solo aprovecho ese filo en contra de su enemigo. Anubis disfruta su victoria saludando a su madre y a Osiris, pero recuerda que aun le falta un enemigo a vencer, pero cuando voltea a buscar al joven apuesto, ya no lo encuentra por ninguna parte y se pregunta quien pudo haber sido, si era solo un buscador de oportunidades o si se tratara de un buen guerrero. Osiris observa la victoria de Anubis y Neftis le dice que Anubis es un digno hijo de el, y que seria un perfecto heredero al trono de los Agharti, y no ese hijo de mami de Amon que no se suelta por ningún motivo de las faldas de la Reina Mauth. Osiris le da una bofeteada fuerte a Neftis para que se calle, ya que como se lo ha dicho mil veces, el ha jurado lealtad a la familia real y por nada se les revelaría en su contra, al terminar de decir esto, Osiris se aleja, dejando a Neftis en el suelo con lagrimas llenas de rabia, y mi confiable Kikis se percata de todo lo sucedido escondida tras un pilar del pasillo sin que nadie la note. Aunque ella tampoco se da cuenta que Isis también observo toda la acción a unos metros de ellas, tras la puerta de una habitación que estaba a las espaldas de Kikis.

Siptah mientras tanto se encuentra saltando de choza en choza por la ciudad, muy cerca del palacio, ya que esta persiguiendo a unos ladrones que vio que le arrebataron una especie de morral a un hombre cubierto con una túnica andrajosa, que denotaba que había caminado muchas distancias, y le pareció que era de gran valor ya que vio que algo brillaba como oro, con símbolos que el jamás había visto en su interior, todo eso observó mientras que uno de los dos ladrones al intentar subir por un tejado con ayuda de su compañero estuvo apunto de tirar su contenido, y en cuanto vio esto, le pregunto al hombre de túnica el contenido de su moral, a lo que el le respondió que era algo sumamente importante para el y de alguna manera para todas las personas que lo rodeaban. Siptah no entendió del todo al hombre, pero su sexto sentido que lo motiva a actuar por instinto, lo empujo a seguir a los ladrones, así que sin pensarlo dos veces Siptah se precipito a la cacería, y para lograr cerrarles el paso se adelanta a ellos por la calle hasta llegar a un callejón en donde con la fuerza de sus piernas y su inusual forma de impulsarse por las paredes del callejón saltando de lado al lado, le ayuda a llegar a un tejado que estaban a punto de pisar los ladrones, pero Siptah no se esperaba que estos hombres fueran unos Agharti, ya que logro ver en ellos ese brillo azul característico en los ojos, por lo que vacilo por un instante, pero no por eso ceso su cacería, ya que sabia que trataba con buenos oponentes, y con ayuda de todas sus habilidades físicas continua persiguiéndolos por los tejados, y en una de las intersecciones entre tejado y tejado ocasionadas por las avenidas de la ciudadela, y con ayuda de un balde de madera sostenida por una cuerda logra derribar a uno de los Agharti ladrones al amarrar su pie con el balde mientras iba saltando, provocando así que caiga en la avenida que estaban saltando en ese momento, para así precipitarse exactamente sobre un puesto de frutas, aunque lamentablemente era el que no traía el moral, así que no le presta atención al ladrón que acababa de derribar y sigue persiguiendo a su verdadero objetivo.

Su persecución no dura mucho, ya que el ladrón corre por los tejados con saltos asombrosos que si no fuera por el entrenamiento que ha tenido Siptah, le hubiera sido difícil seguirle el paso, y gracias a los rápidos reflejos de Siptah, quien no deja de lanzar piedras a su enemigo, por fin logra derribar uno de los puntos de apoyo del Agharti en los tejados próximos hacia los que salta, tal vez no se hubiera acabado esta persecución, pero para sorpresa de Siptah, el Agharti en un ultimo intento de librarse de su caída, pega un salto increíblemente largo al rebotar en una pared cuando apenas iba cayendo, que lo impulsa al coliseo en donde se llevara a cabo el torneo. Siptah no se da por vencido y tras saltar aun mas rápido entre las edificaciones, logra darle alcance por fin, pero no sabe que el ladrón se prepara para pelear con todo su poder por el moral robado, pero ya que a Siptah le encantan los retos, acepta gustosamente, expandiendo su arma, que le mando hacer Anubis al igual que para Anatis y para el mismo, con el mejor armero del continente, las cuales tienen una resistencia enorme, y gracias a la manufactura del diseño, pueden cargar las armas retractiles en su cinturón sin ningún problema, pero al Agharti no le impresiona en lo mas mínimo ya que también el tiene una arma retráctil, la cual solo se trata de una bastón de un grosor considerable, y suponiendo que es un arma Agharti como la suya, Siptah no piensa tener consideración y decide poner a prueba las habilidades de su oponente al hacerle una seña con su mano para que sea el primero en atacar.

El Agharti se lanza con todas sus fuerzas hacia Siptah, quien detiene el golpe en seco con una de las hojas filosas de su arma al parecer irrompible, y con un movimiento rápido, con el otro extremo de la alabarda, intenta tirar al piso a su oponente quien con una sola mano recupera el equilibrio y saltando hacia atrás con gran habilidad le hace la misma jugada a Siptah de ocasionarle con su bastón una barrida a Siptah, quien se precipita al suelo. Siptah en el suelo se enoja y se pone de pie rápidamente de un salto con ayuda de una sola mano y se da cuenta de que no debe de tomar a la ligera a su rival.

En ese momento el hombre con túnica observa cuidadosamente la pelea poniendo sumo interés a los movimientos de Siptah.

Siptah ahora contraataca con toda su fuerza sosteniendo su arma en alto para asestar un golpe mortal, pero el Agharti detiene el ataque con su arma, por lo que Siptah gira en el aire evadiendo a su enemigo para caer a sus espaldas, e inmediatamente apoyándose en su arma, gira para asestar una fuerte patada a su rival en las costillas, quien estaba dando la vuelta para darle la cara a Siptah. El Agharti cae al suelo, y Siptah con una sonrisa en la cara le pide que se levante para continuar con la pelea, a lo que el Agharti responde con una patada por el suelo para tirar a Siptah, quien gira hacia atrás, movimiento que el Agharti aprovecha para atacar con un gran manejo de su arma, a lo que Siptah da lo mejor de si mismo para no ser vencido y ganar en esta contienda, pero viendo que el Agharti no cesa sus ataque con su arma y que logra detener todos sus ataques como si leyera su pensamiento, y notando que toda su técnica de pelea se basa en su arma, que al parecer contiene una pequeña piedra Ben Ben por la mitad del bastón, Siptah piensa bien su estrategia, para aprovechar la ventaja y desventaja del arma de su rival, al mismo tiempo que ataca con su alabarda de manera impredecible, el enemigo se confía pensando que es el mismo ataque y se burla con una sonrisa burlona, pero no cuenta con que Siptah esconde su cuerpo con su arma en movimientos rápidos y estratégicos para poder atacar con las piernas y con la cabeza, sin que su enemigo pueda anticipar a estos ataques. Siptah viendo que su estratégica funciona, ataca rápidamente utilizando aparte de las piernas y la cabeza, los codos y rodillas, para asestar golpes al por mayor con su arma, sacando de ritmo a su contrincante, y volviéndolo menos hábil con el bastón, hasta que por fin logra desarmarlo y tendiéndolo en el suelo, con un pie encima de su pecho y una de las hojas filosas de su arma a pocos centímetros de su yugular. Siptah le ordena que se vaya de ese lugar para no verlo jamás en la vida y le dice que no robara mas en la ciudad, sino, tendrá que acabar con el, pero el Agharti comienza a hablar en una lengua desconocida para Siptah, a la vez que le comienzan a brillar por completo los ojos. Siptah no sabe como reaccionar y da unos pasos hacia atrás. Pero del cuerpo que se haya en el piso comienza a emerger una energía azul de forma nebulosa y a recorrer ambos contrincantes por completo, provocando así que Siptah se sienta mareado como si dejara de respirar, pero en ese momento el extraño con túnica corre a toda velocidad y sacando del moral una especie de reloj de arena logra atrapar la energía flotante del Agharti caído. Siptah despierta algo aturdido y débil por lo acontecido y se percata de que el encapuchado esta junto a el, asegurándose de que se encuentre bien. Siptah le agradece por la ayuda y le pregunta sobre quienes eran los ladrones, a lo que el extraño le responde que se trataban de ladrones Agharti que están interesados en sus artefactos poco comunes, Siptah le pregunta sobre dichos artefactos, pero el extraño se quita la capucha descubriendo su cara y su identidad, que terminan siendo el mismo guerrero que estaba observando el entrenamiento de Anubis y que no quiso verse involucrado. El extraño menciona que se llama Seb, y que el también es un Agharti, y que por siglos ha estado experimentado con la continuidad espacio tiempo del planeta, aunque con muy pocos avances para su particular punto de vista, y que el morral que salvo de los ladrones contiene los últimos avances en su investigación, y que quiere agradecerle con un regalo a Siptah por su ayuda, quien al parecer no entendió nada sobre la dichosa investigación, gracias a que tras tratar de captar la idea, le comenzó a doler demasiado la cabeza por el hecho de pensar demasiado. Pero Seb se despreocupa de ese detalle y busca entre los artículos de su morral y revuelve todo el contenido hasta que logra sacar lo que al parecer es un hermoso brazalete dorado con iconos que representan relojes de arena y una especie de supernovas encimadas en símbolos muy extraños para Siptah, aunque en realidad se tratan de los números occidentales 0 y 1, en forma de lenguaje binario, el cual se revelo cuando Siptah se acerco el brazalete a su pecho donde tiene oculta su Piedra Ben Ben. Seb sonríe disimuladamente al percatarse de la piedra Ben Ben de Siptah y le pregunta si sabe controlar los poderes de la piedra, a lo que Siptah responde que mas o menos ha podido aprovechar la piedra pero que le hace falta mucho entrenamiento con ella, porque en los últimos años ha entrenado mas sus capacidades físicas, pero que algún día le gustaría controlar su energía a través de la piedra Ben Ben, como su amiga Anatis. Seb le pregunta con interés a Siptah sobre quien es Anatis y si puede presentársela algún día, y Siptah le contesta que no sabe su paradero, ya que se fue con otro amigo a entrenar muy lejos hasta el día del torneo, y que teme que tal vez se haga mucho mas fuerte, ya que le será difícil ganarle, aunque se alegra por ello, ya que menciona que se siente seguro de que Anatis podría ganarle por lo menos a Anubis y bien podría quedar en un segundo lugar, después de

que Siptah gane, pues se siente muy confiado consigo mismo. Seb vuelve
a sonreír orgullosamente, y le pregunta a Siptah ¿si le gustaría incrementar
su dominio con la piedra Ben Ben y si también quisiera aprender
nuevos trucos que lo harán invencible contra sus enemigos, sin importa
que sean Aghartis o no? Siptah acepta gustosamente, y Seb se acerca al
chico, quitándole el brazalete de las manos, para después colocarlo en
su muñeca, y pidiéndole que tenga que seguir todas sus indicaciones al
pie de la letra. Siptah asiente con la cabeza y Seb vuelve a sacar de su
morral un extraño articulo, pero ahora en forma de báculo extensible con
el que dibuja en el aire un circulo, que se convierte en una especie de
portal que atraviesan y con el cual son transportados a una isla solitaria en
medio del mar, en donde Seb le comenta a Siptah que este será su lugar
de entrenamiento y que se prepare para la semana mas pesada de su vida,
por lo que Siptah solo traga saliva algo temeroso por lo que se le espera.

EL TORNEO

Por fin ha llegado el gran día del torneo de artes marciales, en honor al príncipe Amon y su coronación a Rey, que sin duda será uno de los eventos que perduraran en los libros de historia. Toda la ciudad esta conmocionada, pues las calles se encuentran adornadas con tapices de diferentes tipo de telas con jeroglíficos con leyendas que apoyan a un luchador determinado o de peleas que les gustaría presenciar, y de igual manera se puede apreciar que en la plaza principal se esta construyendo una estatua de granito de cuatro metros de altura del Joven Amon.

En el coliseo donde se llevaran a cabo las contiendas, hay mucha gente formada para poder entrar a ver la selección de las peleas. En el interior del coliseo se aprecia que han venido gente de todos los reinos aledaños, al igual que de países muy lejanos, ya que puedo darme cuenta de ello desde el cielo que estoy sobrevolando, y por cierto, observo que hay una raza de gente con ojos muy cerrados con piel bronceada y todos con barbas y bigotes largos, cubiertos de pieles de animales que me imagino han de cubrirlos muy bien en las zonas de extremo frio. En la parte de hasta arriba de la ala izquierda del coliseo, muy cercana de donde estarán presenciando los Agharti el torneo, hay hombres y mujeres de gran estatura, de piel demasiada blanca en comparación a los habitantes de Uaset, de largos cabellos rubios e igualmente cubiertos de pieles de animales. Todo esto me parece extraño, porque sus ropas me parecen fuera de lo cotidiano, ya que jamás había visto gente así, aun a pesar de mis viajes por el mundo con el Rey Lobsang, aparte de que la Piedra Ben Ben que llevo en mi interior no ha dejado de emitir señales de energía como si algo estuviera sucediendo. Así que creo que será mejor que me mantenga alerta por si acaso.

La selección de las pelas esta por comenzar, en las gradas especiales, se encuentran la Reina Mauth en medio de todos, junto con Amon a su lado, y a la derecha de la Reina se encuentran Osiris e Isis y sus dos esclavas, entre ellas, quien me mantiene informado de todo, muy cerca de Neftis y mi confiable espía Kikis, y ocupando un gran espacio en las gradas me encuentro yo, recostado para apreciar el espectáculo, aunque sinceramente no pensé que me permitieran estar aquí, pero para la reina Mauth, soy parte de la realeza, debido a mi fidelidad y entrega al Rey Lobsang, y al haber ayudado en Shambala, lo mas posible tras el ataque de Anuket y de Leviatán.

Para la selección de las contiendas oficiales, los contrincantes tienen que pasar por una fase de selección la cual consiste en pelear unos contra otros en dieciséis equipos diferentes constituidos por veinte personas por equipo, así el vencedor tendrá el derecho de participar en las preliminares del torneo. Inteligentemente Siptah, Anatis y Anubis, eligieron inscribirse en equipos diferentes para poder pelear más adelante hasta el final del torneo, deseándose siempre lo mejor para competir en rondas avanzadas y demostrar los avances de sus entrenamientos por separado. Pero el trió de jóvenes no han sido los únicos que pensaron dicha estrategia ya que también uno de los hombres de ojos pequeños y de piel pálida, se apunto en un equipo diferente, que por cierto porta dos espadas guardadas en su funda, es de una apariencia juvenil y seria, aunque debo aceptar que su parecido con Siptah es increíble, aun a pesar de tener sus ojos rasgados y su color de piel, a lo mejor ha de ser mi imaginación después de tener que soportar sus travesuras después de tantos años.

Otro quien se alisto a un equipo diferente fue un bárbaro alto, rubio con su enorme espada. Al igual que otro hombre de ojos pequeños pero moreno alto y gordo que sostiene una cadena con una oz en un extremo. También se encuentra la mujer de hermoso cuerpo y de cabellera rubia con piel blanca que puso en su lugar a un borracho el otro día en la aldea, pero ahora vestida con muy poca ropa, en la parte de abajo lleva puesta una tela ajustada que conforma un short y una blusa muy pegada a su escultural cuerpo y en sus manos tiene dos aditamentos muy extraños para mi. Otro individuo que sobresale de los nueve equipos restantes es el Agharti de túnica derruida, quien se dedico a entrenar a Siptah en los últimos diez días, aunque hay algo en el que no encaja, ya que al tratarse de un Agharti, me pregunto porque esta tan interesado en ser un peleador mas en el torneo y no sentarse a apreciar la pelea con los demás de su especie, ya que todos los Agharti que conozco evitan el contacto físico con los humanos, pero aun a pesar de ello percibo que su participación en el torneo será por demás importante e impresionante, ya que no muestra llevar arma alguna consigo.

Para llevarse a cabo las rondas de selección de los peleadores que participaran en el torneo, los integrantes de cada equipo de los dieciséis existentes tienen que luchar entre si en la arena principal sin limite de tiempo, mano a mano, sin arma alguna y el que resulte vencedor de todo el equipo será el único que tendrá derecho a participar en las preliminares del torneo.

El primero equipo en participar es en donde se encuentra Anubis, y al parecer es el luchador más fuerte de este grupo, ya que los demás integrantes solo sobresalen por su estatura y complexión musculosa, pero a mi parecer no detecto a nadie con un Devachan de pelea que se iguale al de Anubis, así que dudo que llegue haber un reto para Anubis.

El réferi da la indicación para que comience la contienda, y todos los luchadores de gran tamaño y complexión pelean entre si, algunos caen con un solo golpe o dos, mientras que otros parecen verdaderos titanes al intercambiar golpes. Anubis se siente decepcionado por la debilidad de sus contrincantes y se desespera ya que quiere luchar contra verdaderos oponentes que representen un reto para el, así que decide tomar iniciativa para agilizar las cosas y ataca a sus rivales con patadas voladoras, intercambios de golpes, con la ventaja de que Anubis sabe precisamente donde golpear, aparte de utilizar un poco de su Devachan para sacar a relucir su gran fuerza, y aunque uno o dos peleadores lo toman desprevenido para asestarle unos cuantos golpes mientras lo sostienen del cuerpo otros tres peleadores mas, Anubis hace uso de una técnica parecida al Aikido, en donde se aprovechan el tamaño, fuerza y pesos de sus atacantes para vencerlos, sacando ventaja de sus captores y utiliza su tamaño para utilizarlos de escudos y con gran habilidad aprovecha la velocidad de sus dos atacantes que se lanzaban contra el, pero con ayuda de su cuerpo al tirarse hacia atrás y con sus piernas se impulsa para levantarlos por los cielos, pero mientras se precipitan contra el suelo, velozmente Anubis los ataca con una diversa variedad de golpes a gran velocidad que el publico normal no puede ver, a excepción de los Agharti y los peleadores mas fuertes que observan con atención los movimientos de Anubis en la parte de abajo de las gradas alrededor de la arena.

Al chocar sus adversarios contra el suelo, Anubis se aleja de la arena del duelo levantando el brazo en señal de victoria con una sonrisa en la cara, y el arbitro con la boca abierta y atónito por el espectáculo que acaba de presenciar, tras regresar a la realidad, declara la victoria de Anubis y anuncia la siguiente pelea en donde pertenece la mujer con extrañas ropas de color negro ajustadas y brillantes.

En el equipo de la chica misteriosa se encuentran hombres que se consideran guapos y que buscan conseguir algo con ella, pero al parecer esta situación a ella le desagrada, y al ser llenada de elogios y piropos, se enfurece y menciona unas palabras que mas o menos suenan así: "go the hell" en un idioma desconocido en esta época, pero que en un futuro se conocerá dicho idioma como ingles, así que la chica comienza a atacar con toda su furia desencadenada, rompiendo piernas y brazos al por mayor y noqueando a la mayoría de un solo golpe, ya que sus contrincantes están embobados por su belleza y no dejan de lanzar piropos sin prestar atención a los ataques de la bella joven, que al quedar como vencedora, el arbitro le levanta el brazo, pero al no saber su nombre, la nombro la muñeca de puños de acero, pero la joven le da tremenda bofetada y menciona en nuestro idioma que se no es ninguna muñeca y que podemos llamarla Samantha Newman, y a continuación se aleja de la arena y se sienta en la banca de los vencedores junto a Anubis, quien hace caso omiso de ella. El nombre de la chica me parece realmente extraño, al igual que la lengua que pronuncio anteriormente, todo esto es muy sospechoso, me pregunto de donde habrá venido esta mujer tan extraña.

La siguiente pelea es del Rubio de gran tamaño de piel blanca, y sus contrincantes en su mayoría son de su estatura aunque algunos de complexión más robusta. El arbitro da señas de que comience la pelea y el rubio se lanza corriendo contra todos, con los brazos firmes extendidos, logrando tirar a cinco a la vez, y tras caer al suelo, el bárbaro rubio cae con sus codos sobre los estómagos de dos de ellos, y con sus piernas, atrapa del cuello a otro que se abalanzaba contra el, y se impulsa con el cuerpo de su oponente para poder vueltas y tirarlo al piso, y cuando tres mas se lanzan contra el para atraparlo en el suelo, todos los demás lo imitan y se amotinan a la vez, por lo que todos pensamos que fue el final para el bárbaro rubio, pero nos sorprendemos inmediatamente cuando el bárbaro se levanta con todas sus fuerzas y acierta una gran cantidad de golpes, patadas, cabezazos, rodillazos y codazos contra sus rivales, noqueándolos fácilmente en un dos por tres, para lograr así la victoria buscada. El arbitro levanta su brazo para declararlo ganador, y tras gritar a todo pulmón que su nombre es Fenril, el posa victorioso parado encima de los cuerpos de sus contrincantes vencidos.

El siguiente participante es el gran hombre gordo y moreno de ojos rasgados, y sus contrincantes son campesinos de la región, y pescadores altos y fornidos. En cuanto el arbitro declara que pueden comenzar a pelear, el hombre gordo se aferra al que parece ser el peleador mas fuerte y resistente de todos, al cual lo noquea inmediatamente de un solo golpe y lo agarra de los pies para utilizarlo como arma en contra de sus rivales, es bastante feroz y sin piedad golpea a todos, y en cuanto siente que su arma humana no le sirve mas, porque parece ser que varios de sus huesos ya se encuentran rotos, lo avienta contra otros adversarios y con sus poderosas manos golpea a quien se le ponga enfrente y con cabezazos noquea a varios, hasta que se le pone enfrente otro hombre de su mismo peso y tamaño o tal vez aun mas alto, pero el gordo salvaje no se tienta el corazón y de un solo golpe le entierra a su rival el hueso de la nariz en el cerebro, quedando así como ganador invicto de esta pelea, y el réferi temeroso del hombre, no le queda mas que declararlo ganador, no sin antes preguntarle su nombre, pero el gordo solo grita Khan con las manos en alto presumiendo su victoria, así que el arbitro lo llama Khan y pidiendo que pasen los siguientes peleadores a la arena para que continué la etapa de eliminación y para poder apreciar por fin el verdadero torneo con estos grandes guerreros.

En el siguiente equipo se encuentra mi pequeña Anatis, que pasa junto al gordo salvaje quien le dice cosas obscenas para tratar de seducirla, pero Anatis le responde con un patada fuerte en la entrepierna que lo deja llorando en el suelo, por lo que el Khan grita que la matara, pero Anatis voltea y solo le sonríe, llamándolo "Idiota", así que el gordo golpea el suelo con todas sus fuerzas, se pone de pie y se dirige enojado a la banca de ganadores, en donde todos se burlan de el.

En el equipo de Anatis, es conformado en la mayoría por esclavos, pescadores y uno que otro soldado que quiere aprovechar de la situación, puesto que buscan una oportunidad para salir de la pobreza y hacerse ricos, que aparte piensan que Anatis no es un rival tan fuerte para ellos, ya que jamás la han visto entrenar como a Anubis y a Siptah, a excepción de un soldado que hace un tiempo observo, como un intruso entro al palacio real para matar a uno de sus compañeros por medio de un ataque de celos, y se guarda para si mismo el recuerdo, y piensa que deberá mantenerse precavido y dar lo mejor de si en la pelea. El arbitro declara que pueden comenzar y todos se lanzan contra Anatis, pensando que entre todos pueden vencerla fácilmente, pero Anatis sonríe por lo incrédulos que son y con una patada giratoria derriba a todos los que se habían lanzado contra ella, y salta en el estomago o en las caras de varios de ellos para dejarlos sin sentido, mientras los que se encuentran de pie observan atónitos lo sucedido, hasta que el soldado que ya había visto pelear a Anatis anteriormente los despierta de su trance y les grita sugiriéndoles que entre todos a la vez pueden llegar a derrotarla fácilmente. Anatis escucha esto al terminar de embarrarle la cara contra el piso a uno de sus rivales y con una pose muy retadora, invita a todos los que quedan de pie a que lo intenten si se atreven, así que el soldado les grita que no se dejen intimidar por una niña delicada como ella y que la ataquen. Dos pescadores un poco mas altos que Anatis se abalanzan por detrás de ella y la sostienen de los brazos para que los demás ataquen, pero Anatis hábilmente gira en el aire hacia atrás de sus captores y al caer al suelo con una patada barredora los tumba al suelo, pero un soldado salta con fuerza contra ella para pisarla, pero Anatis desde el suelo apoya sus brazos en el piso y se logra impulsar para colocar sus pies debajo de su atacante y con ayuda de su fuerza logra mandarlo a volar, y al mismo tiempo que se pone de pie, sus otros oponentes no la piensan dos veces y atacan a la vez con golpes y patadas, pero Anatis elude sus ataques fácilmente y cuando ve que están demasiado juntos salta muy alto, se coloca en medio de los dos en el aire y con sus manos estrella sus cabezas, para dejarlos sin sentido. Al caer al suelo, otro se lanza contra ella, pero Anatis lo recibe de un solo golpe de su antebrazo al impulsarlo hacia atrás, sin necesidad de girar su cuerpo y lo noquea, así solo quedan dos mas, entre ellos el soldado que sabia de sus habilidades, pero Anatis se siente despreocupada por ellos y con una seña sexy con su dedo los invita a pelear, por lo que ambos tragan saliva, se miran entre si y secreteándose sin que Anatis los escuche, preparan un plan para atacarla. Anatis bosteza de aburrida pero al ver esto, ambos comienzan su ataque, uno con puras patadas por el suelo intenta derribarla, pero Anatis da vueltas girando hacia atrás para eludirlas, pero no se da cuenta de que su otro rival la sorprende con un abrazo que la paraliza por completo, y el que lanzaba patadas le asesta varios golpes al estomago sin piedad alguna, y tras unos cuantos golpes piensan que ya la derrotaron, pero Anatis con la cabeza baja se comienza a reír a carcajadas, preguntando si eso es todo lo mejor que tienen, ya que se siente muy decepcionada de ser así. Sus atacantes se enfurecen y cuando estaban a punto de continuar su ataque, Anatis se aferra con sus piernas a quien la golpeaba y gira en el aire, logrando tirar a ambos al suelo, y con patadas hacia sus caras y estómagos estando ellos en el piso de la arena, los noquea de una vez por todas, y el arbitro declara su victoria y su pase a las preliminares del torneo. Anatis muy despreocupada festeja su victoria gritándome a mí que logro pasar y que me asegura que ganara el torneo, yo le sonrío satisfactoriamente mientras ella se sienta al lado de Anubis a quien muy feliz le presume su victoria, pero Anubis disimuladamente se ruboriza al ver la felicidad de Anatis.

Después de unas cuantas rondas de equipos que no presentan gran interés y reto para Anubis, Anatis y los demás que han ganado, se consigue elegir a los mejores peleadores de los siguientes equipos que pasan desapercibidos para muchos, así que no se presta mucha atención a lo que se lleva a cabo en la arena hasta que solo quedan tres equipos y tres peleadores a escoger.

Hasta que por fin llega el turno del joven de ojos pequeños y piel pálida con ropas finas de algodón que tiene un gran parecido a Siptah, aunque su rostro sea parecido a Siptah, sus ojos proyectan agonía como si hubiera vivido demasiados horrores tras varias batallas en su vida, aparte de que sus posiciones de pelea son muy rígidas y no tan espontaneas como las de Siptah, no se porque pero me temo que este joven podría ser un rival interesante para mis jóvenes pupilos. El arbitro anuncia que comience la contienda y todos los peleadores luchan entre si, y el joven se encuentra parado en medio de todos esperando a que alguien note su presencia, pero cuando al fin unos se dan cuenta de el, no tardan los golpes y patadas para nuestro joven misterioso, pero todos nos quedamos sorprendidos ante sus técnicas de pelea en donde el mínimo movimiento de sus brazos y piernas logra derribar a sus enemigos con un solo golpe sin que el logre recibir alguno, esta técnica de pelea se conocerá en un futuro como Kung Fu. Cuando la mayoría se encuentran en el suelo, los que están de pie ayudan a los otros a pararse para que entre todos puedan planear como atacarlo a la vez, y tras hablar un rato entre ellos, con un grito de guerra se abalanzan contra el, pero el joven concentra toda su energía en sus manos y crea una pequeña ráfaga de energía que proyecta contra todos sus enemigos que caen al suelo sin saber que los golpeo. Todos nos quedamos perplejos por la técnica que nos acaba de mostrar el muchacho, y mas porque creí conocer todas las técnicas de pelea existentes que involucran al Devachan y el despertar de la energía interna, pero lo que mas me intriga es como lo realizo este muchacho sin ni siquiera lleva consigo una piedra Ben Ben. El árbitro levanta su brazo, pero el joven se aleja y al pedirle el árbitro su nombre, el joven solo responde Johiro Musashi, por lo que todos entendemos que ese es su nombre completo.

Después de sentarse Musashi en su respectivo lugar en la banca de ganadores, por fin aparece Siptah, y el Agharti Seb le hace una seña con su mano a Musashi para que observe detenidamente la siguiente pelea, y Musashi asiente con la cabeza.

Siptah se encuentra saltando como loco calentando su cuerpo para el combate hasta que el arbitro dice que pueden comenzar y Siptah alegre por pelear, sin pensarlo dos veces se lanza contra todos sus contrincantes, tirando golpes y patadas al por mayor sin dejar de saltar de un lado a otro, pisando las cabezas de sus oponentes y mientras cae del impulso golpea mínimo a dos mas, y cuando toca el suelo para volver a tomar impulso se lleva a otros tres con golpes realmente certeros, no cabe duda que la cualidad mas grande de Siptah es su espontaneidad para pelear, ya que su técnica es que precisamente no piensa sus ataques, sino que los realiza por instinto y se divierte a la vez, algo que sin lugar a dudas desconcierta a sus enemigos quienes caen al fin después de un grandioso combate por parte de Siptah, quien demuestra ser el favorito del pueblo que lo apoya con gritos de felicitación y apoyo.

Musashi queda boquiabierto y con una sonrisa en su rostro como si estuviera viendo la glorificación en todo su esplendor frente a sus ojos. No se que relación tiene este joven extranjero con el Agharti Seb y con mi joven amigo Siptah, quien felizmente se sienta al lado de Anatis gritando de emoción su victoria en la pelea. Pero Anubis, sarcásticamente le dice que no le sorprendió en lo mas mínimo ya que el lo hubiera hecho con los ojos cerrados, a lo que Siptah se enoja con el, y comienza a gritarle, pero Anubis solo estaba jugando y agarra con su brazo a Siptah, mientras le aprieta la cabeza con el nudillo de su otra mano, al mismo tiempo que lo felicita por su pelea, y que mas le vale llegar a la final para dar un digno espectáculo a todos, a lo cual Siptah le promete que así será.

Por fin ha llegado la pelea por la que mas he tenido interés, no porque mis pupilos no merezcan toda mi atención al igual que los extranjeros que han demostrado ser grandes combatientes, sino que el ver a un Agharti participando en un evento como este, sinceramente se lleva toda mi atención, y mas cuando al parecer los demás Agharti no habían oído anteriormente sobre este Agharti, algo que me parece aun mas extraño, ya que a fin de cuentas, todos los Agharti saben sobre la existencia de cada uno de ellos.

El arbitro da la señal para que comience la pelea, y la energía de la piedra Ben Ben que esta dentro de mi interior se encuentra demasiado inquieta, y me cuesta trabajo controlarla para que los demás Agharti no se percaten de ella, ya que no deben de saber sobre su existencia, pero lo sospechoso es que el único que parece darse cuenta es el Agharti que esta en la arena quien me lanza una sonrisa intimidante, y tras terminar su sonrisa, su semblante cambia por completo, se quita a continuación la túnica que lleva puesta y la lanza al cielo, pero antes de que caiga al suelo, desaparece el Agharti Seb y solo se puede ver una mancha amarilla con blanco, rosa y azul moviéndose rápido por toda la arena, y cuando por fin esta a punto de caer la túnica, el Agharti levanta sus brazos para que la túnica cubra de nuevo su cuerpo, quedando como total vencedor de esta contienda, ya que todos sus oponentes se encuentran inconscientes y esparcidos por toda la arena. Todos los espectadores nos quedamos boquiabiertos por lo que acabamos de ver, o más bien dicho, por lo que no alcanzamos a ver de la contienda, a excepción de Siptah quien parece ser que pudo apreciar cada movimiento del Agharti, y les narra la contienda a Anubis y a Anatis, golpe por golpe que asesto el Agharti.

El Agharti se sienta al lado de Samhanta Newman y en su lenguaje le dice "Chronos, you are so conceited". ¿Porqué lo llamó Chronos, qué quiso decir en esa lengua extraña? ¿Qué esta sucediendo aquí? ¿Quién es este Agharti tan desconocido para los demás de su especie? Sera mejor que lo tenga vigilado, ya que no quiero fiarme de este Agharti misterioso.

GRANDES RIVALES

Los dieciséis ganadores de los previos encuentros por grupos se encuentran ahora sobre la arena de duelo con sus respectivas armas y los jueces pasan a cada uno de ellos una urna de donde deben tomar un pequeño pergamino que tiene escrito un numero, dicho numero designara el orden de las batallas y quienes tengan el mismo que se muestre en la tabla de contiendas, tendrán que luchar entre ellos en su respectivo turno. Siptah, Anatis, y Anubis se encuentran juntos, y desean que no les toque pelear en las primeras rondas, y observan a los otros peleadores y analizan contra quienes quieren luchar, por ejemplo Anubis tiene grandes deseos por luchar contra Seb o Chronos como lo llamo la guerrera de extrañas ropas, Samantha Newman, ya que se quedo con ganas de pelear contra el, en uno de sus entrenamientos y la hazaña que demostró Chronos en su pasada pelea, solo ocasionaron en Anubis un gran rencor hacia el poder de Chronos, ya que su orgullo no le permite admitir que haya peleadores con poderes mas grandes que los suyos.

Siptah por su parte desea pelear contra el que tiene un gran parecido con el, ya que le gusto mucho su técnica de pelea en base a la energía y de igual manera quiere comprobar que tan bueno es en una lucha con armas, en cambio Anatis por su parte le da igual, ya que ella lo que quiere es ganar el torneo y demostrarle a sus amigos lo mucho que ha mejorado y cumplir la promesa que me hizo de ganar el torneo, por lo cual no cabe duda que es una muchachita desinhibida y alegre que vive la vida a cada momento, sin preocuparse por nada. En lo cual ha influido durante todos estos años la presencia de Siptah en su vida, y sobre su orgullo de pelea, lo obtuvo precisamente de Anubis, ya que desde niños siempre han luchado para demostrar quien es mejor que otro, pero la diferencia de Anatis es que no se lo toma tan a pecho. Al parecer a todos peleadores les da igual contra quien peleen excepto a Musashi quien denota en sus ojos que añora una pelea contra Siptah. Chronos por su parte no deja de mirar fijamente a Anatis y Samantha Newman no quita su cara de molesta hacia Chronos quien no voltea siquiera a verla.

Una vez que cada uno de los luchadores tienen su papel en la mano con el numero que les corresponde a los encuentros. Los hombres asistentes al torneo sin incluir a mis pupilos, al igual que Musashi y Chronos, comienzan a molestar a Anatis y a Samantha con respecto a que las ven muy debiluchas y que mejor deben irse a cocinar o a limpiar sus chozas, ya que este no es lugar para mujeres delicadas, pues se trata de un torneo para hombres, que tal vez los contrincantes que les tocaron anteriormente fueron muy amables y les dieron lastima, que solo por eso ganaron. Pero al escuchar esto aparte de enojarse Samantha y Anatis, también se enojan Isis y la Reina Mauth, quien pide amablemente a Samantha y a Anatis que se acerquen a donde se encuentra ella, y les secretea algo, y después hace llamar a los jueces, quienes al escuchar las palabras de la reina, anuncian que antes de comenzar el verdadero torneo y a que todos los peleadores digan en voz alta el numero que les toco en las preliminares, que se llevara a cabo una pelea de exhibición entre Samantha y Anatis para que demuestren que son dignas de participar en los encuentros posteriores, al ser capaces de dar un buen espectáculo de artes marciales y si no llegan a conseguirlo no participaran en las preliminares.

Ante estas palabras todos los espectadores se quedan sin habla y observan que todos los peleadores bajan de la arena quedando solamente Samantha y Anatis quienes se preparan para pelear. Todos claman gritos apoyando a su peleadora favorita, aunque la mayoría apoya a Anatis porque la conocen desde que era pequeña, igualmente hay quien apoye a Samantha que para muchos parece una chica ruda, aparte de que sus ropas ajustadas y su cabellera rubia y piel blanca, les parece sumamente atractiva a muchas personas.

Las dos jóvenes hermosas se encuentran preparadas para pelear, Samantha que aparenta un poco mas de edad que Anatis, tal vez 21 años aproximadamente, se coloca sus muñequeras hechas de una especie de metal en donde oprime unos botones y aparecen automáticamente una par de cuchillas afiladas semi curveadas. Anatis por su parte lleva en su mano una especie de bastón pequeño que fácilmente puede transportar en su cinturón, el cual tras un leve movimiento de muñeca crece hasta volverse mas largo, y el arbitro declara que puede comenzar la pelea, y Samantha es quien da el primer ataque dando vueltas de manera acrobática hacia donde se encuentra Anatis y cuando esta junto a ella, salta lo suficientemente alto para caer con sus armas por delante y dejar caer su peso contra Anatis, quien recibe el ataque de muy buena manera, colocando su bastón de manera defensiva arriba de su cabeza, parando en seco a Samantha para después contra atacar empujando el peso de su oponente a un lado de donde esta ella y girando su cuerpo, para rodar en el suelo y con una mano alcanzar a golpear con su bastón a Samantha, quien guarda sus armas a tiempo para lograr detener el ataque de Anatis con ambas manos y quedarse con el bastón el cual lo utiliza en contra de Anatis mientras ambas se ponen de pie inmediatamente.

Anatis ahora retrocede dando vueltas hacia atrás, y cuando llega a la orilla de la arena, utiliza el impulso que ya tenia para saltar sobre la cabeza de Samantha y cuando logra tocar piso le da una patada a las piernas, que la tira al suelo de esta manera Anatis logra aferrarse a su bastón en cuanto Samantha toca el suelo, quien no lo suelta y le propina varias patadas al estomago en el suelo a Anatis quien decide desistir, o al menos eso creía Samantha quien confiada se para fácilmente del suelo con el impulso de su cuerpo hacia delante, lo cual aprovecha Anatis para aferrarse igualmente con sus dos manos a su arma y girando hacia atrás tumba a Samantha de nuevo al suelo. Anatis logra quedarse montada arriba de Samantha, propinándole varios golpes y codazos, provocando que por fin su rival suelte su arma. Samantha no luce muy alegre por los golpes que le acaban de dar, y con otro movimiento de botones de sus muñequeras hace que inmediatamente se formen unas espadas hechas al parecer de luz sólida de color azul brillante. Ante esta acción observo detenidamente sus brazaletes y me doy cuenta que en la parte interna de las manos de Samantha, dentro de sus muñequeras y donde nace la energía de las espadas, hay una piedra Ben Ben, en cada una de ellas, acompañado de un dispositivo interno que permite crearlas. Esto me parece muy interesante, por lo que veo, debo tener una larga plática con esta jovencita cuando termine este torneo. Pero volviendo al encuentro, Anatis no se encuentra sorprendida y con otro movimiento de muñecas logra separar en dos su arma y quitando la parte de en medio de donde lo agarraba, aparecen dos espadas de gran filo con sus respectivos mangos, y al parecer con gran resistencia, ya que a simple vista se observa que están hechas con el mineral de las cavernas de la aldea de Siptah, al igual que todas las armas de los Agharti.

Anatis al tener sus espadas en mano esboza una sonrisa muy carismática, y Samantha de igual forma se la devuelve, a lo cual ambas inician su ataque al mismo tiempo. Anatis ataca con la espada de su brazo derecho a espaldas de Samantha y con su espada izquierda quiere atinarle a los pies, pero Samantha detiene los ataques con sus propias espadas y salta girando hacia el frente de Anatis para atacarla debido a que esta cerca del suelo, pero Anatis gira sobre su espalda hacia delante para ponerse de pie e intenta atacar a los costados de Samantha, pero ella vuelve a detener el ataque y girando sus armas con ayuda de sus muñecas y destreza desvía el ataque de Anatis y le asesta una patada en el estomago que la hace retroceder. Anatis ríe de satisfacción por tener una contrincante como ella y regresa al combate. Primero atacando con fuerza con la espada izquierda y gira con su cuerpo para atacar con la espada derecha, después gira la espada izquierda y trata de enterarla de espaldas hacia Samantha en su estomago, y con el codo derecho ataca al rostro. Samantha detiene cada uno de los ataques, pero Anatis aun a pesar de ello, no detiene su ataque y prosigue, girando sus armas en sus muñecas y cambia su técnica de pelea, y todos sus ataques se dirigen a la parte central del cuerpo de Samantha, quien con dificultad detiene cada uno de los espadazos, así que gira hacia atrás para obtener mas distancia y tiempo para planear su contra ataque, pero se da cuenta de que su ropa esta rasgada y tiene una ligera cortadura en una de sus costillas. Anatis celebra su hazaña con un buen movimiento de espadas e invita de nuevo a su contrincante para que vuelva a pelear. Por lo que Samantha vuelve a presionar unos botones de sus muñequeras, y convierte sus espadas en un Gran bastón como el que tenia Anatis y la ataca, obteniendo mucho mas distancia de por medio entre su contrincante y ella. Sosteniéndolo desde uno de sus extremos impone fuerza contra Anatis a quien le cuesta trabajo detener los ataques de Samantha, ya que la hace arrodillarse ante la fuerza del ataque, y con gran velocidad Samantha, gira y ataca a las costillas de Anatis quien cae instantáneamente al suelo. Pero Samantha no la deja descansar y sigue atacando manejando majestuosamente su bastón y sin darle cuartel ni descanso a Anatis, quien enojada lanza sus espadas al cielo, eludiendo al mismo tiempo el ataque de Samantha quien con su arma da un fuerte golpe contra el suelo tras intentar atacar fuertemente a Anatis, que esta arriba del baston, que Samantha alza con todas sus fuerzas, ayudando a Anatis a saltar lo suficientemente alto para alcanzar sus espadas para después volverlas a unir en el aire y al pisar al suelo recupera su bastón manejándolo de manera impresionante para apantallar a Samantha quien

sonríe satisfactoriamente y en su idioma le dice a Anatis: "c´mon it's show time". Así, ambas peleadoras atacan con todas sus fuerzas y con un gran manejo de sus armas provoca que el público se queda sin habla, ya que no sabe a quien de las dos apoyar. Yo por mi parte, quedo sorprendido por la mejora de Anatis en sus técnicas de pelea, ya que sabia que en el manejo de su energía había mejorado mucho, pero no tenia ni idea de que peleara de esa forma, y al parecer tampoco lo sabían Siptah y Anubis quienes gritan de emoción apoyando a Anatis, por lo que desean pelear aun mas contra ella en la final. Pero Anatis no pone atención a sus comentarios ya que se haya demasiado concentrada en su pelea, la cual incrementa en intensidad hasta que la Reina Mauth se levanta de su asiento y pide a ambas peleadoras que dejen de pelear, ya que para ella y para todos los presentes ha quedado mas que claro que sin duda son dignas de participar en este torneo de artes marciales. Anatis y Samantha no están tan satisfechas de las palabras de la Reina, pero saben que ha sido suficiente, y ambas se prometen con la mirada que darán lo mejor de si para llegar a la final y terminar con esta batalla, ya que esta confrontación se ha vuelto personal.

Todo el publico se levanta de sus asientos y gritan de emoción por la batalla que acaban de presenciar, deseándoles lo mejor en las preliminares a ambas mujeres.

Por fin se lleva a cabo la selección del orden de las peleas, cada peleador abre sus respectivos pergaminos y presentan su número.

Las peleas más importantes de las preliminares, son las siguientes:

Anubis vs El pescador Yasak
Anatis vs Khan
Siptah vs Fenril
Seb vs El Monje desconocido
Sam Newman vs. Pershak
Musashi Johiro vs. Yira

La primera pelea será entre Anubis y un pescador del Rio Nilo llamado Yasak, quien suele traer toda su pesca a vender a los mercaderes de la ciudad. Siempre se le ha visto arrastrar su carreta llena de pescado sin ayuda de animales de carga, aparte de que siempre suele jalar sus redes con sus propias manos, por lo que no cabe duda que es un hombre trabajador a quien le agrada la pesca, y el motivo por el que entro al

torneo es ganar el premio mayor para construirse un bote realmente grande para poder viajar por los siete mares y descubrir nuevos retos en la pesca, la igual que piensa contratar una tripulación que acepte los retos que el tiene planeado enfrentar.

El Árbitro da la señal para que comience la pelea y Yasak utilizara como armas, un arpón y una red metálica al parecer muy resistente. Anubis por su parte saca su arma de una de sus botas y se despliega hasta convertirse en su enorme hacha con su bastón resistente de color ocre que utiliza como mango. Yasak inicia el ataque, primero con su lanza hacia la cara de Anubis, quien lo elude fácilmente, pero Yasak aprovecha el descuido de Anubis hacia la parte baja de su cuerpo y con la red logra atrapar sus piernas y lo tira al suelo con tal fuerza que provoca que Anubis tire su arma, Yasak aprovecha que Anubis se confíe demasiado y ya que tiene atrapadas sus piernas con la red, logra levantarlo con ambas manos y a comenzar a darle vueltas por los aires hasta que lo azota varias veces contra le suelo. Anubis no sabe que hacer ya que la velocidad de los ataques de Yasak son muy rápidos para reaccionar, pero en una caída Anubis cae muy cerca de su arma y logra tomarla rápidamente, y guarda una buena parte de su mango para quedarse solo con la parte filosa de su hacha, la cual utiliza para desgarrar la red que lo aprisiona, y aunque no logra romperla totalmente, por lo menos le sirvió para zafarse en una de las sacudidas de Yasak, quien cae al suelo desequilibrado por la falta de peso. Anubis se recupera pronto y vuelve a desplegar toda su arma, Yasak no subestima a su enemigo e inmediatamente se pone de pie, y vuelve atacar con su red, Anubis salta hacia atrás para eludir el ataque, pero no contaba de que Yasak lo atacaría con su lanza dando un giro rápido de su cuerpo para atacarlo a uno de sus costados, por lo que Anubis lamenta el descuido, ya que la lanza logro darle una fuerte rozadura en una de sus costillas consiguiendo sacarle algo de sangre, así que enojado se lanza contra Yasak quien detiene el golpe del hacha de Anubis con su red y logra quitársela de sus manos. Anubis lamenta el descuido, y se ríe con la cabeza baja por ser tan descuidado, y prometiéndole a Yasak que ya tomara la pelea mas en serio ya que no lo volverá a subestimar tanto, pero Yasak sabe que su enemigo es demasiado fuerte, pero aun a pesar de la desventaja de armas, decide dejar su red metálica fuera de la arena junto con la arma de Anubis que aun sigue atorada con ella, y se queda solo con su lanza, con la cual ataca a Anubis quien al parecer ha dejado su arrogancia atrás, y comienza a eludir fácilmente los ataques de Yasak tanto directos con la punta de la lanza, como indirectos con el palo, hasta que por fin atrapa con sus manos la punta de la lanza, y conecta un rodillazo directo al rostro de Yasak que le provoca soltar su arma, permitiendo a Anubis quedarse con ella.

Anubis maneja la lanza muy bien para impresionar a su rival, pues no cabe duda que con este tipo de armas se entrenó de joven, pero Yasak no se deja impresionar tan fácilmente e invita a su enemigo a que lo ataque, y Anubis no desaprovecha la oportunidad, pero no contaba de que a pesar de los buenos movimientos que utiliza, Yasak atraparía con un brazo su propia lanza, y que con un codazo lo lanzaría contra el suelo, Anubis gira inmediatamente su cuerpo hacia atrás, para evitar un golpe certero que estaba a punto de propinarle Yasak en la quijada. Anubis se esta dando cuenta de que se está confiando demasiado, y que debe concentrarse en verdad por lo que espera de nuevo los ataques de Yasak, quien no duda en atacar, pero no sabe que Anubis espera una oportunidad para partir su arma en dos con su antebrazo, hasta que es demasiado tarde, y Anubis aprovecha el desconcierto de Yasak para propinarle golpes certeros a la boca del estomago y finalizar al fin la pelea con un buen gancho a la quijada de Yasak, quien sale volando hasta el otro extremo de la arena de duelo, y antes de que anuncien al vencedor, Yasak logra ponerse de pie y felicita a su rival, recomendándole que jamás se fie de su enemigo ni lo subestime demasiado, porque tal vez algún día pueda cometer un error fatal a causa de ello. El Joven Anubis hace caso de la recomendación y se acerca a Yasak dándole su collar y sus brazaletes de oro, diciéndole que él sabe porque entro al torneo, que tal vez no sea mucho pero por lo menos le ayudara a comenzar a construir un fuerte bote para recorrer el Mediterráneo a sus anchas. Yasak le agradece a Anubis y lo invita para que cuando quiera, pueda navegar con el una vez que haya terminado su barco, y Anubis ante esta invitación acepta gustoso.

Mientras se declara el vencedor de la contienda, puedo observar que Neftis esta más que molesta por la acción de su hijo al rebajarse de esa manera en presencia de los demás Agharti, pero en cambio a ella, yo estoy orgulloso por la acción de Anubis, ya que a pesar de que lo dejé de entrenar hace ya un tiempo, no ha dejado de ser una persona amable gracias a la influencia de sus dos grandes amigos, Siptah y Anatis.

La siguiente pelea es entre mi pequeña Anatis y Khan, quien no me parece un rival muy honorable que digamos, por la manera en que trato a sus contrincantes en su última pelea, pero no debo de preocuparme, ya que confío mucho en las habilidades de mi protegida.

Khan es el primero en subir a la arena y todos los espectadores le lanzan gritos de desprecio hacia el, pero Khan no hace caso de los comentarios y grita con todas sus fuerzas con las manos en alto que el ganara esta pelea y todos se arrodillarán ante su poder, pero Anatis sube a la arena en ese instante, y de un gran salto pisa la cabeza de Khan para impulsarse y caer al otro extremo de la arena, pero dicha acción sólo provoca a Khan para que inicie la pelea por su propia cuenta, sin darle tiempo al arbitro de anunciar el comienzo de la misma.

Khan lleva consigo una cuchilla corta semi curveada y muy afilada llamada Oz sujetada a una cadena con la cual ataca a Anatis quien salta para eludirla, y corre sobre la cadena para propinarla un fuerte rodillazo en la nariz de Khan, a quien le sale mucha sangre y la saborea con su lengua y le pregunta a Anatis si es lo mejor que puede dar, y continúa su ataque haciendo girar su cadena por arriba de su cabeza para atacar a distancia a Anatis, quien gira dando piruetas hacia atrás y se impulsa desde la orilla de la arena por la parte de debajo del ataque de Khan para poder sacar su arma y desplegarlo en un pequeño bastón del tamaño de una espada para propinarle un fuerte golpe a la parte trasera de las rodillas de Khan quien cae inmediatamente al suelo. Pero al parecer este ataque no fue lo suficientemente fuerte para dejar fuera de combate a Khan quien se vuelve a poner de pie y lanza de nuevo su oz contra Anatis, quien salta para evitarlo, pero no contaba en que Khan utilizaría el otro extremo de su cadena y la lanzaría contra Anatis para atraparla del cuello y hacerla caer de cara contra al piso.

Anatis resiente el golpe, y viendo que Khan la comienza a jalar hacia él para atacarla con su oz que acaba de recuperar, Anatis aprovecha la lentitud de Khan y corre a toda velocidad hacia él para devolverle el ataque de ahorcarla con su cadena, y al aferrar a Khan con su propia cadena por el cuello, lo aprieta con toda su fuerza, aunque Khan trata de quitársela no lo consigue y sólo le queda como opción caer sobre su espalda para intentar que Anatis desista de ahorcarlo, pero Anatis no se rinde aun a pesar de tener todo el peso del gordo de Khan sobre ella, y continua ahorcándolo con todas sus fuerzas, hasta que al fin consigue asfixiarlo y dejarlo inconsciente, quedando como vencedora de la pelea.

Todos los espectadores gritan apoyándola, y Anatis se despide de ellos agradeciendo su apoyo y se sienta al lado de Anubis quien la felicita por su victoria, mientras se soba el cuello, por lo fuerte en que Khan apretaba la cadena.

Ahora es el turno de Siptah contra el guerrero alto y rubio Fenril quien lleva consigo una enorme espada casi del tamaño de su estatura y con un grosor fuera de lo normal, lo cual afirma que Fenril es en verdad fuerte por poder manejar esa arma con tal facilidad, y esta a punto de demostrárnoslo a todos los asistentes, al igual que a su rival Siptah quien se presenta a la arena empuñando su alabarda, un arma con dos hojas de espada en cada extremo de un bastón de gran resistencia y hecha del mismo mineral que las armas de Anubis y Anatis.

Se anuncia el inicio de la pelea y ambos contrincantes se lanzan el uno contra el otro, el primer espadazo de Fenril lo detiene Siptah en seco pero ocasiona que retroceda sin despegar los pies del suelo, y el muchacho se alegra de tener un contrincante tan fuerte como Fenril. Ahora es el turno de Siptah para atacar y se lanza con toda su fuerza contra Fenril quien impone su espada con el peso de su cuerpo para detener el ataque de Siptah quien a su vez aprovecha el otro extremo de su arma para atacar a las piernas de Fenril, quien se percata del movimiento a tiempo y salta apoyándose en su espada y cae con todo su peso en la espalda de Siptah que yace tirado en el suelo tras el ataque de Fenril que retrocede unos pasos y anima a Siptah a que se ponga de pie para continuar la pelea. Siptah se pone más que contento por lo que representa tener a un contrincante como Fenril, ya que cuenta con una defensa y ataque perfecto gracias al tamaño y grosor de su arma, la cual es perfectamente manejada por Fenril. Así que Siptah ataca de frente con la parte alta de su arma y con la baja da una vuelta para tratar de descontrolar a Fenril, pero este no se deja arremeter y con movimientos rápidos de su espada contra ataca a Siptah quien detiene el golpe en seco de Fenril por arriba de su cabeza y aprovecha el espacio que tiene para impulsarse con sus pies y darle un cabezazo al estomago de su enemigo quien retrocede unos pasos y Siptah no desaprovecha el momento y arremete con todo, entre golpes y patadas que tiran al fin contra el piso a Fenril, pero al parecer no es suficiente para el nórdico rubio quien se pone de pie sobándose la cabeza y quitándose con el antebrazo la sangre de la boca, y grita de satisfacción por tener un rival digno para el, por lo que ataca con todas sus fuerzas tanto con espada y golpes directos a Siptah quien con gran destreza logra detener los ataques de la espada, moviendo su arma tanto por la espalda y de frente girándola de manera tal que descontrola a su enemigo quien no sabe como poder acertar un golpe directo al hábil de Siptah con su arma, quien al ver el descontrol, utiliza su arma como base fija para girar en ella tras detener un golpe de lado de Fenril y al girar apoyado en su arma le da una patada fuerte en la espalda de Fenril que lo hace estremecerse, y para no desaprovechar la ventaja que tuvo, Siptah concentra su energía en su puño derecho, mientras gira en el aire para caer frente a Fenril, y le proporciona dicho golpe en la boca del estomago para sacarle todo el aire, pero Fenril al parecer tiene un abdomen de acero, y aunque resintió el golpe, no fue lo suficientemente fuerte para derribarlo, y aprovecha que Siptah esta desconcertado y desarmado para intentar cortarlo con su espada por la cintura, pero Siptah sin pensarlo dos veces salta sobre el arma de Fenril, se para en ella para utilizar la fuerza centrifuga y se impulsa desde la gigante espada hasta su arma para recuperarla, y con una de sus cuchillas rápidamente desvía la espada de Fenril hacia el cielo, y con el impulso de su brazo derecho avienta su cuerpo hacia su rival para asestarle una certera patada a las piernas, de forma que lo hace arrodillarse, y le permite a Siptah que inmediatamente toca el piso, dar una pata giratoria para atrapar el cuello de Fenril y arquear todo su cuerpo hacia atrás, para mantenerlo aprisionado contra el suelo y Siptah le pide que se rinda poniéndole una de las cuchillas de su arma frente a sus ojos, pero no esperaba que Fenril le pidiera que lo matara, para poder morir con honor y estar con sus antepasados que murieron en grandes batallas como la que acaba de tener, pero Siptah desconcertado por la petición de su contrincante caído, niega rotundamente la idea y decide perdonarlo, comentado que guarde eso para una batalla que en verdad valga la pena ya sea para para proteger sus ideales o a sus seres queridos tal y como el lo haría. Tras acabar de decir estas palabras Siptah libra a Fenril de su movimiento, quien esta atónito ante el honor de su rival y cuando se pone de pie, entierra su espada con tremenda fuerza en la duela y le grita a Siptah que por el honor que le ha demostrado, en ese momento lo puede considerar su amigo de por vida, y que espera algún día pelear a su lado por los ideales que predica. Siptah se siente satisfecho por la pelea, guarda su arma y se dirige a la banca de los ganadores tras gritos de alabanza por parte de todos los presentes en el coliseo, a excepción de Neftis quien se levanto por unos momentos para dirigirse a un esclavo para que le trajera una botella de vino.

En la siguiente contienda participaran el Agharti Seb o Chronos, y al parecer un monje desconocido proveniente de tierras lejanas, que lleva la cabeza rapada y tiene los ojos rasgados, con piel morena clara como la piel de Anatis, y vestido con túnicas sencillas de color naranja y amarilla, que cubren todo su cuerpo, y como arma lleva solo un báculo al parecer de una madera resistente con la que se ve le sirve de apoyo para viajes extremadamente largos por terrenos difíciles para caminar, y en el extremo superior del báculo lleva cuatro arcillos de oro alrededor de uno principal, y al parecer, el monje tiene mucha confianza en si mismo, aunque con muchas dudas en su mente con respecto a su rival, quien no deja de tener esa mirada vacía y que esboza una sonrisa confiable y tranquila.

Se anuncia el inicio de la pelea y el monje comienza a rezar y a mover su báculo en un ritmo singular, que provoca un sonido con sus arcillos que hacen vibrar a mi piedra Ben Ben de una manera extraña que provocan que me maree, y que al parecer a los demás Agharti les provoca la misma sensación, pero trato de no demostrar mi debilidad ante nadie, ya que no quiero que sepan que tengo una Piedra Ben Ben en mi interior, así que no me queda que hacerme el dormido, pero aun así permaneceré con el ojo derecho abierto que esta al lado contrario de donde están los Agharti para que no se den cuenta que presencio la pelea.

Chronos comienza a colapsarse por el sonido continuo del monje quien no cesa su ataque, hasta que Chronos con las manos temblorosas como si le costara trabajo moverlas logra aferrarse de uno de sus brazaletes y al parecer, activa algo en uno de ellos que provoca que Chronos desaparezca por un segundo y todos los asistentes en el coliseo veamos su figura como una mancha borrosa parada en el mismo lugar donde desapareció. El monje sonríe como si supiera que eso iba a suceder y comienza a girar en círculos su báculo a gran velocidad, formando un efecto de luz difícil de percibir para los humanos, pero para los Agharti y para mi es perceptible, y me doy cuenta de que al girar el báculo se pueden apreciar como si miles de partículas de luz y de materia se abrieran entre si, haciendo visible una estela de luz conformada por luces de varios colores, que noquean a Chronos y lo hacen caer al suelo arrodillado como si su cuerpo le pesara toneladas. Chronos le pregunta al monje su verdadera personalidad, ya que un monje común y corriente no tiene el poder ni el conocimiento para realizar ataques de esa magnitud, y mas aun contra alguien como él, pero el monje sin dejar de girar su báculo le responde, que no importa en este momento su identidad, que solo se trata de alguien que le hizo una promesa a un viejo amigo y que eso es todo, y con estas palabras voltea a verme a mi. Chronos se ríe de su respuesta, que sea cual sea la promesa, si su objetivo era vencerlo, lo esta haciendo sorprendentemente bien, pero que a pesar de ello no se dejara vencer, ya que nadie interferirá con el objetivo principal por lo que se encuentra en este lugar. Chronos concentra toda su energía para tener fuerzas suficientes y ponerse de pie, para poder desactivar el dispositivo de su brazalete y tras lograrlo, se queda parado de manera imponente ante su adversario, quien sonríe nuevamente, pero Chronos no hace caso del gesto del monje, y concentra nuevamente su energía para expandirla por todo el lugar. Dicha cantidad de energía es enorme y no se porque, pero se activa todo el poder de la Piedra Ben Ben que llevo en mi interior provocando que su brillo se expanda desde mi cuerpo hacia el exterior, y temiendo de que todos se hayan dado cuenta de ello, giro mi cabeza a todos lados, pero mi desconcierto es enorme al ver que todos los asistentes se encuentran en un estado de paralización como si el tiempo se hubiera detenido por completo. Ni humano, ni Agharti pueden moverse, y trato de encontrar algo de conciencia en sus ojos, para saber si pueden ver lo que esta pasando, pero al parecer el tiempo se ha detenido para ellos, ¡¿Qué esta sucediendo?! ¿Y quienes son estas personas?

Vuelvo a dirigir mi mirada al centro de la arena y me doy cuenta de que Chronos ya no tiene su cuerpo humano, solo puedo apreciar una figura azul claro como el agua, delgada, alta, como de dos metros y medio de altura, con extremidades largas y delgadas como palillos y con una cabeza ovalada con grandes ojos negros, con una pequeña boca y sin nariz, llevando puesto un pequeño taparrabos encima de al parecer unos pantalones ajustados negros y una especie de chaqueta corta color negro, al parecer de una piel escamosa como la de algún reptil, y porta aparte de sus brazaletes y tobilleras, una especie de corona de oro con una escritura extraña en la cabeza. Al estar atrapados en esta especie de burbuja azul brillante como si nos encontráramos en el fondo del mar, el monje al parecer no queda para nada sorprendido por la transformación, y lo que al parecer es Chronos, quien se haya demasiado tranquilo, le pide la monje que le diga su verdadera identidad, pero el monje se rehúsa, ya que no se debe de saber su verdadera personalidad a cualquier costo. Chronos me voltea a ver, y al parecer sabe que llevo conmigo una Piedra Ben Ben, pero no le es de su interés este detalle, que para mi es muy importante y vuelve a dirigir su mirada al monje y sabe muy bien que de alguna manera tiene que vencerlo para saber su verdadera identidad, así que sin pensarlo dos veces se lanza contra el monje para tratar de sostenerlo de su cabeza, pero el monje se mueve a gran velocidad y aparece detrás de Chronos, haciendo que choque su bastón contra el piso provocando un sonido diferente al anterior e inmediatamente golpea a Chronos en la espalda, quien se precipita contra el suelo. El monje me mira ahora fijamente a los ojos como si me conociera de alguna manera y le recordara muchas cosas, me sonríe nuevamente y comienza a rezar otra vez, provocando que mi piedra Ben Ben brille con una intensidad que me deja totalmente cegado que no me permite ver lo que esta sucediendo entre Chronos y el monje, pero solo alcanzo a escuchar un grito por parte del monje, con palabras que dicen así: "El alfa y el Omega, el principio y el fin, las arenas del tiempo deben seguir su flujo natural sin interrupción alguna por toda la eternidad, con lo cual por fin habrá una nueva esperanza para la humanidad después de tanto sufrimiento", y a continuación, solo existen penumbras como si hubiera despertado de un largo sueño, abro los ojos y me doy cuenta de que Chronos ha recuperado su apariencia humana totalmente desconcertado mirando al monje quien yace en el suelo, desvaneciéndose como sino permaneciera a este mundo y haciendo el mayor esfuerzo para tratar de ver a Anatis, quien lo observa con mucha atención. El monje le extiende la mano para que se acerque, y Anatis hace caso, pero al monje ya solo le queda de manera visible su brazo extendido y su rostro, el cual antes de desaparecer le otorga una sonrisa de triunfo a Anatis, quien trata de tocar la mano del monje, pero antes de que lo logre, el monje desaparece por completo. Chronos voltea a verme desconcertado como preguntándome si conozco la respuesta de lo que acaba de suceder en este lugar y de lo cual somos los únicos testigos, pero meneo la cabeza en respuesta a que desconozco la pregunta. El arbitro declara la victoria de Chronos, pero el se dirige a la banca de ganadores con la cabeza agachada meditando lo ocurrido y se sienta muy pensativo.

Los siguientes peleadores serán Samantha Newman contra el ultimo entrenador que tuvo Anubis, Pershak, de piel totalmente obscura, calvo, quien denota mucha tranquilidad en su temple, pero para sus dos metros diez de estatura y corpulencia musculosa, no son una muy buena señal que digamos, aunque sinceramente no dudo que Sam, como quiero llamarla de ahora en adelante ya que comienza a caerme bien la joven, le sea complicada esta contienda.

Se anuncia el inicio de la confrontación que al parecer será mano a mano, y Sam ataca primero con una patada giratoria hacia el rostro de

Pershak, quien detiene la patada de Sam con una sola mano, y jala con gran fuerza el cuerpo de la chica, hacia la parte superior de sus hombros, quedando Sam en posición para que Pershak le haga una quebradora, lo cual hace gemir de dolor a Sam, quien es todavía azotada al suelo por su contrincante, como si fuera un costal de papas. Sam da vueltas por el piso con tal de recuperarse antes de ser pisoteada por su rival. Pershak se truena los nudillos para prepararse para su siguiente ataque, el cual Sam espera con tranquilidad. Pershak lanza su golpe con el brazo derecho con demasiada fuerza, pero Sam lo elude y se posiciona debajo del brazo de su rival, y haciendo uso de todas sus fuerzas le da un gran codazo en las costillas a continuación de un golpe con la muñeca en el mentón de Pershak que lo derriba por completo, pero Sam no desaprovecha la oportunidad, y apoyándose con sus manos en el piso le propicia una patada en la espalda mientras que Pershak gira en el aire, que lo manda a volar, dando oportunidad a que Sam obtenga un segundo impulso para poder caer en la espalda de su enemigo aun en el aire, y poder manejar su cabeza con las manos para poder azotarla contra el suelo con demasiada fuerza. Sam cree que haber ganado la pelea y se dirige a la banca de ganadores, pero en ese momento Pershak se levanta del suelo y se limpia con el antebrazo la sangre de la cara y le grita a Sam para que regrese a la pelea. Sam voltea enojada y va con una gran serie de patadas al torso de Pershak, quien con los antebrazos detiene todos los golpes, para después aprovechar un descuido de Sam y proporcionarle un fuerte cabezazo en la cara que hace retroceder a Sam de dolor, quien grita de lo molesta que esta, pero Pershak solo se ríe del grito de Sam y trata de sujetarla con ambos brazos, pero Sam lo sostiene con rapidez de ambos brazos y utilizando la velocidad, fuerza y peso de Pershak, logra hacer girar su cuerpo hacia atrás para hacerlo volar de cabeza contra las gradas de los espectadores, y Sam corre a toda velocidad con gran furia, para atestarle una gran cantidad de golpes y patadas a Pershak, comenzando con el cuello para cortarle la respiración, seguido de golpes al estomago, ojos, nariz, costillas, pues en pocas palabras quiere noquear a como de lugar a Pershak, que cuando salen del contorno que conforma la arena, Sam utiliza todo el impulso que obtiene tras caer al suelo y lo utiliza para darle una gran patada con sus dos piernas a Pershak para que se pueda estrellar violentamente contra el muro que separa a las gradas del publico del campo de batalla. Pershak choca con tremenda fuerza contra el muro, que termina noqueándolo por completo, al igual que la base de algunos asientos de los espectadores se destruyen y caen encima de el.

Sam sabe que lo venció por fin, pero no se fía demasiado y lo espera con una posición de defensa por cualquier cosa que pueda pasar, pero Pershak se levanta de los escombros con un gran grito de frustración y poder a la vez, dirigiéndose a paso lento hacia Sam con la mirada totalmente perdida, y parándose erguido e imponente ante Sam, quien se prepara para atacarlo de nuevo, cuando por fin Pershak cae con todo su peso vencido en el suelo de la arena. Todo el público festeja la victoria de Sam quien se dirige por fin orgullosa de su pelea a la banca de ganadores al lado de Chronos, para decirle: I WISH TO FINISH WITH THIS SO SOON. Pero Chronos no hace caso de sus palabras, ya que aun se siente confundido por su batalla anterior y la identidad de su misterioso rival.

Después de dos peleas mas de donde salen vencedores unos misteriosos encapuchados vestidos con turbantes que cubren por completo su rostro y cabello, con harapos sucios que cubren sus cuerpos por completo, llega por fin el turno de Musashi Johiro, quien se enfrentara a Yira, uno de los guardianes reales de la Reina Mauth, quien esta a la expectativa del duelo.

Yira es el primero en entrar a la arena de duelo, llevando una espada gruesa cargando en la parte trasera de su cuello con una mano, luce una sonrisa demasiado confiada, como si supiera que no perderá ante nadie, al parecer es bastante presumido, pero Musashi entra observando su espada cuidadosamente con su mirada calculadora y analítica.

El Árbitro da la señal de que comience la pelea y Musashi espera serio y sin expresión alguna el ataque de Yira, quien no lo duda dos veces y con un solo movimiento de su espada a gran distancia pareciera como si lanzara un relámpago que golpea el suelo. Musashi observa el recorrido del ataque y se hace a un lado para evadirlo, pero el ataque de Yira logra rasguñar sus ropas y como si recuperara el relámpago que mando, vuelve a obtener su espada en su poder. Musashi continua de pie esperando el siguiente ataque, mientras que Yira lo llama cobarde y lo invita a pelear, sino morirá sin ni siquiera saber que lo ataco, pero Musashi sigue firme con su semblante frio, y voltea a ver a Siptah como si se preguntara, que haría el en una situación así, pero Siptah, solo le grita que lo ataque y que no se quede mirando, en ese momento precisamente al devolver Musashi la mirada a su contrincante, se percata que de nueva cuenta el relámpago se aproxima hacia el, por lo que salta demasiado alto para darse cuenta que su enemigo sigue sosteniendo el mango de su arma, y que el dichoso relámpago luminoso tiene un movimiento extraño que arrastra el suelo, levantando tierra y piedras mientras que regresa a su dueño formando de nuevo su espada. Musashi aterriza y con una seña de su mano invita a su contrincante a atacar de nuevo, y Yira riéndose por la imprudencia de Musashi, lo ataca, pero tomando mucho más vuelo haciendo su cuerpo hacia atrás, y lanza de nueva cuenta el relámpago, levantando mucho más piedras y tierra en su camino. Musashi por su parte espera pacientemente a que se acerque lo suficientemente posible el ataque y cuando por fin llega a el, lo deja pasar girando su cuerpo, de forma que le permite sacar una espada, para atravesar con ella el relámpago deteniéndolo por completo y con su otra mano saca una daga de su cinturón y se la lanza a Yira, quien logra atraparla con su mano izquierda que tiene desocupada y se la devuelve a Musashi, quien logra desviarla al desenfundar inmediatamente su otra espada. Tras estos movimientos rápidos, por fin se detiene el ataque de Yira, el cual consistía de varias espadas unidas por sus respectivas puntas y que Yira utilizaba en forma de látigo para atacar, pero Musashi logro detener el ataque al atorar su espada en una de las puntas del arma de Yira, quien comienza a menear apresuradamente su arma para zafarse de la espada de Musashi, quien desatora como si nada su espada. Yira tras recuperar por completo su espada comienza a reírse como loco y le advierte a Musashi que no por lograr darse cuenta de su ataque podrá evitar todos sus ataques y vencerlo, pero Musashi de espaldas le dice que no se confíe demasiado. Yira odia que las personas se porten de esa manera con el, ya que siempre ha gustado que todos le teman a sus ataques y por ello vuelve a atacar a Musashi, quien en el ultimo minuto salta hacia atrás, gira en el aire y desenfunda sus espadas al mismo tiempo, y hace girar su cuerpo a gran velocidad en la caída, dicho efecto pareciera como si unas cuchillas giratorias se acercara rápidamente hacia Yira, quien con el miedo encima al no saber como detener el ataque, latiguea su espada para tratar de darle a Musashi, quien continua con su giro mortal y en un ataque de desesperación Yira regresa rápido su arma para protegerse, y logra atinarle por suerte a las espadas de Musashi, provocando que se desvíe por completo, quien salpica un poco de sangre muy cerca de donde esta Yira, que comienza a reírse por haberse salvado. Musashi por fin toca el piso, pero tiene un pequeño chorro de sangre en su frente y su cinta con la que sostenía su cabello por la parte de atrás de su espalda, cae el asuelo, permitiendo de esta manera que caiga suelto todo el cabello negro de Musashi sobre su rostro. La sangre sigue emanando en la frente de Musashi pasando por sus ojos, hasta llegar a su barbilla, permitiendo que su mirada se vuelva en verdad diabólica y sin sentimientos, la cual observa detenidamente a Yira, quien comienza a retroceder por lo incomodo que se ha puesto gracias a la mirada de Musashi. Yira reacciona y vuelve a armarse de valor comentándole a Musashi que no por haber cambiado su apariencia en algo mas intimidante lograra vencerlo, por lo que Yira utiliza de nuevo su arma en forma de látigo por arriba de su cabeza para lanzarle varios ataques a Musashi quien con toda tranquilidad gira su cuerpo para evitar sus ataques, y Yira al ver esto, se le ocurre comenzar a girar junto con su arma, a la altura de su pecho para cortar a Musashi y acabar de una vez con el con ayuda de su arma que ahora abarca toda la arena de combate, pero tras hacerlo, no se da cuenta de que Musashi se dirige a toda velocidad por debajo de su ataque con ayuda de un gran salto, pero cuando Yira se percata, Musashi ya esta demasiado cerca, así que se le ocurre recuperar su arma y volver a formar una sola espada, y lo consigue girando su cuerpo al lado contrario y al querer atestarle el golpe final a Musashi atacándolo con su espada en ambas manos, Musashi ya lo había alcanzado y atacado con su espada, por lo que Yira cae por completo, y el arbitro se acerca para ver si esta muerto o no, así que se agacha para oír alguna respiración, y se percata de que Yira aun sigue con vida, lo cual grita a todo el publico espectador, situación que tranquiliza a la Reina Mauth, pero el arbitro aun se pregunta el porque no esta muerto y se acerca a Musashi para observar sus espada y se da cuenta de que una de ellas tiene el filo invertido, pero antes de que pueda tocarla, Musashi la guarda al ver a Yira escupir sangre, y que despierta tras recibir ese fuerte ataque.

Musashi se acerca a Yira para ver como se encuentra y Yira le pregunta porque no lo mato si el pensaba acabar con el, a lo que Musashi le responde, que un gran guerrero como el no merece morir, ya que es mas útil vivo que muerto, y la Reina Mauth al escuchar esas palabras se alegra, pero Yira se ríe de nuevo a carcajadas, pero eso le provoca dolor en la herida y mejor se contiene la risa.

Musashi se sienta en la banca de ganadores y Siptah lo mira con gran admiración deseando ya poder luchar contra el.

REVELACIONES

La segunda ronda se llevara a cabo al día siguiente y todos los que hemos presenciado las peleas y quienes han participado en ellas, nos encontramos descansando a excepción de unas cuantas personas, principalmente los que habitan el palacio real, ya que mi informante Kikis a la mañana siguiente me comento que durante la noche, Isis tuvo una gran discusión con Neftis, ya que la encontró en el cuarto de Osiris en una situación muy comprometedora estando Osiris desnudo al igual que ella. Según al parecer Neftis buscaba a Osiris para seguir llenándole de ideas sobre la coronación de Amon como Rey, la cual debería evitarse con tal de que Osiris fuera el único y supremo Rey de los Agharti, pero ya que Osiris seguía sin aceptar la idea, al parecer Neftis introdujo unos polvos extraños a una copa de vino de origen desconocido que invito a Osiris a ingerir, y que dicha pócima lo comenzó a poner eufórico en alegría, por lo que Neftis toco mucho el tema de su hijo Anubis, sobre que algún día podría ser un excelente Rey, ya que estaba teniendo un gran desempeño en el torneo y que le recordaba mucho a Osiris cuando era joven, atlético y de belleza similar a su hijo, pero Osiris en su ataque de euforia no aceptaba que le insinuaran que estaba viejo por lo que se desprendió de la túnica que llevaba puesta, con tal de lucir su cuerpo aun lleno de vida con sus músculos marcados. Neftis quedo boca abierta ya que pensaba que el Agharti quien le dio a su único hijo ya no tendría la juventud de antes, pero Osiris se mostraba orgulloso de cuerpo y le pregunto a Neftis si estaba satisfecha con la prueba visual que le acaba de dar, a lo que ella le responde que si, y Osiris le pregunta si así como el, ella también seguía teniendo esa vitalidad física que una vez el deseo con todo su ser, pero Neftis le responde que con el paso del tiempo la firmeza de sus atributos se ha estado perdiendo, pero que el poco ejercicio que realiza de vez en cuando al lado de su hijo la sigue manteniendo con vida. Ante esta respuesta, Osiris se acerco sensualmente a Neftis y le postro sus manos en los hombros de Neftis para hacer caer al piso la túnica que llevaba puesta, dejando desnudo por completo su cuerpo ante Osiris. Neftis le pregunto seriamente a Osiris la razón por la que se separaron y dejaron que el fuego que mantenía su relación se apagara, y Osiris retirándose por completo de ella, le responde que sucedió porque recordó cuanto amaba a su esposa Isis y que un desliz de sus necesidades físicas no rompería ese amor que siente por su amada Isis. Neftis se enojó y comenzó a gritarle preguntándole ¿si en ese caso su hijo Anubis fue eso, solo un momento de debilidad física, y si su relación que tuvieron hace años en donde el la cuidaba, consentía y la buscaba por varios años cuando aun era joven, fue solo una capricho por su parte? Pero Osiris se quedó callado, pues sabe que no fue verdad, ya que en algún momento quiso mucho a Neftis y fue una compañera muy querida para el cuando Isis se la pasaba viajando a cada momento a la isla de Shambala, y que le fue de gran ayuda para su corazón, pero no se lo dijo con palabras, sino con una mirada que Neftis comprendió a la perfección la respuesta, y lo abrazo, pero en ese momento cuando ambos se hallaban abrazados y desnudos entro Isis, y los sorprendió en esta situación comprometedora, ya que cuando escucho los gritos de Neftis, ella pasaba cerca de la habitación de donde se encontraban y pego oído a la puerta para escuchar la platica sostenida entre Neftis y Osiris, pero al ver a ambos desnudos, sus ojos se llenaron de Ira provocando que el azul de sus ojos brillara intensamente, y con la ira en todo su ser, lanzo un grito que despertó a todo el palacio real, y desde afuera del castillo desperté también con el grito provocado por Isis, haciendo que mi vista se dirigiera hacia el castillo donde alcance a ver un haz de luz salir de la habitación de donde se hayan Osiris, Isis y Neftis, pero ya que me encontraba demasiado agotado por lo que sucedió en la pelea de Chronos, por una razón desconocida me encuentro sin energías, así que me volví a dormir, sin tomar importancia a la luz que vi salir del palacio, aunque al otro día Kikis me conto todo, ya que se encontraba en la habitación donde estaba Osiris y Neftis, pues fue ella quien le entrego la botella de vino y los polvos a Neftis en una charola de oro, sirviendo de esta manera con su labor, tal y como deben de hacer las sirvientes personales de la familia real y allegados a ellos, que es el caso de Neftis y Osiris.

Al otro día por la mañana en el palco principal donde se encuentran un servidor, junto a los Agharti notamos que Neftis tiene cubierta la cara con un velo obscuro que solo deja a la vista sus ojos, mientras que Osiris tiene roja su mejilla izquierda y al sobarse le duele, e Isis tiene la mirada perdida como si meditara y se sintiera triste, ya que su esclava que me mantiene al tanto de lo que sucede en las habitaciones del palacio le ofrece una copa de vino, pero Isis no se da cuenta de la joven sirviente, lo cual es un poco inusual en ella, ya que jamás desprecia de un buen vino.

La primera pelea del día será entre Siptah y Musashi, que sin duda es muy esperada tanto por los peleadores como por el público espectador, ya que ambos han demostrado ser muy buenos guerreros, y en lo personal siento que esta pelea será una experiencia inolvidable.

En la arena Siptah se encuentra practicando con su arma ya que sabe que el peleador que tiene enfrente no será fácil de vencer, mientras que Musashi se encuentra sentado en posición de Loto reuniendo energía, algo que es fácil de percibir para mi, no solo por la Pierda Ben Ben que llevo en mi interior, ya que desde siempre he percibido este tipo de energía en la atmosfera.

El arbitro da la señal para que inicie el duelo y Siptah es el primero en atacar, saltando con gran impulso contra Mussashi quien aun se encuentra en estado de Loto, pero que a pesar de los gritos de batalla de Siptah no reacciona hasta que la filosa arma de Siptah esta a punto de darle de lleno, Musashi la detiene con las palmas de sus manos, por lo que Siptah queda boca abierto y se retira dando giros hacia atrás, y le dice que tal vez tuvo suerte en este primer ataque, pero que no se repetirá mas e invita a Musashi a que de el siguiente ataque. Musashi no lo piensa dos veces y se coloca en posición "Bato", a punto de esgrimir su espada, pero ya que tarda en atacar, Siptah se desespera como de costumbre y vuelve a lanzarse contra el, pero en esta ocasión Musashi elude el ataque al girar sobre sus talones para dejar que Siptah continúe con su camino, y justamente al pasar junto a el, desenfunda su espada y le asesta un golpe bastante fuerte en la espalda con el de filo invertido de su espada, a lo cual Siptah sale volando y arrastra su barbilla por el piso gracias al golpe tan fuerte que le fue asestado. Se pone de pie, se soba como loco la espalda gritando que le dolió mucho, para después preguntarle a Musashi el porque de su espada de filo invertido y el joven le responde que la utiliza cuando se da cuenta de que existen guerreros que merecen una segunda oportunidad para vivir o para enfrentarse nuevamente, por lo que Siptah le pregunta si la otra espada que lleva es también de filo invertido

y Musashi le responde que no, que esa espada la utiliza con los que en
verdad merecen morir, pero Siptah le vuelve a preguntar que como sabe
quien merece vivir y quien no, a lo que Musashi responde que en el olor
de sus armas y en el tipo de energía puede sentir eso. Siptah se pregunta
a que tipo de olor se referirá, pero Musashi le da la respuesta sin haber
escuchado la pregunta, que el olor al que se refiere es a la de la sangre
de victimas inocentes que tenían miedo antes de morir, que se trata de
un olor que es difícil de eliminar de un arma. Siptah queda sorprendido
por la respuesta y se alegra que haya alguien como el, ya que al parecer
concuerdan con el concepto de justicia a la hora de pelear, y le pide a
Musashi que renueven la pelea, pero que ahora si deben dar lo mejor de si
mismos, a lo cual Musashi afirma con la cabeza y ahora es el primero en
atacar.

Siptah lo espera girando su arma, y logra anticiparse al ataque de
Musashi gracias a la posición de sus manos y a su manera de correr, así
que gira su cuerpo para posicionar su arma en su espalda y detiene el
primer golpe con su alabarda, y gira de nuevo su cuerpo con fuerza para
desviar la primera espada y con una de las puntas de su arma detiene el
ataque de la segunda espada, pero Siptah decide que su maniobra no es
solo para detener sus ataques así que salta con el impulso que llevaba para
dar dos patadas giratorias al pecho de Musashi y continua girando su arma
para que Musashi retroceda, y lo consigue, pero aparte del ataque de su
alabarda, continua con sus patadas giratorias, ya que sabe que Musashi no
se arriesgara a parar el ataque de las piernas con sus espadas, ya que corre
riesgo a que pueda herir gravemente a Siptah, así que retrocede y por un
descuido cae al suelo. Por lo que Siptah se acerca y le ofrece el brazo para
ayudarlo a pararse, y Musashi le pregunta porque lo ayuda, a lo que Siptah
le responde que así como el, también considera que hay guerreros que
valen la pena para ayudar a uno a mejorar día con día, y en este caso, sabe
que Musashi es alguien como jamás había conocido y quiere que lo ayude
a sacar lo mejor de si mismo en la batalla, por eso quiere que le demuestre
todas las técnicas que tenga sin importar el riesgo. Musashi sorprendido
sonríe por primera vez, se pone de pie y retoma su ataque instintivamente,
y con ambas espadas ataca a Siptah, girando su cuerpo, al igual que de
frente y con giros aéreos con tal de que Siptah también de lo mejor de
si, lo cual ha conseguido, ya que Siptah no cesa de detener los golpes de
su rival y con gran manejo de su arma, se siente en verdad feliz por tener
un peleador digno, y da lo mejor de si mismo para que Musashi repita su
técnica especial que mostro en la fase de selección.

Musashi una vez que salta en el aire, desciende con el ataque giratorio que utilizo contra Yira, y Siptah que ya lo había visto, salta hacia Musashi en línea recta hasta que espera el momento preciso para entrar en el ataque de Musashi, girando su arma junto con su cuerpo en el aire, de forma de que con un extremo de su arma detiene una espada y en otro aun mas rápido pueda detener la otra espada, provocando que Musashi pierda control de sus giros y caídas, cosa que aprovecha Siptah quien esta de cabeza, para darle una patada en la boca del estomago a Musashi y provocar que se precipite contra el suelo. Musashi se levanta tratando aun de recuperarse del ataque, mientras que Siptah le dice que no todos los ataques deben de ser así de calculados y metódicos, sino que también se trata de observar la oportunidad para aprovechar lo que venga sobre el y contrarrestarlo de la mejor manera posible, tomando ventaja del ataque, tal y como uno debería llevar su vida, al esperar lo inesperado, darle frente y sacar lo mejor posible de ello, ya que lo que no te mata, te hace mas fuerte cada día. Las palabras de Siptah al parecer son de gran peso para Musashi, quien después de unos segundos de meditarlo comienza a reír y cuando levanta su rostro me percato que este ha cambiado por completo y se parece aun mas a Siptah, y sinceramente no se que historia tenga Musashi, pero puedo asegurar que ha pasado por muchas calamidades y que las palabras de Siptah lo están ayudando a despertar de un estado de negación en el que ha estado por mucho tiempo. Musashi quien ahora se encuentra muy diferente a cuando comenzó la pelea, de manera alegre le da las gracias a Siptah ya que le esta demostrando que a pesar de lo negro que se presente el futuro, mientras haya esperanza y se crea en uno mismo, jamás se debe dejar vencer tras las adversidades, y que eso se lo demostrara ahora mismo, y al terminar estas palabras Musashi vuelve a atacar a Siptah, quien lo recibe de buena manera sabiendo que su rival por fin dará lo mejor de si mismo, y que espera con ansia su ataque especial, ya que el también tiene unos cuantos trucos que quiere demostrar ante un rival como Musashi.

Musashi ataca de frente tanto con espadas como con patadas y cabezazos, pero Siptah no se queda atrás y contra ataca de la misma manera, al parecer ambos rivales son realmente buenos y están al parejo con un estado de animo similar, y Musashi es el primero en darse cuenta de ello tras una gran rutina de ataques y contra ataques por parte de los dos, así que retrocede con unos giros hacia atrás y enfunda sus espadas. Siptah se siente emocionado de que por fin Musashi repetirá su ataque especial, por lo que guarda también su arma en su cinturón, se coloca en una posición de concentración y de defensa a la vez, para canalizar su energía al mismo tiempo que Musashi reúne su energía y la concenta de nuevo en sus manos para después lanzarla aun con mas fuerza de cómo lo hizo la vez anterior, la cual se la lanza a Siptah, quien repentinamente abre sus ojos, y me percato que el brazalete que le dio Chronos comienza a sacar una estela de luz que cubre todo el cuerpo de Siptah, quien comienza a correr a toda velocidad hacia la onda de energía de Musashi, la cual traspasa, porque al parecer su cuerpo asimila la energía lanzada por Musashi, y todo su cuerpo se encuentra ahora lleno de energía que concenta a su vez en las palmas de sus manos que lanza con tremenda fuerza al encontrarse frente a Musashi, quien sale volando por los aires hasta caer al suelo totalmente derrotado. E inmediatamente Siptah se acerca a Musashi para saber como se encuentra y aunque le cuesta trabajo hablar, Musashi responde que se recuperará y que agradece a Siptah por el honor de haberle brindado una pelea de tal magnitud contra él y por ayudarlo a retomar un camino que había perdido desde hace tiempo.

El árbitro anuncia a Siptah como ganador, mientras que los curanderos del reino se llevan a Musashi para ayudarlo con sus heridas. Y me doy cuenta de que Anubis esta realmente sorprendido por lo que acaba de realizar Siptah y también al parecer está lleno de coraje por la manera en que aprieta su puño hasta sacarse sangre de las manos. Por lo que sospecho que si estos dos jóvenes se enfrentan entre si, habrá más que una rivalidad amistosa de por medio, ya que Anubis siempre ha sido muy orgulloso de su fuerza y jamás ha aceptado que Siptah lo haya llegado a superar en algunas ocasiones, y en este caso esta más que furioso que antes.

La siguiente pelea será entre Samantha Newman, y uno de los peleadores cubiertos con harapos y turbante, quien al pisar la arena de duelo se libra de sus harapos y turbante para dejar al descubierto que se trata de una habitante de la aldea de Siptah, quien la reconoce inmediatamente ya que se trata de Kara, pero Anatis y Anubis al parecer la recuerdan como la chica que siempre esta al lado de mi amigo Bes, y a decir verdad, la chica se ha puesto realmente hermosa con una figura excepcional llena de fuerza con músculos marcados en abdomen, brazos y piernas que dejan ver fácilmente sus ropas que consisten en un taparrabos y una tela que apenas logra cubrir su busto bien formado. Kara al parecer porta consigo unas espadas Sais, que a simple vista se distinguen que también fueron forjadas con el mismo material de las mismas armas de mis jóvenes pupilos, así que no dudo que Bes se las haya fabricado.

Sam observa detalladamente a su rival y se percata que los músculos marcados de Kara denotan mucha fuerza y agilidad en su contrincante, así que sabe que debe ir con cuidado, comenzar el ataque y terminarlo lo mas pronto posible, para llegar sin problemas a la semi final que se efectuara inmediatamente al terminar esta segunda ronda de peleas, y ya que no sabe si le tocara contra Siptah o alguien mas de su mismo nivel, lo mejor será estar preparada para ello y no andarse con rodeos.

El arbitro anuncia el inicio de la pelea y Sam inmediatamente saca a relucir sus espadas de energía solida, provenientes de sus muñecas, y comienza a atacar a Kara quien con sus Sais detiene el ataque pero aun así Sam sigue corriendo teniendo pegadas sus armas con las de su rival, con tal de derribarla, y seguir atacando, pero Kara gira sobre su cuerpo hacia atrás y manda a volar a Sam con ayuda de sus pies, para después incorporarse y atacar con gran fiereza a Sam, quien no se recupera aun por completo y no esperaba el ataque de Kara, por lo que apenas puede detener el ataque continuo de su rival quien maneja bastante bien los Sais, pero Sam pierde el equilibrio y se estrella contra el suelo, cosa que aprovecha Kara para saltar sobre ella y caer con la punta de sus Sais que sólo se entierran en el suelo, ya que Sam logró quitarse a tiempo sabiendo que cometió un grave error al confiarse de su enemigo, así que con un movimiento de sus muñecas invierte las espadas y se lanza a atacar de una forma diferente a Kara quien ahora se ve en problemas para detener los ataques de Sam, los cuales se basan en giros de su cuerpo, los cuales permiten esconder los ataques en cada uno de sus giros, y al darse cuenta de la táctica de Sam, Kara también cambia la posición de sus Sais e imita el ataque de Sam ya que sabe que en este tipo de ataque ella tiene mas ventaja con sus Sais, ya que puede manejarlos con mas facilidad de lo que Sam puede manejar sus espadas, así que logra detener todos sus ataques y rasgar todo el cuerpo de Sam con sus Sais, dejando al descubierto aun mas de su cuerpo bien formado. Sam comienza a debilitarse por los ataques y a chorrear un poco de sangre de brazos, piernas y abdomen, aparte de estar molesta consigo misma por dejarse vencer por alguien como Kara, una completa desconocida y con armas tan rudimentarias, por lo que observa detalladamente a Kara tratando de buscar un punto débil en ella, pero sabe que sus brazos piernas y torso están muy bien entrenados aparte de que queda claro que ha tenido un buen entrenamiento en el uso de sus armas. Sam sabe que hay algo escondido dentro de ella que le puede dar la victoria fácilmente, mira alrededor de la arena buscando una respuesta, observa el cielo, la arena que pisa, a la gente del publico, observa fijamente a Anatis y de alguna forma sabe que es como ella en habilidades físicas, pero los ojos de Anatis esconden algo mas que no entiende del todo, pero tiene que ver con una fuerza oculta que también ella tiene en algún lugar escondido, ya que desde que tiene memoria lo ha sentido de una manera que no sabría como explicar, y tras seguir buscando respuesta, observa a Siptah y a Anubis, sabiendo que tal vez ellos sean sus próximos contendientes, y que no le será fácil vencerlos, ya que en sus ojos nota el mismo brillo de Anatis, pero cuando voltea a ver a Chronos quien la trajo a este lugar, se percata de algo que no había visto detenidamente y es que Chronos en su estado de concentración ha estado dejando salir una buena cantidad de Devachan, que de alguna manera extraña Sam empieza a distinguir como una pequeña Aura alrededor de el, y por su cabeza pasa que tal vez se trate de una alucinación suya por haber perdido algo de sangre, pero sabe que dentro de si misma, se encuentra la respuesta, así que guarda sus armas y se coloca en posición de flor de loto, para empezar a buscar en su interior alguna manera de imitar a Chronos en su expulsión de energía.

Kara se desconcierta un poco por la acción de su rival, pero se repone al sonreír de alegría, y comienza a girar sus Sais lo mas rápido posible, a dar patadas en el aire, a girar de un lado a otro su cuerpo con ataques consecutivos como si se estuviera entrenando para una pelea aun mayor. Todo el publico esta a la expectativa de las jóvenes peleadoras, y yo por mi parte no separo los ojos de Sam, quien esta comenzando a despertar una buena cantidad de energía por todo su cuerpo, al igual que su Devachan se esta expandiendo, y sinceramente me sorprende, ya que hace unos momentos ella no tenia esta cantidad de energía y ahora pareciera que hubiera tenido un entrenamiento mínimo de cinco años para alcanzar este nivel. No sé como lo hizo pero al parecer esta rubia sensual nos tiene muchas sorpresas preparadas.

Sam logra despertar de su trance y Kara se percata de ello al atacarla sin pensarlo dos veces, pero Sam salta lo mas alto posible para eludir el ataque de Kara mientras saca de nuevo las espadas de sus brazaletes e inicia un ataque tremendo contra Kara en donde al parecer se han invertido los papeles de hace rato, ya que ahora Kara no puede contra los ataques de Sam, quien al asestar un golpe que detiene Kara, logra lastimar su brazo, y poco a poco pareciera que Kara es enterrada en la arena de batalla entre ataque y ataque, pero Sam no cesa sus ataques y le devuelve los desgarres al cuerpo que le propuso momentos antes Kara, pero al darse cuenta de la gran ventaja que le lleva a la pobre mujer, decide terminar el ataque cuando sin querer le da el primer desgarre al cuerpo, el cual, al parecer fue bastante profundo y que no pudo medir Sam, por ello Kara cae de rodillas, soltando sus armas y le pide a Sam que cese el ataque, que se rinde, y que fue un gran honor para ella ayudarla a que por fin tuviera consciencia del Devachan que la rodeaba y del potencial de su energía interna. Sam no sabe que decir y toma entre sus brazos a Kara antes de que esta caiga al suelo.

Sam hace una seña con su brazo al árbitro para que llame a un curandero, e inmediatamente sin que el árbitro los pida, los curanderos llegan a la arena y se llevan a Kara quien sonríe feliz a Sam, la ganadora de esta pelea. Chronos alza por fin un poco la cara cuando Sam se sienta junto a el y Chronos le dice a Sam que se siente satisfecho de haberla traído a este lugar, ya que por fin aprendió lo que el quería, Sam le pregunta a que se refiere, pero Chronos vuelve a bajar la cabeza y se mete de nuevo en su concentración sin contestar la pregunta de Sam a quien parece no importarle y se dispone a meditar sobre como despertó esa energía interna en su interior y en el sentimiento que tuvo, ya que piensa que tal vez necesitara volverlo a hacer mas adelante.

Después de una hora de receso en donde Kikis aprovechó para mandarme una nota en donde me informa que Neftis había pedido acercarse a la Reina Mauth para sugerirle que debido a que en este torneo ha habido fabulosos encuentros entre mujeres hermosas, seria un gran honor para ella que tal como estas jóvenes mujeres peleadoras, seria una buena propuesta el formar entre Isis, la Reina Maut y ella una triada que apoye a las mujeres en el torneo, y ya que la Reina Mauth siempre ha sido de la idea que las mujeres son las que dan vida al mundo por su sabiduría, fortaleza y belleza, por lo que sirven como base para la sociedad y el equilibrio del mundo, no duda en aceptar la propuesta de Neftis y pide a Isis y a Neftis que se acerquen a su lado para apoyar a las mujeres participantes, pero Isis no acepta la propuesta y se queda en su lugar, pero la Reina Mauth no acepta un "no" como respuesta y la ordena a acercarse a su lado, e Isis no tiene mas remedio que aceptar y a regañadientes se sienta del lado izquierdo de la Reina, sin voltear a ver a Neftis a su derecha. A lo cual me pregunto si Nefits traerá algo entre manos, y de ser así, no me fiaré de ella, así que volteo a ver a Kikis y le guiño un ojo en señal de que siga vigilando y que me mantenga al tanto de lo que suceda.

La siguiente pelea será bastante interesante, ya que se anuncia por toda la ciudad que será entre Anatis y Seb a quien como he dicho prefiero llamarlo Chronos. Puesto que siento que Sam tiene una razón para llamarlo así, ya que al parecer tiene mas tiempo de conocerlo que cualquiera de nosotros, incluso Musashi a quien también se le nota ligado con este extraño Agharti.

El arbitro declara que puede comenzar la pelea y Anatis es la primera en atacar a un Chronos demasiado pasivo y al parecer contento de pelear contra mi pequeña Anatis, así que elude con gran facilidad los ataques de Anatis a una velocidad tal que pareciera que Cronos solo fuera una mancha en la arena que se mueve a gran velocidad, sin que Anatis pueda asestarle aunque sea un ataque de su arma que la tiene en forma de bastón largo. Chronos se detiene un momento y le dice a Anatis que para querer pelear a su nivel no bastara con ataques normales, ya que no se trata de un contrincante común y corriente, y lo mejor será que de lo mejor de sí misma, para sacar a relucir el poder que logro incrementar los últimos días tras su intenso entrenamiento. Anatis se siente contrariada al igual que yo, ya que no sabe como se pudo enterar de su entrenamiento especial conmigo, pero aun así decide hacer uso de su nuevo poder, aunque en realidad quería demostrárselo a sus amigos, ya sea en una pelea contra Siptah o contra Anubis, pero aun así sabe que Chronos es un peleador formidable y que se lo ha demostrado en sus últimas peleas. Anatis retrae su bastón y lo guarda en su cinturón, saca del interior de su blusa su Piedra Ben Ben y comienza a concentrarse lo suficiente para levantar una gran ventisca de viento alrededor de sus pies, mientras su cuerpo empieza a emanar una energía azul lo cual provoca que sus ojos brillen también de un color azul intenso que impresiona a Anubis y a Siptah, ya que saben que Anatis ha incrementado su poder en los últimos años gracias a su manejo de la Piedra Ben Ben ya que siempre ha sido mejor que ellos en esta practica, y a la vez se sienten emocionados por saber cual es el alcance de su nuevo poder.

En la arena Chronos se siente contento por ver a Anatis con tal expulsión de poder, pero aun a pesar de ello se lanza contra Anatis quien por fin puede ver los movimientos de Chronos y logra detener varios de sus ataques a alta velocidad y contra ataca a Chronos con golpes, patadas y codazos a gran velocidad, lo cual provoca retroceder a su rival, quien menciona que dieciséis golpes no están mal para empezar, y aunque le ha sorprendido el nivel que ha alcanzado, él aún quiere saber más de lo que Anatis es capaz de hacer. Anatis no sabe como reaccionar ante las palabras de Chronos y porque razón la conoce tan bien, pero prefiere no pensar en ello y continua atacando a su contrincante aunque en esta ocasión Chronos detiene todos los ataques de Anatis con mucha facilidad y al tratar de asestarle un golpe directo a mi pequeña Anatis, no contaba con que ella expulsara una onda de energía directa a su estomago proveniente del aura de energía que la rodea, muy parecida a la que ha demostrado Siptah anteriormente, la cual lanza hasta el otro lado de la arena a Chronos. Anatis sabe bien que no debe fiarse, ya que su rival no es nada confiable así que espera prevenida el regreso de Chronos a la pelea, quien no tarda demasiado en ponerse de pie y mueve su cuello con demasiada fuerza para tronárselo como si se lo pusiera en su lugar, y comienza a acumular una gran cantidad de energía en su brazo derecho y le pregunta tranquilamente a Anatis si será lo suficientemente fuerte para detener su ataque, y en ese momento lanza una onda de energía mucho más grande que la que ella había lanzado anteriormente, pero Anatis muy despreocupada espera a que la onda de energía se encuentre a un poco más de un metro de distancia, y de manera sombrosa detiene la onda de energía al crear una barrera con una corriente de viento lo sufrientemente fuerte para desintegrar la onda de energía, que en esta acción sorprende a todos a excepción de Chronos quien parece no inmutarse.

Anatis piensa que es hora de demostrar algo de su verdadero poder, así que decide elevarse a una gran altura del coliseo gracias a su entrenamiento de hace años en levitación y al llegar a una altura considerable se concentra demasiado para llamar al viento para que se pueda reunir, hasta formar nubes negras por todo lo alto del coliseo, haciendo que comience a caer una lluvia sobre todos nosotros, hasta finalmente crear relámpagos que maneja a la perfección para hacerlos caer contra Chronos quien observa felizmente lo que sucedido, ya que sabe que Anatis ha logrado un verdadero contacto con el Gaia y su Devachan, al igual que con toda la naturaleza para haber logrado llegar a este grado de poder, pero a pesar de ello no se deja intimidar y sale volando a gran velocidad hacia Anatis y como si fuera un cometa traspasa las nubes una y otra vez rodeando a Anatis como si jugara con ella hasta deshacer por completo las nubes negras, pero a pesar de ello Anatis logro quedarse con una gran cantidad de energía provocada por los relámpagos, y gracias a que el cuerpo de Chronos se encuentra mojado por la lluvia, Anatis aprovecha la ocasión para lanzar toda la energía acumulada por la electricidad y en un tiro certero derriba por completo a Chronos quien se estrella estrepitosamente contra el suelo hasta formar un hoyo en la arena.

Anatis aterriza para verificar si por fin venció a su contrincante, sin apaciguar su energía por completo, cuando de repente se forma un torbellino desde el interior del agujero que levanta toda la arena y que atrapa a Anatis en su interior en donde sólo se puede observar que el torbellino se torna de color azul, lo cual quiere decir que Chronos esta listo para continuar la pelea, así que Anatis expulsa una gran cantidad de energía que la ayuda a salir del torbellino pero antes de que Anatis pudiera pisar tierra firme, el torbellino de Chronos vuelve a cubrirla por completo, como si se concentrara una mayor cantidad de energía, volviendo de esta manera al torbellino más denso, lo cual nos impide a todos ver que es lo que sucede.

Chronos en su torbellino, comienza a decirle a Anatis que cuenta con mucho poder para ser tan joven y que su manejo de la piedra Ben Ben lo tiene sorprendido, pero le hace falta mucho por aprender, ya que tiene un gran peso sobre sus hombros, de igual manera le recomienda que viaje por todo el mundo y aprenda cuanto pueda de las personas que llegue a encontrar en su camino, ya que el saber es poder, que jamás pierda su contacto con el Gaia, pues eso será la clave de su salvación, y si algún día llega a tener un conflicto interno, siempre es bueno conocerse y aceptarse a uno mismo, tanto en lo bueno como en lo malo y como saber sobrellevarlo, que con respecto a su manejo de la Piedra Ben Ben, el único limite es el que se impone ella misma, y recuerde siempre que el tiempo fue, es y siempre será relativo, lo cual le dará oportunidad a infinitas posibilidades. Anatis le da las gracias por los consejos, y le pregunta como sabe tanto de ella y porque le dice todas esas cosas, a lo que Chronos le responde, que todo lo sabrá a su debido tiempo, pero por el momento esta pelea debe de terminar. Anatis se desconcierta con la ultima respuesta e intenta hacer explotar mas su energía pero no es lo suficientemente rápida, ya que Chronos gira a una enorme velocidad que aumenta por cada centésima de segundo que pasa, dejando a Anatis totalmente inconsciente ante la presión de la fuerza centrifuga, y sin pensarlo dos veces, después de que se detiene por completo el torbellino de Chronos, salto hacia la arena, al igual que Siptah y Anubis con tal de llegar con Anatis para saber su estado de salud, y al comprobar que sigue respirando, intento atrapar con mi garra a Chronos para que me responda quien es en realidad y que se deje de incógnitas, pero Chronos se mueve rápidamente y se coloca a un lado de Siptah y Anubis que están junto a Anatis y se sorprenden por el movimiento rápido de Chronos, quien nos responde que no temamos, ya que su presencia aquí solo es de forma benéfica, que su intención no es perjudicar a nadie, y que no nos preocupemos, y tras terminar estas palabras, se mueve de nuevo a gran velocidad y se sienta en la banca de ganadores junto a Sam, y nos dice que lo mejor será calmarnos y seguir disfrutando de las peleas.

Siptah y Anubis llevan a Anatis a un lado de donde me coloco junto al palco de honor, para así tenerla recargada en mi costado derecho, muy pegada a mi pecho y a mi Piedra Ben Ben, en la cual deposito mis esperanzas para que ayude un poco en la recuperación de Anatis al mantenerla a mi lado sin que se den cuenta los Agharti, ni los que se encuentran en el coliseo de que la piedra brille un poco y proyecte un leve resplandor desde mi interior.

La ultima pelea de esta ultima ronda será entre Anubis y el encapuchado misterioso de corta estatura que al parecer se inscribió al torneo junto con Kara así que no esta demás suponer que se trate de mi viejo amigo Bes, y al parecer no soy el único en suponerlo ya que Anubis en cuanto pisa la arena de duelo junto con el encapuchado, le pide que se deje de juegos tontos y que revele su identidad en este preciso momento mientras menciona el nombre de mi amigo Bes, quien obedece la petición de Anubis mostrando su verdadera identidad al publico asistente. Tras quitarse sus harapos y su turbante, el arbitro da inicio a la pelea y Bes descubre de su túnica una pequeña espada muy delgada adecuada a su estatura, forjada al parecer con el mismo mineral de la cavernas de su aldea, la cual sostiene con una sola mano y con su otro brazo se postra en posición de defensa y ataque, para mantener un equilibrio perfecto ante su oponente, a lo que Anubis no se intimida en lo mas mínimo, pues saca de su cinturón su arma y hace surgir su gran hacha, para invitar a Bes para que inicie el ataque, a lo que Bes no lo piensa dos veces y de manera sorprendente salta de un lado a otro con gran agilidad para atacar a Anubis de todos los ángulos posibles, a quien le cuesta trabajo detener los ataques de Bes, hasta que al darse cuenta de que estaba desprevenido, da un golpe fuerte al piso para cuartearlo y sacar de equilibro a su rival, para después saltar hacia atrás para tomar un poco de aire y planear mejor sus ataques, pero Bes no lo deja respirar ni un momento y continua su ataque frenético contra el joven Anubis. Todo el publico esta sorprendido por la forma en que se mueve el anciano Bes, ya que para alguien de su edad y su estatura, es difícil imaginarse que pueda tener tal agilidad para saltar de un lado a otro con ataques continuos, sin apenas tomar impulso para continuar su secuencia de ataque, lo cual tiene a Anubis desconcertado y no sabe si debe defenderse o atacar, así que lo mejor que se le ocurre es guardar el hacha y quedarse solamente con el bastón de su arma, para así poder quitarse la desventaja del peso de su hacha en un extremo, e intentar dar un poco mas de pelea a Bes, lo cual le funciona por momentos ya que aun a pesar de su defensa y ataques, Bes logra detener cada uno de ellos y sorprende a Anubis con distintos golpes y patadas que enfurecen poco a poco a Anubis, quien se las esta viendo negras con quien una vez fuera su maestro en el uso de las Piedras Ben Ben.

Bes sonríe ante la desesperación de Anubis y decide aumentar con mas intensidad su ataque, por lo que incrementa su velocidad y fuerza para utilizar el arma de Anubis para que se golpee el solo y así poder enfurecer aun mas a Anubis, lo cual resulta, provocando que Anubis explote su energía interior al intensificar su Devachan, lo cual manda a volar a Bes, quien al aterrizar tras una serie de volteretas, sonríe satisfactoriamente por su cometido, y le pide a Anubis que peleen a la par, y en ese momento Bes expulsa una cantidad de energía por demás increíble que ciega a una gran cantidad de espectadores, a excepción de varios de los peleadores, a los Agharti y a su servidor, que debo de aceptar que jamás creí que mi viejo amigo Bes tuviera esa cantidad de energía, pero me pregunto con que propósito quiere pelear de esta manera con Anubis.

Anubis al sentir la energía de Bes alrededor de toda la arena comienza a calmarse poco a poco y a sentirse orgulloso de tener un rival que lo haya provocado a expulsar toda la energía que ha acumulado en los últimos ocho años de entrenamiento con ayuda de su Piedra Ben Ben y ríe a carcajadas por satisfacción, hasta que Bes le propina una fuerte onda de energía en su cuerpo que lo hace retroceder varios metros de donde estaba originalmente, pero ni aun así Anubis deja de sentir satisfacción, y con una sola mano lanza otra onda de energía aun mayor a la de su rival, quien desvanece la onda de energía con una especie de escudo aparecida en una sola mano, lo cual molesta un poco a Anubis ya que no se lo esperaba. Bes le dice a Anubis que no esta mal para ser la primera vez, pero aun le hace falta mucho para llegar al nivel al que él se encuentra, ya que su alma todavía no se encuentra en sincronía con su cuerpo y mente, y mientras no encuentre esa armonía, jamás alcanzara la plenitud de su poder, y al terminar estas palabras, reúne una gran onda de energía en ambas manos que lanza con gran potencia hacia Anubis, quien intenta detenerla con ambas manos, pero la onda de energía es demasiado fuerte y lo hace retroceder varios pasos, sintiendo como sus brazos se despedazan por la potencia de la energía. Anubis grita de dolor, y en ese momento escucha dentro de su interior la voz de Bes pidiéndole que no tema, ya que el miedo sólo lo llevará a la derrota, que debe conectarse con su Devachan interno y ser uno con la energía que esta esparcida en este momento, que es la misma energía que flota esparcida por todo el planeta, es la energía del Gaia que lo conecta con todos los seres vivos, algo que debería ya haberlo captado después de tanto tiempo. Pero Anubis siente más temor por la onda de energía que está sosteniendo que no puede concentrarse, ya que su orgullo de que haya alguien más fuerte que el no lo deja concentrar, aparte porque sabe que si deja que la onda de energía lo golpee de lleno podría quedar mal herido, o en el peor de los casos podría perder la vida, y lo único que desea es continuar en el torneo para que su Padre sepa de lo que es capaz su hijo y hacer feliz a su Madre por demostrar que es digno de ser hijo de su Padre Osiris, pero ante todo, su gran deseo es divertirse en el torneo y tener una verdadera batalla contra sus amigos Siptah y Anatis, ya que ellos han demostrado ser bastante buenos en el torneo y su orgullo no le permite perder en esta pelea. Bes le pregunta que es lo más importante para el en este momento, a lo que responde Anubis que su gran deseo es seguir viviendo buenos momentos con sus amigos, ser un gran guerrero algún día y demostrar su fortaleza y valentía, con tal de ser digno para su Padre Osiris, y llegar a ser algún día su sucesor, pero ante todo estar al lado de Anatis quien lo ha ayudado durante tantos años a superar el rechazo de su Padre, al hacerlo reír, cantar, disfrutar de la vida y verla con alegría aun a pesar de lo malo que se presente el futuro. Bes le comenta que en ese caso para ganar esta pelea, que intente sincronizar su mente, cuerpo y al final como objetivo de su victoria, que enfoque a Anatis, representando su alma, de forma que armonice estos tres aspectos con la energía que está expulsando y con la energía de la Piedra Ben Ben, porque si no lo hace, el se encargara de terminar son su vida, y al terminar estas palabras, Bes aumenta al doble la onda de energía proveniente de todo su ser, pero al realizar esta loca hazaña, Bes esta provocando que reaccione mi Piedra Ben Ben con aun mayor fuerza, haciendo que Anatis se recupere por completo y pueda observar la pelea, y agradezco que el resplandor provocado por la expulsión de energía de ambos peleadores hacen que pase desapercibida la reacción de mi Piedra Ben Ben, sin que se den cuenta los Agharti.

Anubis por su parte no soporta demasiado la onda de energía y al voltear a ver a Anatis que se haya recuperada, que le sonríe amablemente a Anubis antes de volver a dormir, logra ayudar a que Anubis decida aplicar el consejo de Bes, así que busca en su interior la armonía de su cuerpo mente y alma, utilizando como objetivo para su alma a Anatis, lo cual resulta todo un éxito y en ese momento Anubis expulsa una cantidad enorme de energía que supera por mucho a la de Bes, quien sonríe satisfactoriamente por el logro de su alumno, pero lamentablemente no puede con tal cantidad de energía y por ello toda su energía es consumida por el poder de Anubis y cae derrotado en la arena. Anubis logra apagar su energía por completo y se arrodilla ante la arena cansado por su esfuerzo, pero voltea su cara hacia Bes, y al observar que se haya tendido en el suelo, corre hacia él para saber como se encuentra, al igual que Siptah y Kara quien se hallaba descansando junto a los curanderos, y aunque le cuesta trabajo caminar hace su esfuerzo para estar con su maestro Bes, al igual que su servidor cargando a Anatis en uno de mis brazos. Al llegar al lado de Bes, me doy cuenta de que se esta apagando su Devachan por completo, queriéndome decir que está muriendo.

Bes pide a Anubis que se acerque a su rostro para decirle algo y le comenta que esta satisfecho con sus logros, pero que lo perdone, ya que para lograr que sacara todo su potencial escondido, tuvo que dar su vida en sacrificio, pero que no se sienta mal por ello, ya que era su destino enseñarle el verdadero significado del Devachan, del Gaia, de la importancia de las piedras Ben Ben y que tuviera en armonía su mente cuerpo y alma, ya que estos conocimientos algún día ayudarán de manera sorprendente a muchas personas, debido a que en sus sueños pudo visualizar un papel demasiado importante para el joven Anubis, en el largo camino de la vida, y es por ello que quería enseñarle todo esto lo más pronto posible, pues su travesía está a punto de comenzar, y con respecto a Siptah le comenta que jamás pierda su personalidad que lo hace único, que aunque pasen mil años jamás deje de ser quien es, aunque Siptah no hace mucho caso de sus palabras, ya que no quiere ver morir a su abuelo, Bes continua con Kara y le agradece por cuidar de él los últimos años de su vida, y al final me mira a mi, comentándome que como Anubis tengo una gran misión que cumplir, de proporciones inimaginables, gracias a algo que sabemos los dos, y me guiña el ojo. Todos nos encontramos alrededor de Bes y somos testigos de cómo la vida de mi viejo amigo Bes se extingue por completo al elevarse su Devachan en forma de mariposa dorada hasta lo más alto del cielo y desaparecer, tal y como han dictado nuestras profecías desde hace cientos de años, aun a pesar de que muy pocas personas puedan verlo con sus propios ojos, aunque en nuestro caso lo observamos gracias al contacto que hemos desarrollado con el Gaia.

Adiós viejo amigo, espero que el mundo de tus antepasados te abrace y te mantenga en la gloria como el gran hombre que fuiste en vida.

EL PLAN DE NEFTIS Y LA VALORACION DE LA ENERGIA INTERNA

Después de un par de horas de receso, se llevarán a cabo las semifinales en donde pelearan Samantha Newman contra Chronos y Anubis contra Siptah. Dichas peleas prometen ser un gran espectáculo, aunque en lo personal no me quiero perder la pelea entre Chronos y Sam, ya que ambos esconden muchos secretos que quiero descubrir, y a decir verdad quiero tener una charla con ambos después del torneo. La siguiente pelea que se anuncia por el coliseo es entre Siptah y Anubis, por lo que el publico asistente grita de emoción al ver a sus mejores representantes en una pelea, tanto aldeanos de Uaset como de la aldea de Siptah están presentes, y Anatis quien se encuentra mas recuperada en mi regazo, apoya a ambos sin saber a quien desea ver vencedor, ya que ambos son amigos suyos de la infancia y desea lo mejor para ambos.

Neftis por su parte esta muy atenta con la pelea y volteando a ver a cada rato a Osiris para animarlo a que apoye a su hijo Anubis, pero Isis no soporta la idea de aceptar la posibilidad de que Anubis sea hijo de su amado Osiris. La Reina Mauth por su parte, sabe la verdad acerca de Anubis, y trata de alentar a Isis a que se relaje y que disfrute de la pelea, ya que será un espectáculo sin igual, y pide a una de sus acompañantes que les traiga una botella de buen vino para animar un poco a Isis, pero cuando Neftis escucha la petición de la Reina Mauth inmediatamente le llama a su otra esclava a que se le acerque, y aunque no alcanzo a oír que se secretea con ella, continuo sospechando de ella, y por eso busco a Kikis, quien no se encuentra cerca del palco de honor, así que por el momento tendré que ser paciente a que ella regrese.

El arbitro anuncia de manera espectacular a ambos contrincantes como si se trataran de reyes provenientes de tierras lejanas, al mencionar su lugar de proveniencia, aldea a la que pertenecen y su relación con la familia real, ante lo cual Isis vuelve a gruñir por la mención.

Da inicio la pelea y ambos peleadores mientras corren contra su rival despliegan por completo sus armas que se estrellan inmediatamente entre si, rechazando a cada quien con su respectivo ataque y retrocediendo un poco para retomar inmediatamente la pelea, en donde Anubis maneja con mucha rapidez y fuerza su gran hacha, mientras que Siptah elude cada uno de sus ataques y aprovecha el menor descuido para contra atacar con su fabulosa arma que lo ha ayudado contra oponentes en verdad poderosos, por lo que Anubis no representa dificultad para el, aunque en realidad disfruta mucho la pelea contra su amigo.

La Reina Mauth recibe de las manos de su esclava la botella de vino que pidió, y le sirve una copa a Isis, quien la rechaza de momento por el humor en el que se encuentra, pero La Reina insiste y no le queda de otra que tomar su copa, pero la Reina no se sirve a si misma ya que toda su atención esta atrapada por la pelea que se efectúa en la arena. Neftis por su parte sonríe maliciosamente, y regresa su vista a la pelea de su hijo, la cual también es observada detenidamente por Osiris.

Siptah y Anubis se divierten en verdad con la pelea, dando un espectáculo en donde se nota el gozo de ambos peleadores, sin presión alguna entre ellos, utilizando toda su fiereza y su espontaneidad que caracterizan a Anubis y a Siptah respectivamente. Anubis voltea a ver a su madre y cuando ve su sonrisa hacia su hijo, quiere complacerla por completo, al igual que a su padre quien esta atento con la pelea, así que se detiene en seco con la pelea, y le pide a Siptah que es hora de dar lo mejor de si mismos, por lo que quiere que active sus poderes que ha demostrado en las peleas anteriores, al igual que como él lo hará en estos momentos. Lo cual no me agrada del todo, ya que prometieron desde antes de que iniciara el torneo, que no harían uso de sus poderes con ayuda de sus piedras Ben Ben, pero debido a lo que hemos visto en las ultimas peleas, al parecer a los Agharti asistentes ya no les sorprende que personas fuera de su raza sean capaces de manejar tal energía.

Anubis se concentra totalmente y junta toda su energía interna con tal de provocar otra expulsión asombrosa de energía que abarca gran parte de la arena y Siptah sonríe, activando al mismo tiempo su brazalete que le regaló Chronos, permitiéndole moverse a gran velocidad entre la energía expulsada por Anubis y al mismo tiempo atacar con su arma, pero Anubis detiene el golpe con su hacha y le pide a Siptah que le demuestre de lo que está hecho, a lo que Siptah muy sonriente responde que no tiene que pedirlo y renueva la pelea con ataques consecutivos que Anubis detiene con un poco de trabajo, pero logrando la aclamación del publico asistente.

Mientras tanto en el palco de honor, Neftis se acerca disimuladamente a Osiris mientras todos observan la pelea y le hace una seña a su otra esclava para que le entregue la botella de vino de la Reina Mauth para que le sirva un poco, y una vez que la tiene en la mano, actuando de manera tonta la tira al suelo hasta que se rompe y pide disculpas por su torpeza, e Isis le grita por lo estúpida que es, ya que un vino así no se desperdicia de esa manera, y agradece a la Reina por su amabilidad y se toma de un sólo trago su copa que llevaba en la mano. Neftis no aguanta la felicidad que le provoca la acción, e instantes después de que toma asiento, tras haberse disculpado con la Reina Mauth por su torpeza. Isis comienza a retorcerse en el suelo, expulsando una gran cantidad de luz brillante por sus ojos en forma de humo, y cae del palco de honor hacia la arena, en donde continua retorciéndose hasta perder el conocimiento, y uno de los árbitros se acerca hasta ella para percatarse de su condición, y tras buscar su pulso anuncia que esta muerta. Neftis inmediatamente grita que la Reina Mauth ha envenenado con su vino a Isis, que no por nada solo a ella le sirvió vino, y ni siquiera tomo ella de su brebaje maldito. Esta acusación encoleriza inmediatamente a Osiris quien saca su espada de su cinturón y arremete contra la Reina Mauth, pero Amon se interpone y recibe un fuerte espadazo en el hombro, y queda gravemente herido. Yo por mi parte que presencio dicha acción de Neftis y que observo llegar a Kikis señalando con la cabeza a Neftis, impulsivamente atrapo con mi pata delantera izquierda a Neftis contra las gradas del palco, y la acuso por ser culpable del asesinato contra Isis, pero ella se defiende comentando que con que pruebas sostengo tal acusación, pero no puedo decir nada por encubrir a Kikis, porque si comento que ella es mi informante, no dudo que la manden asesinar por traición y deslealtad contra su ama, así que titubeo, por lo que Neftis aprovecha para acusarme entonces de conspiración junto con la Reina Mauth, pero me encolerizo por su acusación y lanzo un rugido con toda mi cólera, por lo que se detiene la pelea y al ver Anubis que estoy reteniendo amenazadoramente a su madre, olvida la pelea con Siptah.

Anubis ciego de ira, no piensa las cosas y se dirige a atacarme, pero Anatis salta con su arma y detiene el hacha de Anubis con la que quería atravesar mi cuello, y Osiris por su parte llama a sus guardias reales para que apresen a la Reina Mauth, a Amon, a Anatis y a mi, por traición y asesinato.

Al ver que todos los guardias nos rodean, lo único que se me ocurre es pedirle a Anatis que suba en mi lomo al igual que a Siptah, por lo que libero a Neftis de mi garra y con ambas patas disponibles, atrapo entre mis garras a la Reina Mauth y a Amon, expulsando al mismo tiempo una bocanada de fuego que hace retroceder a los guardias de Osiris y a Neftis. Anatis por su parte con una gran demostración de poder con ayuda de las Piedras Ben Ben, repele a Anubis hacia el otro lado de la arena, para que pueda montar en mi lomo, y ya cuando se encuentra encima de mi, emprendo el vuelo hasta lo más alto del cielo, en dirección hacia la aldea de Siptah, pero antes de alejarme dirijo mi mirada al coliseo y Anatis y yo observamos que Chronos, Musashi, Sam, Yira, Kara, Yasak y Fenril salen del coliseo entre el tumulto de gente que busca escapar del fuego, y a pesar de que algunos de ellos están mal heridos, Chronos sube a todos en una carreta y al parecer nos persigue sin quitarnos de encima la vista, y sinceramente estoy seguro que nos alcanzará en la aldea de Siptah, y aunque lamento dejar a Kikis entre tanta conmoción, no me quedaba otra opción, pero aun así mandare a Arek para que Kikis tenga modo de comunicarme todo lo que ocurra en el palacio, pero por el momento tengo que apresurarme a llegar a la aldea de Siptah para que podamos curar a Amon, quien yace gravemente herido y está comenzando a perder el conocimiento. Siptah por su parte está enojado por haber interrumpido su pelea con Anubis, pero Anatis le pide que se calle, que no sea tonto, que madure, ya que lo que acaba de pasar es mas importante que una tonta pelea, pero Siptah no se calla y hace berrinche como niño pequeño, hasta que Anatis lo calma con una tremenda cachetada que lo deja inconsciente, lo cual me hace reír por un momento, y sinceramente me gustaría contar en estos momentos con la tranquilidad de Siptah ya que estoy seguro de que todo va a cambiar a partir de estos momentos, y sinceramente no auguro buenas cosas para el futuro.

Al llegar a la aldea, aterrizo en la plaza principal junto a la fuente ubicada en el centro de la aldea, y Siptah baja de mi lomo saltando para ir en busca de ayuda para Amon a quien deposito en el suelo muy suavemente para no lastimarlo al igual que a la Reina Mauth. Anatis baja suavemente y la noto preocupada por lo que acaba de suceder y no me sorprende ya que sabe que a partir de ahora las cosas van a cambiar demasiado y también la noto preocupada por Anubis, quien es su amigo a quien conoce muy bien, por lo que sabe que el amor a su madre, mas la búsqueda de respeto de su padre y lo orgulloso que es, teme que pueda llegar a hacer barbaridades sin detenerse a buscar las respuestas adecuadas de lo sucedido, en lo cual ella ya esta tomando iniciativa y me hace muchas preguntas al respecto de porque Isis se retorcía de esa forma, del humo saliendo de su boca y quien lo pudo haber provocado, ya que sabe que la Reina Mauth no seria capaz de tal atrocidad, lo cual termina escuchando la madre de Amon, quien le grita a Anatis con un brillante fuego azul en los ojos, comentando que ella jamás seria capaz de hacer eso, y quien seguramente lo hizo fue Neftis, ya que lo único que siempre ha querido desde que la encontró Osiris en el desierto cuando el aún era muy joven y Neftis apenas era una niña, es ser parte de la familia real de los Agharti, que no por nada, anteriormente busco tener un amorío con Osiris para engendrar un hijo con gran poder, hasta que lo consiguió. Aunque ha decir verdad, Anubis nunca ha sido considerado alguien de grandes poderes hasta este torneo de artes marciales. Anatis le pregunta a la Reina Mauth que si sabia sobre esa búsqueda de poder por parte de Neftis, ¿porque siempre la ha tenido a su lado? Y la Reina un poco cabizbaja le comenta que Neftis como hechicera que es, siempre ha servido a los propósitos de los Agharti, al mantenerlos al tanto sobre los demás hechiceros que habitaban en Shambala y en este continente, ya que siempre han buscado la forma de apoderarse de los poderes ocultos de los Agharti que aunados con el manejo de las Piedras Ben Ben se puede llegar a obtener una gran cantidad de poderes inimaginables, como los que se podía apreciar en Shambala antes de su destrucción, que como ella recordara, había un gran avance tecnológico y místico, representado en los vehículos voladores que poseían, o en el caso de los Nommo, los vehículos acuáticos impulsados por las piedras Ben Ben, y en el aspecto místico, se trataba del contacto siempre presente entre el Devachan y el

Gaia, lo cual siempre ha sido ajeno para Neftis, al igual que para todos los seres vivientes que no tengan un contacto profundo con su energía interna, o que no hayan vivido desde un principio en Shambala o que no sean hijos de Aghartis con humanos, como es el caso de Anubis y -señalando con sus ojos a mi pequeña Anatis- la Reina se refiere a Anatis como si también fuera hija de un Agharti. Dicha mención me hace infundir aun mas mis sospechas de que Anatis era hija del Rey Lobsang, aunque la Reina no se lo menciona en su totalidad a Anatis, quien le pregunta que si sabe quienes son sus verdaderos padres, a lo cual la Reina le responde que si, que su madre era una mujer muy bella tal como lo es ella ahora, que tuvo la oportunidad de conocerla una vez en uno de los viajes que solía hacer con su esposo al continente americano, cuando Amon era apenas un niño pequeño, pero que lamentablemente se enteró hace unos once años de que ella había muerto, comentándole a Anatis que lo lamenta, pero Anatis no se siente tan triste, ya que no la recuerda en lo absoluto, aunque en el fondo le hubiera gustado recodar su rostro o por lo menos su voz.

Anatis también aprovecha para preguntarle a la Reina sobre su Padre, a lo que ella responde con un semblante triste e hiriente, que eso es algo que no debe de saber por ella, y si algún día lo descubre, será a su debido tiempo y por su propia cuenta, por lo que Anatis voltea para preguntarme para intentar descubrir si yo se quien es su padre, y aunque tengo mis sospechas, prefiero callármelas hasta confirmarlas, ya que no quiero que mi pequeña sufra más, o si es cierto que es hija del Rey Lobsang, no me gustaría ver que la Reina Mauth le haga la vida pesada a Anatis por la infidelidad de su desaparecido esposo. Y antes de que Anatis siga haciendo preguntas, vemos como se aproxima Siptah acompañado por una anciana mujer cargando en su espalda, quien al parecer es la curandera de la aldea, y antes de que Siptah llegue a nosotros, la Reina menciona que para ella, Siptah es un muchacho que la tiene sorprendida por el manejo tan extraño que tiene de su Devachan y de su energía, ya que jamás había visto un desplazamiento de espacio-tiempo como el suyo, aunque no duda que se deba a que es pariente de mi difunto amigo Bes, lo cual sorprende a Anatis ya que no sabia que Bes era familiar de Siptah.

Una vez instalados en la cueva de Bes, la curandera comienza a trabajar con hierbas especiales sobre el cuerpo de Amon, quien no deja de gemir por el dolor causado por el arma de Anubis, y aunque la Reina esta a su lado, Amon no deja de sufrir y se queja constantemente.

La Reina despreocupadamente continua con su relato sobre Neftis, al mismo tiempo que comenta que ya pronto llegara alguien quien podrá curar a Amon sin problema alguno, pero que mientras tanto continuara contándonos el porque Neftis busca el poder, y aunque tengo un ojo afuera de la cueva para observar lo que sucede, llego a escuchar el relato de la Reina Mauth.

 La Reina nos relata que Neftis mantenía a los Agharti al tanto de los hechiceros de este continente y de sus planes por apoderarse de los secretos de los Agharti, como la preparación de pociones y hechizos que en varias ocasiones causaron gran daño a los Agharti, como es el caso de una pócima que al parecer Neftis se ocupo de vaciarla en el arma de su hijo Anubis para causarle tal daño a Amon, ya que las armas creadas por lo humanos para los Agharti, no son capaces de penetrar la piel de un Agharti hasta llegar a los órganos internos, y que dicha formula utilizada en esta ocasión, siempre causo mucho daño en el pasado y llego a matar a algunos Agharti en una gran batalla que se llevo a cabo precisamente en Uaset hace mas de veintiocho años, en la cual los Agharti resultaron vencedores gracias a la ayuda de Neftis al crear un antídoto y a la vez una formula que funcionaba como escudo contra las armas del enemigo. También nos narra la Reina Mauth que en ese entonces no existía el palacio de Osiris, y que solo había un cuartel de avanzada que conducían Osiris, Isis y Anuket, cuando todavía estaba del lado de los Agharti y no se había unido con los Nommo, provenientes del mar, que para ese entonces apoyaron a los Agharti también en las batallas, en donde murieron cinco Aghartis, entre ellos el hermano de Osiris, Horus, por lo cual Osiris tuvo una gran depresión y estuvo mucho tiempo triste, quedándose por algún tiempo en este continente al lado de Neftis quien contaba con la edad que actualmente tiene Anatis y apoyo a Osiris con la perdida de su hermano, lo cual se convirtió en un pequeño amorío que dio vida a Anubis, mientras que Isis pasaba mucho tiempo en Shambala. Mientras que Anuket por su parte se había ido a las profundidades del océano a vivir con los Nommo, que le demostraron ser un gran pueblo y que merecían tener una Reina como ella, que con el tiempo se fue corrompiendo, sin dejar de visitar de vez en cuando a los demás Agharti en Shambala, aunque con el tiempo fue creciendo su avaricia por obtener mas poder, hasta la caída de Shambala que fue causada gracias a su avaricia. Pero regresando a Neftis, ella siempre quiso hacer uso de los poderes de la Piedra Ben Ben, para mejorar como hechicera y obtener grandes poderes, y aunque contó con un entrenamiento de años por parte de Osiris aún en en el transcurso de su embarazo, jamás logro grandes avances, y prefirió dedicarse mejor a la investigación de nuevos hechizos y brebajes para hacerla una mejor hechicera cada día que pasaba. Isis por su parte, cuando sospecho del parecido de Anubis con Osiris, sus celos hicieron que Osiris dejara de frecuentar a Neftis, hasta que los separo por completo, quedando Neftis sola con su hijo, quien no tuvo jamás el amor de su padre, lo cual lleno de odio a Neftis, provocando que conforme pasaba el tiempo desde que todos llegamos a Uaset tras la caída de Shambala, Neftis codiciara el Reinado de los Agharti para su hijo Anubis, a quien según ella ha considerado el más apto para gobernar a los Agharti, en lugar de Amon, y controlar al final a todos de manera de matriarcado.

Al terminar de decir estas palabras, vuelve a surgir una especie de fuego azul de los ojos al recordar como Osiris arremetió contra su hijo al querer defender a la bruja de Neftis. Pero en ese momento aparece en la entrada de la cueva, Chronos junto con Kara, quienes al ver mal herido a Amon se postran junto a el, Kara examina la herida que aún a pesar de no ser tan profunda, puede comenzar a afectar internamente a Amon si no se detiene la infección, y Chronos pide a todos quienes están en la tienda que se alejen un poco, y Kara le pregunta si piensa utilizar de nuevo el Reiki, Anatis y Siptah preguntan de que se trata el Reiki, y Kara les cuenta a todos que es una técnica que utilizo Chronos antes de que llegaran a la aldea, mientras hacían su viaje desde Uaset en la carreta que habían robado, y que dicha técnica funciona para sanar la mente, el cuerpo y el alma, por medio de la energía interna, al mezclar el Devachan del paciente con el sanador, sin importar que uno sea Agharti o no, ya que se mezcla la materia con la energía creando una unión armónica, que permite una fácil sanación del paciente. Esto es algo totalmente nuevo para mi, y sigo aun sorprendido de cómo Chronos conoce este tipo de técnicas, creando demasiadas sospechas alrededor de él que me incomodan, pero en estos momentos no lo puedo juzgar, ya que siento desde el fondo de mi ser, que vamos a necesitar en verdad en el futuro que se nos avecina, la ayuda de Chronos y de los demás peleadores que lo acompañaban en la carreta y que en estos momentos se encuentran refrescándose con el agua fresca de la fuente de la plaza.

Chronos extiende sus manos ante el cuerpo lastimado de Amon y tras una pequeña concentración surge una energía azul de sus manos que penetra en el cuerpo de Amon, por lo que comienza a cauterizar las heridas del joven Agharti, hasta quedar totalmente cerradas, y de igual forma puedo percibir como la energía interna de Amon vuelve a restablecerse, gracias a la armonía de su espíritu, mente y alma que quedan finalmente sanas.

La Reina le agradece a Chronos por sanar a su hijo, pero Chronos le pide que no le agradezca, ya que en sus palabras menciona que el destino estaba escrito para que el estuviera aquí en estos momentos para ayudar a Amon, al igual que se destinó que los peleadores que esperan afuera en estos momentos, se unieran a los seguidores de la Reina Mauth para ayudarla con el futuro que se vislumbra. La Reina Mauht, le sonríe a Chronos de manera cordial, para darle la razón, ya que al parecer ella también sabia que él estaría con nosotros para curar a Amon, aún a pesar de que su ira no se ha disipado del todo, y tras enfurecerse un poco al recordar la traición de Neftis, logra calmarse un poco y le pregunta a Kara si no hay inconveniente para que ella y su hijo se queden un tiempo en la cueva del difunto Bes en lo que pasa la tempestad, y Kara amablemente les pide que se queden todo el tiempo que quieran, ya que es un honor tenerla en la aldea. La Reina le agradece las atenciones y le pide de favor si de igual manera podría proporcionar para el resto de nosotros lugares cómodos para dormir, a lo que Kara responde que no hay problema con ello, aunque por mi parte tal vez no haya una cueva lo suficiente grande para dormir, a lo cual Kara adivina mis pensamientos y me pregunta, de que si no hay inconveniente en que yo pueda dormir en la plaza principal, a lo que le respondo a Kara que me parece bien, ya que me gusta dormir a la intemperie de vez en cuando, y que el brillo azul que emanan las piedras del acantilado, me otorgan mucha tranquilidad y que será un lugar perfecto para mi.

Kara y los demás salen de la cueva en donde descansa Amon y llama a otros aldeanos más por medio de un chiflido para que salgan de sus cuevas y les pide que si se podrían acomodar de tal manera para que dejen desocupadas algunas cuevas para que descansen los demás guerreros, incluyendo Anatis y Siptah. A lo cual los aldeanos aceptan gustosos y después de un rato todos se acomodan en tres cuevas diferentes, una para las mujeres, donde se hayan Kara, Sam y Anatis, en otra Siptah, Musashi y Yira, y en la tercera tienda se encuentra Fenril y Yasak, ya que Chronos al parecer quiere tener una platica en privado conmigo.

Una vez que todos se fueron a dormir, Chronos me pregunta si se algo sobre la identidad del monje misterioso contra el que peleo anteriormente, a lo que le respondo que no, que jamás lo había visto. Chronos medita sobre ello, y le pregunto quien o que, es el en realidad, de donde proviene, y cual es su objetivo al estar en este lugar junto a nosotros, a lo que Chronos solo responde que todas esas preguntas son algo que se irán descubriendo a su debido tiempo, tal vez no sea mañana, en un año o dos, o tal vez en algunos siglos, pero que al final se descubrirá todo, pero que por el momento confíe en el, ya que esta aquí para ayudar, al igual que todos los guerreros que trajo consigo. No soporto tanto misterio y le pido de nuevo en voz mas alta casi rugiendo, rodeándolo hasta quedar mi cara contra la suya, para que me diga de una buena vez quien es en realidad y cuales son sus intenciones con nosotros, pero Chronos pasivamente me contesta que si me contesta mis interrogantes en este preciso momento, podría causar un desequilibrio para lo que esta por venir, y me pide que tenga paciencia, ya que todo lo que esta por suceder repercutirá enormemente en el futuro, y que no podemos hacer nada, porque de ser así, podríamos cambiar el curso de la historia tal y como ya esta escrita, y me sugiere que lo mejor es que descansemos, ya que nos esperan muchos eventos importantes. Chronos se aleja apaciguadamente hacia su cueva, mientras que yo me acomodo en la plaza para descansar y a final de cuentas me quedo con muchas mas dudas de las que tenia anteriormente, y presiento que lo mejor será hacerle caso a este personaje, aunque en el fondo siento que todo esto llevara a eventos mas grandes que tal vez llegue a lamentar algún día.

A la mañana siguiente despierto repentinamente cuando siento que algo pequeño se estrella con mi ojo derecho, y tras abrir mis ojos me doy cuenta que se trata del pequeño halcón Arek, quien trae consigo un pequeño papiro amarrado a su cuello, con información de Kikis sobre lo que sucedió después de que huimos del coliseo de Uaset, pero ya que la letra es demasiado pequeña le pido a Anatis quien se encuentra enjuagándose el cabello en la fuente de la plaza a un lado mío, que me lea el contenido del papiro.

Kikis nos cuenta que después de que nos fuimos, Anubis corrió a atender a su madre quien le lavó el cerebro a su hijo con comentarios acerca de que la Reina Mauth y Amon, querían quedarse con Uaset y mandar a ejecutar a Osiris, a Isis, incluyéndolos a ellos, ya que la Reina pensaba que no eran dignos de estar a su lado, y que el torneo sólo fue una distracción para que la Reina llevara a cabo su plan, y con malevolencia e impertinencia, quiso apresurarse a liquidar a Isis, y ya que según en las palabras de Neftis, Siptah, Anatis y su servidor, estábamos confabulados en los planes de la Reina Mauth, que fue por eso que se le quiso inculpar a ella por la muerte de Isis, cuando ella lo único que quería hacer en los últimos días era retomar la amistad que una vez las había unido muchos años atrás.

Al parecer Anubis dudo sobre Siptah y Anatis, ya que siendo sus amigos, no le harían daño a su madre, pero Neftis le metió en la cabeza que si el torneo hubiera sido realmente cierto, Siptah le hubiera ganado fácilmente en la pelea, pero la razón por la que retardo la pelea fue para distraer a todos para que se llevara a cabo el envenenamiento de Isis, donde Anatis se hizo la enferma tras su pelea con Chronos solamente para mantenerse alerta por si Anubis intentaba atacar a la Reina Mauth o a mi. Y lo peor que le pudo comentar Neftis a Anubis fue que después de haber llamado la atención de Osiris, Siptah y Anatis solo querían ridiculizar a Anubis al dar una pelea de menor nivel contra el, lo cual se demostró por la forma tan sencilla en que Anatis lo repelió en su intento de detenernos. Esto al parecer enfureció a Anubis bastante, y Neftis continuó con su plan de poner a Osiris contra nosotros, al comentarle que si le hubiera echo caso a la recomendación de reclamar el trono de los Agharti como ella le había sugerido, nada de esto hubiera pasado, ya que la Reina Mauth se anticipo a lo que habían hablado la vez anterior, y fue por eso que su primer objetivo fue eliminar a Isis para debilitar la fortaleza que caracteriza a Osiris, y así poder seguir con su plan de eliminar al resto de ellos. Y ya que Osiris es también bastante orgulloso con respecto a su fuerza, al igual que su hijo Anubis, se enfurece demasiado, y le grita a Neftis que el no es ningún debilucho que dejara que le quiten su palacio y que permitirá que se salgan con la suya a quienes mataron a su amada Isis, así que en ese momento le pide a Anubis que se le una a el en contra de sus enemigos, que somos nosotros, ya que sabe que no somos un rival fácil por lo que se demostró en el torneo de artes marciales, y que por ello utilizara a todo su ejercito que tiene disponible, al igual que le pedirá a los campesinos y a los pescadores que viven a la orilla del Nilo a que se unan a el, para impedir la conquista de su imperio, y que por esta traición, esta decidido a eliminar a Amon, para así poder reclamar el reinado de los Agharti que tan ciegamente había negado al obedecer a un Rey débil que los abandono a su suerte, refiriéndose claro al Rey Lobsang.

Kikis describe que Neftis se sentía orgullosa por su logro, y que le comento a Osiris que aun a pesar del poder del ejercito que quiere reunir, no será suficiente para poder alcanzar su victoria, que lo más recomendable será hacer uso del poder oculto con el que cuenta Osiris como Agharti, al igual que lo mejor seria despertar el poder dormido de Anubis. Osiris se quedo desconcertado sobre esta petición, ya que no sabia como Neftis planeaba realizar tal hazaña, a lo cual Neftis le responde que confíe en ella, ya que conoce la manera de llevarlo a cabo, pero para lograrlo necesitaba que le diera tan solo dos días para juntar lo necesario y realizar el ritual que los llevara a la victoria, y que para ello necesitara el cuerpo inerte de Isis, a lo que Osiris se negó al principio alegando que quería respetar la muerte de su querida esposa Isis a cualquier costo, pero Neftis algo molesta, trata de tranquilizarse, y le plantea a Osiris que la victoria depende mucho de la unión sanguínea entre dos poderosos Agharti como lo son Isis y Osiris, que si fuera por ella, daría su propia sangre para conseguirlo, ya que lo único que desea es la victoria para su amado Osiris, quien no teniendo otra opción visible ante su ira ciega, termina por aceptar, y teniendo que resignarse a la idea, ya que su orgullo y honor están de por medio.

Anatis y yo, sin que nos demos cuenta de que la Reina Mauth estaba detrás de nosotros escuchando la carta de Kikis, nos pide que le demos el papiro para que sus propios ojos lean la traición de Neftis y la forma en que manipula al ingenuo de Osiris.

Tras terminar de leer, nos pide que le demos tiempo para meditar la manera de recuperar su reinado, y de detener de una vez por todas a Neftis, aunque para ello, tal vez lleguen a haber muchas vidas de por medio, y así vemos alejarse la Reina Mauth para regresar al lado de su hijo, quien aun se encuentra descansando tras su recuperación. Por mi parte le pido a Arek, que regrese con Kikis y que se cuide en su viaje de regreso, y ya que no lo había mencionado anteriormente, nosotros los dragones, tenemos una perfecta comunicación con los seres vivos de la tierra, desde criaturas marinas, pasando por las terrestres, hasta las aves, con quienes tenemos un mejor entendimiento.

Siptah y Musashi se despiertan horas más tarde y van a dar una vuelta por la aldea, en donde Siptah le cuenta a su nuevo amigo sobre las propiedades del mineral que recubre las paredes del acantilado, ya que con ellas se construyeron las armas que poseen Anatis, Anubis y el, pero Musashi se percata que al parecer su espadas también fueron construidas con ese mineral, ya que sus espadas le fueron heredadas por sus

antepasados que de alguna manera obtuvieron una gran roca proveniente
de tierras lejanas y que coincide a la descripción de la roca, precisamente
con el mineral que esta ante sus ojos, y Siptah sonríe comentando que en
verdad el mundo es muy chico, y le pide de favor a Musashi que le enseñe
como realiza su técnica especial en donde reúne su energía interna y como
logra lanzarla en un solo ataque, pero que antes, quiere mostrarle un lugar
que de seguro le gustará, el cual se trata de la caverna donde una vez mi
amigo Bes le enseño junto con Anatis y Anubis a como sincronizar su
Devachan con sus piedras Ben Ben.

Anatis por su parte no se ha separado de mi desde la mañana, pero
en ese momento se acerca a nosotros Sam, quien le pide a Anatis un
momento para hablar con ella.

Ambas chicas caminan por la aldea y Sam le pregunta a Anatis
como es que logra tal expulsión de energía, y como fue posible que ella
lograra hacerlo también sin haber tenido un entrenamiento debido, ya
que jamás había realizado tal hazaña antes. Anatis le responde que no
debería de sorprenderse ya que todo ser humano que habita en la Tierra
contiene tal cantidad de energía pero que en ocasiones algunos tienen
mas y otros menos que la demás gente, pero que el motivo principal por
el que Sam despertó su poder, es porque por fin tuvo consciencia de su
propio Devachan y de la existencia del Gaia, ya que anteriormente al
parecer no quería aceptar dicha existencia, pero en cuanto observo en el
torneo como varios peleadores expulsaban este tipo de energía, algo en
su interior despertó dentro de ella, como queriendo salir, y al aceptar que
tal vez ella tenia una energía similar, su Devachan se sincronizo con la
energía residual de las anteriores batallas, formando de esta manera en ella
una consciencia de que dentro de ella existía algo similar, y al buscarlo lo
encontró fácilmente. Sam nos expresa su sensación como si hubiera sido
bloqueada dicha habilidad, por lo que Anatis le pregunta a Sam sobre
su pasado, sus padres y de donde proviene. Pero Sam con un semblante
serio y algo nostálgica le responde que no recuerda nada sobre sus padres,
pues lo único que recuerda es que hace unos cuantos años despertó en un
lugar totalmente desconocido para ella, sin saber su nombre, ni de donde
venia, y a donde debería de ir, ya que cuando despertó solo se tenia en su
mano unas placas metálicas que decían su nombre, y después de andar sin
rumbo fijo, y tras conocer a varias personas a quienes ayudo en algunas
ocasiones, con sus habilidades de pelea que no sabe como las aprendió,
pudo conocer a Chronos, quien le regalo los brazaletes que ahora lleva

puestos, y le comento varias cosas sobre este lugar y que debía ayudarlo en una misión muy importante, pero que sinceramente hay algo que no le agrada de el, que le incomoda. Anatis le comenta que también siente algo extraño cuando esta junto a el, pero que es una especie de nostalgia y familiaridad que la desconcierta, y que a su vez la pone inquieta. Sam le responde que con respecto a ese tipo de nostalgia, también lo siente cuando esta junto a Anatis, quien responde lo mismo. Ambas se quedan viendo en silencio como queriendo hallar una respuesta y al no poder encontrar respuesta alguna, Anatis rompe el silencio al pedirle a Sam que la acompañe a un lugar que la ayudara a despertar aun mas su consciencia sobre su Devachan y la existencia del Gaia, a lo cual Sam acepta sonrientemente gustosa.

Yasak y Fenril se encuentran en el riachuelo para pescar algunos pescados para la comida, y Yasak fácilmente atrapa con sus manos varios pescados, en cuanto a Fenril le cuesta mucho trabajo y se resbala varias veces al querer capturarlos, en las cuales cae al agua, por ello Yasak se acerca a el y le pide que guarde la calma y se mantenga callado. En se momento Yasak se inclina un poco hacia el agua, teniendo una mano colgando y su otra mano la mantiene abierta junto a su rostro con los ojos cerrados, para permitirle concentrarse y escuchar el movimiento del riachuelo, hasta localizar la mas mínima sacudida del agua que le permita identificar a un pez, que al percatarse de su presencia, inmediatamente introduce su mano al agua para poder sacarlo victoriosamente. Por ello Fenril le pregunta como lo hizo, y Yasak le responde que sólo debe concentrarse con los movimientos del rio, que es tal y como cuando pelea, por lo que si no se puede comprender al corazón del adversario no se le puede derrotar, ya que si no puede identificarse con el, quiere decir que aun no se entiende a si mismo y si no se comprende a si mismo, mucho menos entenderá al oponente, así que Yasak invita a Fenril a cerrar los ojos para que se concentre, escuche el cause del rio, trate de sentir alguna variante, y si la hay, debe de identificar a que distancia se encuentra de el. Fenril se concentra y escucha como algo se mueve y al abrir los ojos se percata de que hay un pez muy cerca de el, pero Yasak nota que Fenril mueve un poco su cuerpo para querer atraparlo y lo detiene sigilosamente para no causar un movimiento extra en el agua y le pide a Fenril que sea paciente, que no sea impetuoso, ya que siempre debe ser consciente de donde apunta la atención del enemigo, que en este caso es el pez siguiendo la corriente del rio, así que es seguro

que se acerque a donde esta Fenril. Por lo que Fenril espera un poco y
sigue concentrándose en el movimiento de la corriente y del pez, ahora
con los ojos abiertos, y justamente cuando el pez se haya a unos pocos
centímetros del brazo extendido de Fenril, éste lo introduce rápidamente
al agua, anticipando así el movimiento de escape del pez y logra atraparlo
por fin. Yasak felicita a Fenril por su captura, y le comenta que si
toma en cuenta sus consejos, algún día será mas que una enorme masa
de músculos sin cerebro, a lo que Fenril se enoja, pero al final toma el
comentario como una broma, por lo que comienza a reírse a carcajadas,
y le da una fuerte palmada en la espalda a Yasak, por lo que logra tirarlo
al riachuelo, a lo cual Yasak lo imita riendo y decide tirarlo también al
riachuelo con una patada a los pies, así ambos terminan tirados en el
agua, riendo a carcajadas como buenos amigos.

Unas horas después, Siptah y Musashi, se encuentran en la caverna
donde hace años mi amigo Bes les enseño a los chicos a comprender el
funcionamiento de la Piedra Ben Ben, a través de la armonía entre
el Devachan y el Gaia, para así poder expulsar toda su energía interna.
Musashi ya había comenzado a mostrarle a Siptah como poder acumular
su energía interna en sus manos para después lograr expulsarla en una
onda de energía. Siptah, aun dudoso de cómo se realiza la técnica, le pide
a Musashi que le muestre una vez mas desde el principio la manera de
concentrar la energía interna, y Musashi, le pide que se coloque primero
que nada en una posición en donde recargue el peso de su cuerpo en su
pierna derecha, flexionándola un poco y que de igual manera lo haga
en la pierna izquierda, dando un paso hacia enfrente, y colocando sus
brazos en posición de defensa, con el brazo izquierdo hacia delante, y que
busque en su interior un punto debajo de su ombligo, que es donde se
concentra toda la energía interna del cuerpo, y que se concentre para que
pueda expulsar aun mas energía con la que cuenta en ese momento.

Siptah encuentra fácilmente ese punto en su cuerpo donde se haya
guardada una gran cantidad de energía, debido al entrenamiento que
había tenido anteriormente en el manejo de su Piedra Ben Ben, que
para ser sinceros jamás pudo controlarla muy bien que digamos y
mejor prefirió desarrollar sus habilidades en los encuentros mano a
mano, o con el manejo de su alabarda, aunque en esta ocasión, gracias
a las indicaciones de Musashi no le ha costado trabajo concentrar una
gran cantidad de energía por todo su cuerpo, y Musashi se percata de
ello, pidiéndole ahora que toda esa energía la concentre en sus manos,

juntándolas en un costado de su cadera, de esta manera para que reúna toda la energía que acaba de expulsar en su cuerpo, y que se concentre en formar una esfera de energía. Siptah sigue al pie de la letra las indicaciones de Musashi y en cuestión de segundos concentra toda la energía en sus manos, y Musashi le pide que ahora se concentre para poder lanzar toda esa energía en un solo golpe, tal y como lo hizo en la pelea contra el, solo que en lugar de utilizar la energía de Musashi para atacarlo en ese momento, ahora debe expulsar su propia energía. Siptah sin mucho trabajo logra expulsar la energía concentrada en sus manos hacia uno de los pasillos de la caverna, pero se preocupa que va a ocasionar un derrumbe por la onda de energía si se llega a estrellar en alguno de los muros de la caverna, pero se sorprende de que su energía no se estrella ante ninguna superficie, y que en lugar de ello una onda de energía similar a la suya pero con un poco mas de poder se aproxima a toda velocidad hacia ellos, por lo que Siptah reacciona rápidamente, para activar su brazalete, y tras crear una bifurcación entre el espacio y tiempo que esta viviendo, agarra rápidamente del brazo a Musashi para que la onda de energía no lo afecte también, ya que se acerca rápidamente a toda velocidad hacia ellos, y Siptah sabe que no debe de chocar la onda de energía contra los muros de la caverna o creara un derrumbe que sepultara a ambos, por lo que con ayuda de su distorsión física con el espacio tiempo, con una solo golpe de su antebrazo, desvía la onda de energía para que esta salga de la caverna por el agujero que se encuentra en el techo y que permite que entre luz a la caverna, para que de esta forma pueda salvar a ambos de un desastre seguro. En ese momento Siptah desactiva su brazalete y le pregunta a Musashi que fue esa onda de energía y de donde provenía, que si acaso tenia un efecto de boomerang la dichosa técnica o que fue lo que sucedió, cuando en ese momento se escuchan unos aplausos provenientes del túnel de donde apareció la onda de energía, en donde aparece Anatis con una sonrisa bromista que la delata como la causante de la onda de energía, y felicita a Siptah por poder crear esa onda de energía y entender a su Devachan para concentrar energía a través de su cuerpo y expulsarla, pero Siptah le dice que eso no tiene nada que ver con el Devachan, sino que solo se trata de concentración y expulsión de energía, pero Anatis le dice que es un tonto, ya que lo que le explico Musashi hace unos momentos, es la culminación del entrenamiento que tuvieron de niños, en donde el Devachan se vincula con el Gaia, así como con el cuerpo humano y las Piedras Ben Ben, pero que en este caso no hubo Piedra Ben Ben de por medio, por lo que aun sigue sorprendida por la hazaña de Siptah, ya que ella aun no puede hacer mucho sin su Piedra Ben Ben, ya que la onda de energía que ella lanzo fue con ayuda de su piedra Ben Ben, pero con un nivel de concentración de energía muy bajo, ya que como Siptah y los demás nos dimos cuenta, el manejo de energía de Anatis a través de su Piedra Ben Ben, ha aumentado de manera sorprendente.

Sam que venia caminando unos cuantos metros atrás, aparece en la caverna y le pregunta a Anatis que si dicha manifestación de energía de Siptah se logro sin Piedras Ben Ben, eso quiere decir que ella con las piedras Ben Ben de sus brazaletes solo demuestra que es igual que a Anatis ya que ella también depende de las Piedras Ben Ben, a lo que Anatis responde que si, pero que no se preocupe, ya que las Piedras Ben Ben, solo es un intermediario de la energía interna, pero no fundamental, ya que como Siptah lo demostró: si uno confía mas en sus capacidades físicas es sólo cuestión de tiempo y entrenamiento para realizar lo mismo que él y Musashi son capaces de hacer, a lo que Sam queda satisfecha, y le pide a Musashi que le enseñe como usar esa técnica, de igual manera Anatis le pide lo mismo, y Siptah se ríe de Anatis y le expresa que se siente feliz porque así ambos se harán mas fuertes y nadie podrá contra ellos, por lo que Anatis le sonríe y promete que entrenaran muy fuerte para volverse mejores cada día, a lo cual Siptah sonríe y extiende su mano con una seña de su pulgar de que acepta la promesa.

Musashi se encarga de enseñarles como reunir su energía. Siptah es quien tiene progresos muy buenos, que incluso sorprenden a Musashi ya que Siptah aprendió rápidamente estas técnicas, en comparación de lo que le llevo a su maestro aprenderlas, quien se encuentra boquiabierto de cómo Siptah aprendió a utilizar rápidamente estas técnicas, que combinadas con el manejo de su brazalete le permite desplazarse a gran velocidad al converger entre espacio tiempo, y desfasarse a través de las energías que fluctúan a su alrededor y utilizarlas a su antojo, pero que en esta ocasión se trata de su propia energía interna, la cual utiliza para inventar nuevas técnicas de pelea, como por ejemplo: lanzar una onda de energía, desfasarse, reunir otra cantidad de energía en ese pequeño espacio de tiempo, para al final encontrarse al otro lado en la espalda de su rival y lanzar otra onda de energía, sin permitirle escapatoria a su enemigo, que en este caso seria siendo Anatis, quien entrena con Siptah, e inventa formas de contrarrestar los ataques, como en este caso en donde Anatis espera el segundo ataque en el último momento para así poder girar en el aire atrapar con uno de sus remolinos de energía a Siptah en donde intercambia lugar con Anatis, y termina recibiendo sus propios ataques, lo cual frustra a Siptah y a su vez le permite inventar nuevas técnicas a las cuales Anatis no pueda escapar.

Sam por su parte, entrena con Musashi en el manejo de las espadas, y también con Anatis a como armonizar su Devachan con el Gaia, para poder activar su energía dormida en su interior, lo cual logra con mucho éxito, sorprendiendo a Anatis, que le hace creer que Sam nació con ese manejo natural de las piedras Ben Ben y que había estado dormido en ella durante tanto tiempo, pero aunque Sam no aprende aún a controlar la energía del Gaia y de los elementos a su beneficio como Anatis, mejor decide emplearla en algo igual de eficiente, como en el manejo de sus espadas creadas por las piedras Ben Ben, que aunado con el entrenamiento de Musashi con las espadas, logra crear muy buenas técnicas, como la de concentrar una gran cantidad de energía en una de sus espadas y estrellarla contra el piso para provocar un ataque parecido al relámpago de Yira al crear una onda de choque en el suelo hasta llegar al rival, pero en este caso por medio de energía y no de espadas unidas como es el caso de la arma de Yira.

Anatis mientras tanto quiere aprender a como utilizar su energía interna sin necesidad de la Piedra Ben Ben, así que se la quita un rato y la aleja de ella, y trata de concentrarse para reunir energía, y tras varias veces de intentarlo, lo logra, aunque a mucho menor escala en comparación de cuando Siptah lo consiguió la primera vez, y por ello sólo puede reunir suficiente energía alrededor de su cuerpo, para dar ataques mas potentes, como por ejemplo destruir un roca con un fuerte golpe de su puño, aunque al final termina doliéndole la mano, por lo que Siptah se ríe, y Anatis recoge su collar con su Piedra Ben Ben, y le lanza una leve onda de energía a la cara, que lo noquea inmediatamente, lo cual causa que Sam se ría de Siptah, y Musashi se espante para no querer hacer enojar a esta mujer.

Musashi es quien logra tener muchos avances, ya que Anatis le obsequia una Piedra Ben Ben, que tenia poco de haberla formado durante su estancia en el valle en donde se encontraba entrenando días antes del torneo. Siptah se sorprende de cómo logro formar aquella piedra Ben Ben, y Anatis le comenta que yo le explique cual es la formación fundamental de las piedras Ben Ben, ya que es la perfección de la comunión entre el Gaia, el Devachan de los humanos y la interacción del mineral con el que están formadas las piedras Ben Ben, y que ella solo sincronizó la energía emitidas por estos elementos y las unificó, lo cual le llevo varios días de continuos intentos, hasta que al fin lo consiguió, y que de hecho esta técnica la conoció el anciano Bes, y fue la que utilizó para crear su propia Piedra y la de Siptah, quien al recordar a mi difunto amigo Bes, se pone triste, pero mejor decide dejar ese sentimiento atrás y lo cambia por la emoción de las técnicas de Musashi que puede realizar con ella. Por ello Musashi acepta gustosamente la Piedra Ben Ben de Anatis, y le pide que lo ayude a comprender el manejo de la Piedra Ben Ben y su armonía con el Gaia y el Devachan, y Anatis acepta. Musashi pasa mucho tiempo concentrándose al escuchar el mismo discurso que hace mucho tiempo llego a dar mi amigo Bes a Anubis, Siptah y Anatis, pero en este caso Musashi comprende mucho mas rápido las palabras, gracias a sus previos entrenamientos en el manejo de la energía, y comienza a idealizar una manera de como manifestar las enseñanzas de su nueva maestra Anatis, pero ya que es demasiado tarde, Siptah sugiere regresar a la aldea para cenar y poder descansar. Anatis se ofrece para llevarlos a todos volando hacia la aldea con ayuda de su torbellino de energía, imitando la técnica de Chronos, pero Musashi les comenta a los demás que decide mejor quedarse en la caverna para seguir meditando en las enseñanzas y hallar una manera de aplicarla, por lo que comenta que se quedara. Anatis acepta, y Siptah le comenta a Musashi que al otro día le traerá demasiada comida, ya que de seguro al amanecer tendrá mucha hambre, y Musashi acepta gustoso la oferta. Sam por su parte le agradece a Musashi por ayudarla a despertar su energía interna y a utilizarla apropiadamente y le da un beso en la mejilla, lo cual hace ruborizar a Musashi, quien se queda viendo como se alejan sus amigos en el remolino azulado de energía de Anatis.

Al siguiente día por la mañana, Fenril y Yasak, se encuentran desayunando con todos nosotros, tras haber freído los peces que pescaron el día anterior, los cuales fueron suficientes para alcanzarnos para dos días. Ambos guerreros platican con Yira, quien por fin se ha unido con nosotros después de haber estado con la Reina Mauth desde nuestra llegada a la aldea. Yasak y Fenril, tratan de convencer a Yira para que los ayude en su entrenamiento, pero Yira duda un poco ya que no quiere dejar sola a su Reina, pues teme que pronto Neftis renueve sus planes contra la Reina Mauth, pero Fenril, le comenta que no se preocupe, ya que al fin y al cabo el dragón, en pocas palabras, su servidor, estoy aquí para defenderla, aparte de que los chicos no se alejaran demasiado de la aldea, y ya vieron que tan fuertes son, lo cual es la razón por la que quieren entrenar, ya que Yasak teme de que pronto aparecerán guerreros aun mas fuertes, y con sus técnicas actuales de pelea, siente que no podrían llegar a ser rivales para el peligro que se presente. Yira, sabe que Yasak tiene razón y al darme cuenta de ello, le comento que vaya sin preocupaciones, que yo me quedare a cuidar de la Reina, y que si llegara a haber algún peligro, tan solo rugiré con gran magnitud para que el sonido de mi rugido viaje a través del acantilado, el cual permitirá un fácil transporte del sonido. Yira aparenta mas seguridad en su rostro y acepta la propuesta, así que los tres se ponen de acuerdo para irse desde temprano a entrenar un poco, ya que el trió coincide que en comparación de los jóvenes ellos son los que menos han desarrollado sus técnicas de pelea, y piensan que si entrenan en enfrentamientos con sus respectivas técnicas, llegaran a alcanzar un buen nivel de pelea muy pronto, por lo que el trió de hombres maduros se aleja temprano de la aldea para dirigirse a las afueras del acantilado, donde comienza el riachuelo que conecta con el Rio Nilo.

Siptah mientras tanto se encuentra asomado en la entrada de la cueva en donde se hayan la Reina Mauth y Amon, tras haber acompañado a Kara a llevarles algo de comida, y Siptah se da cuenta de que el joven Amon ya se encuentra mucho mejor, y a pesar de que aparenta cansancio por la recuperación, sabe que con un poco de descanso quedará como nuevo. La Reina Mauth voltea a ver a Siptah, quien siempre anda con su semblante sonriente, y le pide que se acerque, ya que al parecer algo llamó su atención del joven. La Reina toma del brazo a Siptah pidiéndole que le muestre su brazalete, Siptah acepta, y la Reina lo analiza detenidamente, y al percatarse de algo, le comenta a Siptah que hace mucho tiempo no veía esa especies de símbolos, los cuales siempre han sido un misterio para ella, y que le sorprende mucho la utilidad de ellos, junto con su poder escondido, y lo felicita por su adquisición, ya que como Siptah se habrá dado cuenta, tiene un poder muy especial, que muy pocos pueden activar, pues solo aquellos de gran corazón y gran poder interno pueden lograr activar su potencial. Siptah sonríe feliz por el cumplido y al no saber que mas decir se despide con el comentario a la reina que no sabe como, pero que de alguna manera pronto recuperará su Reino y que su hijo se pondrá bien. La Reina agradece su predicción, esperando que muy pronto se cumpla, y le otorga una sonrisa por demás amable a Siptah quien se aleja de la tienda bastante ruborizado ante la belleza de la Reina Mauth.

Afuera de la cueva Siptah se topa con Anatis y le pregunta a que se debe su cara ruborizada, y porque está tan nervioso, pero Siptah no sabe que contestarle y se tapa la cara para que no lo siga viendo Anatis, quien se enoja porque Siptah no le quiere decir el motivo de porque se puso así, mostrando una expresión como si estuviera celosa, y Siptah prefiere alejarse de la cueva comentando que lo mejor será ir a ver a Musashi para saber como ha avanzado con su entrenamiento, y Anatis le pide que la espere en lo que va por Sam quien todavía se encuentra dormida roncando, que fue por eso que se despertó para desayunar, y Siptah le hace el comentario que por fin le toco dormir con alguien igual que ella, ya que ella también ronca muy fuerte, y Anatis, le grita enojada que no es cierto que las damas no roncan, y Siptah para hacerla enojarla más, le grita, que quien le dijo a Anatis que era una dama, pero Anatis aun mas enojada le lanza una piedra que le da en la cabeza, lo cual lo hace caer al suelo por el fuerte golpe.

Los tres chicos se dirigen a donde esta Musashi, y en el camino Siptah se soba la cabeza y se la venda, en señal de que le dolió el rocazo que le acertó Anatis momentos antes.

Cuando están a punto de llegar a donde se encuentra Musashi, una repentina onda de energía en forma de viento logra alcanzar a los jóvenes que caen unos encima de otros contra una pared de la caverna, y Siptah quien se encuentra encima de las chicas, se pregunta que fue aquella demostración de energía y decide ir a investigar, pisando sin querer el trasero de Anatis, quien se para inmediatamente para perseguirlo y darle un golpe en la cabeza porque según en sus pensamientos, quiere ver si de esa manera razona antes de hacer las cosas, pero al llegar a la caverna en donde se encuentra Musashi, Anatis y Siptah se detienen en seco al ver como Musashi reúne energía en sus espadas y las abanica provocando un torbellino creado de energía proveniente de sus espadas, lo cual deja con la boca abierta a Siptah quien corre para felicitar a Musashi por desarrollar esa técnica en tan solo una noche. Musashi agradece el cumplido, pero por el cansancio del entrenamiento cae desmayado. Siptah logra sostenerlo antes de que caiga al suelo, y después de un rato Musashi despierta desorientado, y Sam le pregunta si acaso se paso toda la noche meditando y entrenando, a lo que Musashi responde que si, y en ese momento comienza a rugirle el estomago en petición de comida, y Siptah se ríe del sonido que hizo el estomago de Siptah, y Anatis se ríe también, en cambio Sam se sonroja un poco en forma de ternura por Musashi, quien también se sonroja un poco, y en ese momento Anatis saca del morral que lleva, unos cuantos pescados enrollados en hojas grandes, comentando que pensó en que Musashi tendría hambre y por ello le entrega los peces.

Tras haber saciado su apetito, Musashi les explica a sus amigos en como realizo su técnica, que fue gracias a su anterior entrenamiento, combinado con las enseñanzas de Anatis, lo que le permitió conectarse con la energía del Gaia a su alrededor y dirigirla hacia sus espadas, las cuales están forjadas con el mineral de las piedras Ben Ben, y que las utilizo como conductor para expulsar la energía en forma de torbellino contra algún objetivo en particular. Siptah queda sorprendido por la forma en como desarrollo su técnica pero a la vez se siente con coraje ya que como el no puede controlar aun el poder de su Piedra Ben Ben, sabe que de momento no podría realizar dicha técnica, y Anatis también se siente igual, ya que ella no puede controlar aun su energía interna, en cambio Sam saca sus espadas de sus brazaletes y se pone a entrenar al lado contrario de donde están los demás para intentar desarrollar una técnica parecida a la de Musashi, quien se acerca a ella, y le comenta que primero debe aprender a conectarse con su Devachan, sincronizarlo con el Gaia, para después seguir con su energía interna, y al final dirigir esa energía a sus armas, a lo que Sam muestra una expresión en su rostro de que es mucho trabajo, pero haciendo otro gesto acepta y se coloca en posición de Loto para concentrarse, y Siptah la sigue junto con Anatis, y al ver esto Musashi sonríe por la perseverancia de sus amigos y decide dormir un poco para después acompañarlos en su entrenamiento, en ese momento Sam abre un ojo y observa como Musashi se acomoda para dormir y le sonríe para después volver a su concentración.

Fenril, Yira y Yasak llegan unas horas después de que el sol se coloca en lo mas alto del acantilado, anunciado que han pasado varias horas después del medio día, y se aproximan cargándose entre ellos, apoyándose en sus hombros y muy mal heridos, y me preguntan por la ubicación de Chronos a lo que les respondo que se encuentra en su cueva, y les pregunto que les sucedió para que se encuentren en ese estado, y el trió me contesta al unísono que se les paso la mano en el entrenamiento, y caen inmediatamente al piso inconscientes, y en este preciso momento aparece Chronos comentando que él se ocupara de sanarlos con ayuda del Reiki.

A los poco minutos tras haberse recuperado Yira, aparece la Reina Mauth y Yira le pregunta por la salud del joven Amon, y la Reina le contesta que ya se encuentra mucho mejor y en ese momento el joven príncipe sale de la cueva y saluda a su madre con una seña de su mano, y Yira grita del gusto por ver mejorado a su príncipe, pero Fenril ya una vez recuperado golpea a Yira comentando que se la debía por los golpes de hace rato, y como Yira no se deja, golpea nuevamente a Fenril, lo cual provoca que la Reina se ría un rato al igual que Kara quien había estado junto a mi lado cuando apreciaba como Chronos volvía a utilizar el Reiki para sanar al trió de guerreros. Fenril ríe a carcajadas y detiene con su mano a Yira para que no lo golpee más, para poder observar la bella sonrisa de Kara, quien se sonroja un poco, pero Fenril al ver este gesto grita a los cuatro vientos que debería haber una celebración para festejar la recuperación del príncipe Amon, y de la nueva amistad de guerreros tan fuertes como los que están presentes, tal y como suele hacerse de donde el proviene, a lo que Yasak y Fenril están de acuerdo, al igual que la Reina y un servidor quienes nos vemos mutuamente y movemos la cabeza en señal de aceptación, y al ver esto Yira vuelve a reír a carcajadas volteando a ver a todos lados preguntando por Siptah, su anterior contrincante en el torneo, a lo que Kara responde que aun se deben de hallar en la caverna entrenando, pero que ella se ofrece para ir por ellos y decirles sobre la celebración, pero en ese momento yo extiendo mis alas y alzo el vuelo comentando que yo seré quien vaya por ellos, por lo que Fenril grita fuertemente que ese es el animo que deben de tener los guerreros ante las tempestades para que cuando se hallen de nuevo en la batalla den lo mejor de si mismos, porque si llegaran a morir, sean bien recibidos en el Valhala.

Al entrar a través del agujero que da hacia la caverna donde se hayan los chicos, veo como se despiertan Anatis y Siptah, quienes se quedaron dormidos en posición de Loto, Anatis con la cabeza colgando hacia adelante y Siptah cabeceando y menando la cabeza hacia atrás, tras haber perdido el sentido del tiempo en su concentración, lo cual me hace sonreír ya que me doy cuenta que a pesar de sus edades, no dejan de ser unos niños. Con el aleteo de mis alas saco también de su concentración a Sam, quien se espanta un poco por mi enorme tamaño, y con la bocanada de aire que provoco al aterrizar también despierto a Musashi, quien aún se limpia las lagañas y me saluda, preguntando el porque me encuentro en este lugar, mientras que Siptah y Anatis aun se limpian la boca de la baba que salía de sus bocas mientras dormían, preguntándome también lo mismo. Les comento sobre la celebración que propuso Fenril ante la recuperación de Amon, y Siptah es el primero en celebrar con un grito de

¡uuuhuuu!, que después es acompañado por Anatis con un enorme salto abrazándome, mientras que Musashi y Sam no saben ni que decir mas que acompañarnos, así que les pido que suban en mi lomo los cuatro para llegar mas rápido a la aldea para ayudar con los preparativos del festejo, De esta forma nos dirigimos a toda velocidad hacia la aldea, con nuestros corazones felices, ya que no habíamos estado contentos por los problemas que tuvimos en Uaset, y sabemos que un poco de diversión nos caería perfecto, y a mi parecer esta bien, ya que también les comento a Anatis y a Siptah, que podemos aprovechar la ocasión para celebrar el avance en sus entrenamientos y por las peleas que ganaron en el torneo que aun a pesar de no haber terminado como debía de ser, ellos dos demostraron ser bastante buenos, y Siptah es quien grita gustoso por mi propuesta.

El festejo se celebra al máximo. Anatis y Siptah juegan con los niños de la aldea al tratar de atinarle a unos tarros llenos de agua que están a una determinada distancia para que quien las tire pueda ganar un viaje encima de mi lomo al siguiente día por todo el desierto, y aunque Siptah y Anatis saben que pueden hacerlo cuando quieran, a ellos les gusta competir divirtiéndose por ver quien es el mejor en habilidades físicas.

Yira, Yasak y Fenril, por su parte se encuentran bebiendo cerveza elaborada por la cebada preparada de la región, de la cual disfrutan al máximo, ya que Fenril es el que se la pasa comiendo y bebiendo, al igual que narrando historias de los grandes guerreros de su región, de los cuales algunos son varios de sus antepasados, y Kara se encuentra a un lado suyo escuchando las historias y tratando de zafarse de los brazos de Fenril, ya que detesta el olor del aliento de Fenril.

Yira y Yasak, por su parte se aburren viendo como se entretiene Fenril con Kara, por lo que deciden jugar a las vencidas para ver quien gana, pero Fenril metiéndose en medio de ambos les propone que quien gane esta contienda tendrá que vérselas con el, y le comenta a Kara que de esta manera el le demostrara que tal y como el guerrero que es, podrá ser digno de una bella mujer como Kara, quien se sonroja por el comentario, ya que al parecer, a fin de cuentas le parece muy atractivo el bárbaro de cabellos rubios, ojos azules y piel blanca, con enorme musculatura que es Fenril.

Chronos por su parte se encuentra platicando con la Reina Mauth quien tiene a su lado a su hijo Amon, y parece ser como si ambos se conocieran de años atrás, lo cual me crea dudas, ya que la Reina me había comentado durante el torneo que no conocía nada de ese Agharti, lo cual me crea aun más interrogantes sobre Chronos, pero en verdad me parece agradable y parece ser sincero al decir que nos va a ayudar contra el peligro que se avecina, pero a pesar de ello no dejo de desconfiar en él, ya que percibo algo que no cuadra del todo, pero lo mejor será dejar a un lado mis sospechas y unirme a la diversión, por lo que prefiero molestar un poco a Anatis y a Siptah, recogiendo unas piedras con mi boca, para después escupirlas a toda velocidad con tal de derribar los tarros con agua por los que tanto han competido, lo cual les molesta a ambos, en especial a Anatis quien me lanza un balde con agua que esta cerca de ella, para así calmar mi risa hiriente.

La festividad esta llena de gozo y alegría, ya que poco después varios aldeanos se reúnen en el centro de la plaza y comienzan a golpear baldes vacios, al igual que palos contra baldes aún más largos, y a saltar en la fuente para crear una música con ritmo, la cual invita a bailar, y los primeros en comenzar son Fenril con Kara siendo seguidos por Siptah a quien se le ocurre sacar su arma, quitar sus cuchillas de sus extremos y bailar con ellas entre sus piernas, por arriba de su cabeza, y hacia delante, con tal de formar una danza que llama la atención de todos, pero Yira no se queda atrás y lo imita, por lo que comienzan a intercambiar sus cuchillas en el aire, mientras que la música aumenta de ritmo, creando así una atmosférica melodía que nos absorbe a todos, y Anatis al parecer tiene algo entre manos, ya que jala hacia ella a Sam y a Kara, para secretearles algo, y después le comenta algo al que dirige a los músicos, quien asiente con su cabeza a las palabras de Anatis, y tras colocarse al lado de la fuente, un poco alejadas de donde están Siptah y Yira, las tres chicas comienzan a aplaudir al unísono y después en tiempos dispares para formar un ritmo que van siguiendo los músicos, por lo que las tres bellas chicas comienzan a moverse con el ritmo de la música, meneando sus caderas las cuales hipnotizan a cada uno de los presentes, al igual que sus movimientos de manos, que a continuación acompañan con saltos, pero por parte de Sam y Kara empiezan a dar volteretas, dejando así a Anatis girando en medio de ellas con un contoneo de caderas que deja anonadado a Siptah, quien al parecer no había apreciado bien del todo la belleza de Anatis, ya que para el ella es su amiga, compañera de juegos, de aventuras y de entrenamiento, pero jamás la había visto como la bella mujer que es en realidad, y Anatis sabe lo que pasa por la mente de Siptah y por lo que con un movimiento de su mano le pide a los músicos que aumenten el ritmo de la música, para que así ella pueda moverse aún mucho más rápido y sensual como le es posible, y decide acompañar el ritmo con unas ostras que recoge de una mesa donde al parecer habían terminado de comer el contenido de las mismas, creando de esta manera un ritmo en particular que combina con el movimiento de sus caderas y de sus pechos, lo cual deja hipnotizado a Siptah y sin reaccionar, como si pareciera que apenas se hubiera percatado de la fuerte atracción que crean las mujeres en los hombres.

Todos se encuentran mirando con atención a Anatis y a las otras dos chicas, pero nadie se percata que la Reina Mauth se molesta un poco, ya que Anatis se esta llevando la atención de todos los hombres, y por ello le secretea algo a Chronos, quien inmediatamente saca un pequeño objeto dorado con inscripciones parecidas al brazalete de Siptah del bolsillo de sus ropas, con el cual crea un haz de luces que vuelan hacia lo alto del cielo hasta estallar en diversas luces multicolores, lo cual llama la atención de todos hacia donde se encuentra la Reina, quien salta del balcón improvisado para que ella disfrutara de la festividad, y tras caer al suelo. Con el mismo aparato Chronos en la mano realiza un leve movimiento de muñeca que produce una música fuera de contexto en nuestra época, a la vez que la Reina se despoja de su túnica real característica, con tal de mostrarnos un pequeño atuendo consistente en una ropa interior muy pequeña y sexy con la cual apenas y logra cubrir sus bellos atributos femeninos, acompañada de sus hermosas joyas reales, y tras combinar diversos ritmos antiguos provenientes de Shambala, con sonidos que parecieran provenientes del futuro de un lugar totalmente ajeno a nosotros, con los cuales pareciera como si hubieran convivido con la Reina desde hace mucho tiempo; todo en conjunto envuelven su baile con una gracia, sensualidad y armonía tales que provocan una fusión entre la música, las luces y sus movimientos que nos dejan totalmente embelesados a todos los asistentes, ya que con contoneos pronunciados de las caderas de la Reina, y el movimiento de sus brazos y piernas, logran hipnotizar a cualquiera quien la mire, y tras continuar el baile, el cual es totalmente diferente al baile de Anatis. La Reina baja la intensidad del ritmo y conforme a la música, así como las luces, para que de tal forma la Reina nos deleite de unos movimientos lentos y sensuales que dejan boquiabierto a todos los presentes incluyendo a Fenril y a Siptah, quienes estaban embelesados anteriormente con sus respectivas compañeras.

Chronos también queda cautivado con la belleza enigmática y sensual de la Reina Mauth. Pero en ese preciso instante el espectáculo se acaba cuando repentinamente un vehículo perteneciente a Shambala se estrella a un lado de donde se encontraban las mesas donde comimos todos momentos antes del otro lado de la fuente a unos cuantos metros, por lo que decido volar a donde cayó el vehículo. Anatis sube en mi, para ir a investigar también, y tras acercarnos lentamente para buscar algún sobreviviente, Anatis salta a un lado de la nave para sostener entre sus brazos a Kikis, quien se encuentra totalmente alterada murmurando que Neftis logro su objetivo. Los hombres chacales no tienen rival alguno, y se encuentra repitiendo mi nombre ya que debe de advertirme a como de lugar. Sus palabras me dejan atónito, al igual que a los chicos, quienes se aproximan para ver la salud de Kikis, aparte de que lo que rodea en estos momentos sus mentes es sobre el verdadero significado referente a los hombres chacales.

EL DESPERTAR DE ANUBIS

Todos nos encontramos a la expectativa de Kikis quien esta siendo sanada por Kara, quien al parecer ha estado practicando en estos dos días con Chronos la técnica del Reiki, y como lo está demostrando en estos momentos al sanar las heridas de Kikis, ha aprendido dicha técnica demasiado rápido.

Me acerco a Kikis para preguntarle que fue lo que sucedió y ella despierta de su conmoción inmediatamente al terminar de cauterizar la ultima herida de su frente, y grita que los hombres chacales están listos para matar a Amon y a todos sus seguidores Que ella vio como todos los soldados de Osiris se transformaban en grandes bestias de aspecto feroz, que ansían la sangre de su enemigo. Yira la sostiene de los brazos y le pide que se calme y que nos explique que fue detalladamente lo que sucedió y que son exactamente esas bestias que está mencionando, pero Kikis sigue hablando muy rápido sin sentido y Sam le da una fuerte cachetada para que reaccione y se calme. A lo cual Kikis se pone a llorar y tras calmarse un poco, nos pide disculpas por su alteración, pero menciona que tuvo que escapar a toda velocidad de Uaset para advertirnos del peligro que se acerca, y que sólo llevaba en la mente lo que acababa de presenciar, lo cual le pareció infernal.

Después de que Kikis ingiere un poco de pan y que toma un poco de leche de cabra, por fin logra relajarse un poco y comienza con su narración.

Al parecer al día siguiente de nuestra huida. Neftis tras haber reunido una gran cantidad de pócimas desde hace ya varios meses, se encerró hasta el día de hoy en la recamara principal del palacio que tiene vista hacia la plaza principal de la ciudad, en donde Osiris reunió a todos los soldados, aldeanos, campesinos y pescadores que se unieron a su ejército que tiene

como misión acabar con la vida de la Reina Mauth y de sus aliados. Al
parecer el día de hoy por la tarde pidió que asistiera a esta habitación
Osiris con el cuerpo inerte de Isis, al igual que su hijo Anubis, quienes
una vez adentro se hallaron con un enorme perro negro, un chacal
enjaulado, colgando de una gran olla en donde Neftis tenia batiendo
una sustancia demasiado espesa y humeante con un olor verdaderamente
desagradable. Por toda la habitación se encontraban velas, colocadas
en veladoras con figuras que representaban deidades antiquísimas de
los muertos, mejor conocidas como demonios, al igual que más de una
docena de cráneos humanos alrededor de una mesa al pie del caldero, así
como pollos recién sacrificados, con el cuello roto, y también se podían
observar un par de cabras muertas de donde emanaba una gran cantidad
de sangre que escurría a un pequeño caldero junto a los pies de Neftis.

Kikis nos comenta que Neftis le pidió a Osiris que depositara el
cuerpo de Isis en la mesa principal donde se encontraban los cráneos, e
inmediatamente Neftis le arrojó a Isis con la mano una gran cantidad
de sangre que fue batiendo alrededor de su pecho, donde se encuentra
su corazón, al igual que en su vientre y por todo el rostro y cabello. A
continuación había llamado a Kikis para que le llevara una botella con
un brebaje color verde, y le pidió que se marchara inmediatamente, al
igual que cerrara la puerta con seguro para que nadie se asomara, pero
Kikis no hizo caso y se quedó observando por una pequeña abertura de
la puerta para poder espiar todo cuanto sucedía en la habitación. Y así
Neftis continuaba con sus extraños conjuros y le pidió ahora a su hijo
y a Osiris que se acercaran con sus respectivas Piedras Ben Ben, y que
emanaran toda la energía posible alrededor del cuerpo de Isis a quien
inmediatamente le abrió la boca para que penetrara toda la energía
expulsada por los dos hombres más importantes en la vida de Neftis,
quien después de observar como se juntaba una gran cantidad de energía
en la habitación, permitió que toda la energía entrara en el cuerpo de Isis,
a quien le levanto las manos en dirección hacia el Chacal, para después
verter el liquido de la botella verde en los brazos de Isis para que se
petrificaran en esa posición y lograra expulsar la energía penetrante en su
cuerpo hacia el chacal, al cual Neftis inmediatamente le corto la cabeza
de un tajo de su espada para que cayera así en el caldero. Después de esto,
le pidió a Osiris que se acercara a ella y sorpresivamente con su espada
corto las venas de las muñecas para conseguir vaciar la sangre derramada
en el caldero, en donde le pidió a Anubis que entrara sin dejar de emanar
su energía, y tras quitarle del cuello su Piedra Ben Ben al igual que a

Osiris, quien adolorido no dejaba de emanar energía. Y a continuación les imploró a los dos que no dejaran de emanar dicha cantidad de energía y que la fueran aumentando.

Osiris aun se sentía dudoso de la petición, pero al ver el cuerpo inerte de Isis se lleno de una gran rabia que provocó una expulsión aún mayor por parte de Osiris, con la cual Neftis reía satisfecha sosteniendo las piedras Ben Ben en lo alto mientras recitaba unas palabras pronunciadas en el idioma antiguo que se hablaba en Shambala, para pedir a la entidad de los chacales que se manifestara en el cuerpo de su hijo para otorgarle inmortalidad eterna, al igual que su fuerza y coraje que lo ha caracterizado desde antes de que apareciera el primer hombre en la tierra y que ha permanecido como gran cazador y sobreviviente de la fauna salvaje del desierto, ya que ha sobrevivido a las peores tormentas de arena y al calor infernal del sol, lo cual lo hace el ser mas apto de la supervivencia y con el coraje que se necesita para gobernar a este mundo, y que al igual como le pide poder para su hijo, le suplica de igual manera, un gran poder para todos sus seguidores. Por esa razón, ofrece la unión de tres diferentes criaturas por medio de su sangre, como lo son, los Aghartis, los humanos y el poderoso Chacal, combinadas con el espíritu del Gaia y el Devachan de los que se encuentran presentes. Y tras terminar dicho conjuro, Neftis recibe respuesta de su Dios pagano, quien al aparecer se trataba de un espíritu negro en forma de chacal proveniente del caldero en donde se encontraba su hijo, a quien penetra su cuerpo por completo el espíritu del chacal, y tras ver como sufría Anubis, Neftis se acerca y deposita ambas piedras Ben Ben en el pecho de su hijo, en donde el espíritu logra depositarse por completo. Uniendo así ambas piedras, fusionándolas en una sola, pero en un azul mas oscurecido del color normal de las Piedras Ben Ben, e inmediatamente Anubis grita de agonía y dolor, mientras su piel se oscurece por completo, emanando de esta manera una gran cantidad de energía negra, que provoca una reacción en su cuerpo de donde aparece pelo negro de animal, y su rostro se transforma por completo en el de un chacal, al igual que toda su cabeza. Neftis se siente contenta por su logro y a continuación lanza otra plegaria en la misma lengua con que le rezo a su Dios pagano, pero ahora pidiendo que todos los seguidores de su representante en la tierra, quien se trata de su hijo Anubis, se transformen al igual que el en seres indestructibles llenos de sed de destrucción, motivados por ingerir la sangre de sus enemigos, y en ese momento, le ordena a Osiris que expulse mucho mas energía, lo cual por reacción involuntaria Osiris obedece la orden, ya que se encuentra en un estado de trance que no le permite tener conciencia de lo que esta sucediendo.

Afuera del palacio, en la plaza principal, en donde se encuentra convocado el gran ejército reunido por Osiris. Todos los asistentes son atacados por la emanación de energía obscura en forma de chacal, la cual atraviesa por completo sus cuerpos para transformarlos al igual que Anubis en bestias con cuerpos enormes y fuertes con cabeza de chacal, llenos de odio y fiereza incontrolable. Nadie tiene escapatoria, puesto que el espíritu negro de chacal atrapa a todos quienes huyen de ser atrapados por la entidad demoniaca, incluyendo a los pobladores de Uaset que son atrapados por dicha entidad, aunque por fortuna las mujeres y los niños habían salido el día anterior de la ciudad, ya que habría una festividad en honor a la fertilidad muy cerca de la aldea de Siptah, precisamente en donde nació Isis hace mucho tiempo, y ya que muy pocos hombres creen en el motivo de porque se debe de realizar dicha celebración, ya que ellos no fecundaron por nueve meses a sus hijos, por eso se quedaron en el poblado, mientras que sus esposas e hijos se fueron a esta celebración, aunque en estos momentos mientras el espíritu se introduce en ellos transformándolos en bestias, algunos de ellos lamentan no haber acompañado a sus esposas e hijos a quienes no volverán a ver jamás.

Una vez que todos fueron transformados en bestias con cabeza de chacal, Neftis celebro su triunfo al acercarse a su hijo y preguntarle como se sentía. Anubis aseguro que se sentía mejor que nunca, alzándose omnipotente del caldero en donde se hallaba sumergido, y tras erguirse majestuosamente, Kikis observo que en medio de su pecho se encontraba incrustada la piedra Ben Ben que ahora tenia un color violeta, la cual emanaba una energía totalmente extraña a la que Kikis había sentido con las piedras Ben Ben normales.

Osiris logró despertar por un momento de su trance y tras ver tal abominación en la que se había convertido su hijo despreciado, se lamentaba por haber echo caso de la petición de Neftis, por lo que volteo a ver el cuerpo inerte de Isis, para pedirle perdón por sus errores, y diciéndole que aun a pesar de la muerte siempre la amará, pero cae desmayado tras terminar de mencionar estas palabras, sin darse cuenta de que sus sentimientos hacia Isis lograron expulsar una energía azul cielo casi transparente que se introdujo en el cuerpo de su amada Isis, a quien parece causarle un efecto extraño, ya que una vez introducida la energía extraña procedente de Osiris, eso provoco que los dedos y los parpados de Isis reaccionen como si estuviera viva, lo cual no llego a ser percatado por Neftis quien aun se regocijaba por el resultado de sus hechizos, y brebajes que permitieron la transformación de su hijo y la de casi toda la población de Uaset. No estando satisfecha con su logro, se acerco al cuerpo de Isis a quien le dijo que siempre había envidiado su eterna juventud y belleza, y se preguntaba que ¿si no la tuviera, acaso Osiris dejaría de amarla y se fijaría por fin en ella?, y aunque al principio dudo en desfigurar la cara de Isis con su espada empuñada, decidió mejor rasgar un poco una mejilla del perfecto rostro de Isis, para que de esta manera emanaran unas cuantas gotas de sangre, la cual dejo caer en un recipiente vacio echo de barro, en donde también vertió un poco del liquido del caldero de donde estaba su hijo, y después busco otra sustancia amarilla brillante de un cofre de madera al otro lado de la habitación, y tras batirlos rápidamente, mojo su cara con el resultado de las mezclas y se bebió el resto de un trago, e inmediatamente su cara y su cuerpo comenzaron a arder, y a salir humo de ella, pero después de un rato de agonía por parte de Neftis, se acerco al espejo más cercano, ubicado a un lado de la puerta de la habitación en donde estaba Kikis quien se escondió inmediatamente para no ser descubierta.

Neftis al verse al espejo y tras examinar todo su cuerpo con el tacto, y de observarlo al alzar sus ropas que cubren su pecho, río de alegría, ya que su cara junto con todo su cuerpo habían recuperado la juventud perdida hace mucho tiempo antes del nacimiento de Anubis, cuando ella contaba apenas con dieciocho años de edad.

Anubis volteó a ver a su madre y quedó sorprendido por la belleza y la juventud que presentaba su madre, con su cabello negro y brillante, y su piel ligeramente bronceada llena de vitalidad, y se alegró mucho por ella, pero al acercarse al espejo con su madre para abrazarla, logró darse cuenta de su nueva apariencia física y tras observarse unos segundos aventó una de las vasijas de su madre y rompió el espejo, bastante furioso por su aspecto bestial horripilante. Pero su madre trató de consolarlo, ya que no debería de importarle su aspecto, sino la fortaleza y el poder que adquirió con ayuda de su Padre, ya que es mucho más fuerte que él y posee más poder del que una vez pudo haber soñado, con el cual seguramente podrá vencer a cualquiera de los que participaron en el torneo de artes marciales, incluyendo a los traidores de los que creía que eran sus amigos.

Anubis se enojo de tan solo recordar la visión de haber sido traicionado por Siptah y Anatis y gritó de rabia, e inmediatamente reaccionaron igual todos los guerreros de aspecto similar a él, que se encontraban afuera del palacio. Anubis se preguntaba a que se debía aquel alboroto y tras asomarse se percató de que todos los habitantes del pueblo se habían transformado igual que él, y le pregunto furioso a su madre que es lo que significaba esa atrocidad, pero su madre fríamente respondió que se trataba del ejercito que su Padre reunió para el, que lo tomara como un regalo por parte de su Padre y de su Madre, pero Anubis no acepto la idea de que los aldeanos estuvieran involucrados y le pregunto a su madre si ellos podrán regresar a la normalidad, a lo que Neftis le respondió que una vez que haya alcanzado su meta, podrá decidir si quiere que regresen o no a la normalidad, pero le advierte que una vez que alguno que sea asesinado tan solo una vez, esa persona ya no podrá volver jamás a la normalidad, pero mientras tanto, serán indestructibles y cumplirán las ordenes que se les de. Anubis al preocuparse por la situación de los habitantes de Uaset, decidió acabar de una vez por todas con todo esto, y le comento a su madre que al otro día por la mañana acabara con sus enemigos para regresar a la normalidad a los habitantes de Uaset.

Kikis al parecer no pudo escuchar bien la manera en como podrían regresar a la normalidad los habitantes de Uaset por el miedo que tenia ante la imagen de Anubis, por lo que sólo logró comprender que al otro día por la mañana atacarían a sus enemigos. Dicha señal la hizo reaccionar para escapar hacia donde se guardaban los caballos y los vehículos reales, y tras darse cuenta que se trataba de una emergencia, tomó el transporte personal de Neftis, con el cual había practicado unas cuantas veces en el pasado, y de esta manera decidió venir a avisarnos del peligro inminente, sin decirnos como poder salvar a los habitantes de Uaset, lo cual es muy seguro que lamentaremos en el futuro.

Tras terminar de escuchar el relato, la Reina Mauth habla con todos nosotros y nos comenta que no nos pide que entreguemos nuestras vidas ante el peligro inminente, pero que la ayuda que reciba siempre será agradecida y recordada por ella. Afirma también que Yira siempre luchara a su lado, al igual que su servidor, ya que he jurado lealtad con ella, por mi promesa con el Rey Lobsang de proteger su familia ante cualquier peligro inminente, y de igual manera le gustaría contar con el apoyo de los demás. Todos se encuentran callados observando a la Reina Mauth, y después de unos cuantos segundos de silencio, el primero en hablar es Fenril, quien decide que se unirá a la causa, ya que nunca ha huido de una buena pelea, aparte de que rivales como Anubis no son fáciles de encontrar, así que podemos contar con su ayuda y si muere en la pelea, será un gran honor ser aceptado en el Valhala. Yasak acepta también ir, pues en sus palabras nos expresa que será quien protegerá el trasero de Fenril para que no lo pisen una vez que haya muerto. Fenril se ríe por la supuesta amabilidad y compañerismo de Yasak, y lo comienza a abrazar del cuello para molestarlo con los nudillos en la cabeza. Los siguientes en aceptar unirse en la batalla son Anatis y Siptah, ya que jamás me dejarían ir solo. Siptah argumenta que aun tiene una pelea pendiente con Anubis, mientras que Anatis comenta que ella tratará de arreglar el mal entendido de Anubis hacia ellos, aparte de que quiere patear el huesudo trasero de su madre, refiriéndose claro que a Neftis. Los siguientes en levantar la mano son Sam, Musashi y Kara. Musashi argumenta que será un gran honor pelear al lado de su amigo Siptah y de su maestra Anatis en la batalla que se les espera, y Sam, añade que ella jamás ha gustado de huir de una buena pelea, aparte supone que de seguro Pershak estará presente, por lo que quiere mostrarle una o dos nuevas técnicas que acaba de aprender, y Kara agrega que estará ahí por si alguien sale herido, ya que de esta manera podrá practicar aun mas con el Reiki, pero con este comentario todos se le quedan viendo, ya que no les agrado lo que dijo con respecto a practicar por si ellos salen heridos, pero en ese momento aparece Chronos quien asegura que Kara hará un gran trabajo y bajo su supervisión, no tienen de que preocuparse, y con tal comentario me sorprendo, ya que no pensé que Chronos se uniría a la pelea, pero al parecer no se separa de la Reina Mauth, ya que le sonríe de una manera muy amigable y confiable, lo cual me despreocupa un poco de momento, ya que estoy seguro que si ambos permanecen juntos, no habrá peligro en contra de la Reina Mauth, mientras que todos nos enfrentamos contra Anubis quien una vez fue un amigo, alumno, y para mis jóvenes pupilos, como un hermano.

Al otro día por la mañana, Neftis se encuentra con su hijo, preparándole los atuendos que lo distinguirán del resto de los guerreros Anubis. Sacando de uno de sus cofres, una hermosa gargantilla de oro con jade, su diseño está hecho de cuadros impares de ambos materiales, aparte de que le prepara un par brazaletes y de tobilleras de oro totalmente lizas, y se las coloca en una mesa cercana a la puerta principal del palacio, de donde Anubis toma estos objetos y se los coloca. Al parecer ha recuperado su figura humana a excepción de la cabeza de chacal, y su madre le pregunta como lo consiguió, a lo que Anubis le responde que no pudo dormir ya que odiaba la idea de despertar con un cuerpo que no fuera el suyo, así que se la paso concentrándose con ayuda de su piedra Ben Ben y del nuevo poder adquirido para tratar de recuperar su forma original, y aunque aun no la ha recuperado del todo, se siente un poco mejor al no tener la apariencia de una bestia irracional, pero el odio y la ira que siente por la traición de sus amigos que recorre por su cuerpo le impide la recuperación completa.

Tras salir por las puertas principales del palacio, Anubis se encuentra con todo su ejército conformado por dos mil guerreros Anubis, la cual es una buena manera de dirigirse a este peculiar ejercito. Quienes le abren el paso para que su líder llegue al frente de ellos, extienda su arma, pueda dar la vuelta para colocarse de frente ante su ejercito y les pide que demuestren que son los mejores guerreros que el mundo haya conocido, y que acaben con sus enemigos sin darle tregua o resguardo, ya que su único objetivo es acabar con quienes se levantan en contra de Osiris y su imperio, ya que es el único capacitado para gobernar la ciudad de Uaset, y nadie se lo impedirá. Y tras terminar de mencionar sus palabras, grita el nombre de Osiris, y los demás guerreros Anubis lo imitan, pero ya que no pueden articular palabra alguna, solo emiten rugidos que viajan por toda la ciudad, pero en ese momento sobrevuela por encima de ellos sin que se den cuenta mi pequeño vigilante de los cielos, el halcón Arek, quien inmediatamente se dirige hacia nosotros que nos encontramos a un par de dunas de las puertas de la ciudad amurallada de Uaset. Ocho humanos, dos Agharti, y su servidor, un gran Dragón, envueltos en la que tal vez sea la batalla mas grande que se ha librado en estas tierras desde sus inicios, una batalla en donde el único objetivo es la supervivencia, ya que si no enfrentamos en este momento a nuestro enemigo, ellos no cesaran su travesía hasta encontrarnos y aniquilarnos. Todos ellos siendo motivados por la avaricia y la sed de poder de una mujer llamada Neftis, ex amante de uno de los Agharti mas poderosos de la tierra, Osiris, y a la vez, madre de Anubis, hijo de Osiris, quien lidera al ejercito que estamos a punto de enfrentar, y se ha vuelto ciego ante la búsqueda de respeto y aceptación de su padre Osiris, y de igual manera hacer sentir orgullosa a su madre. Todos sabemos que esta batalla será la más increíble que jamás hayamos enfrentado, pero somos conscientes que si queremos vivir, debemos pelear y dar lo mejor de nosotros mismos. Cada quien intercambia miradas entre los demás, y se nota que algunos tienen miedo, otros se sienten extasiados ante la diversión que acarreara la batalla, aquellos seguros de su poder y buscan retos, pero entre el miedo y la diversión, puede haber solo una pequeña barrera, la cual es lo desconocido, ya que en cuanto se rompe dicha barrera, solo queda enfrentar los hechos tal y como son, ya que en esta ocasión debemos de ser valientes ante el enemigo que se encuentra a unos cuantos metros de nosotros, y debido a que entre nosotros tenemos a Siptah, un joven ansioso de pelear y de obtener una buena batalla, Comienza a agitar las riendas de su caballo y con un grito de alegría, nos invita a que lo sigamos y que acabemos con esto de una vez por todas.

Los guerreros Anubis salen de las puertas de Uaset, mientras que nosotros nos aproximamos a toda velocidad. Siptah es quien encabeza al grupo por lo que Yira, Fenril y Yazak quienes se alejan por el flanco izquierdo y Kara los sigue muy de cerca, mientras que Chronos y la Reina Mauth se ocupan del flanco derecho sobrevolando el desierto en el vehículo volador en donde escapo anteriormente Kikis de Uaset, mientras que Anatis, Musashi y Sam se unen a Siptah, quien al pasar la primera Duna comienza a preparar una gran onda de energía en sus manos al igual que Musashi, y cuando logran visualizar que el ejercito de Anubis al fin sale totalmente de la ciudad y que se cierran las puertas detrás de ellos, Siptah lanza su gran onda de energía contra Anubis quien lidera el grupo, y Musashi lo imita. Anubis ve venir la ráfaga de energía provocada por ambos y con sus brazos cruzados intenta detener tal muestra de poder, pero la ráfaga de energía lleva tal poder que no logra detenerla por completo y es arrastrado junto a varios guerreros Anubis a varios metros de distancia, pero aun a pesar de ello, Anubis jamás despegó los pies del piso, con lo cual piensa demostrar que es lo suficientemente poderoso como para que dos ráfagas como esas puedan detenerlo, y sonríe satisfactoriamente hacia Siptah para querérselo demostrar, pero este solo señala hacia el cielo, en donde me encuentro yo, llevando en mi lomo a Sam, quien ya había concentrado una buena cantidad de energía en sus espadas creadas de energía proveniente de las piedras Ben Ben de sus brazaletes, por lo que ella lanza con gran poder las ráfagas de cada espada hacia un lado de donde se encuentra Anubis, e inmediatamente después de hacer contacto las dos ráfagas contra el suelo, logra reunir una tercera ráfaga con ambas espadas y desde detrás de su cabeza la lanza para formar un triangulo en el suelo que pisa Anubis quien se encuentra deslumbrado por el sol que se haya detrás de nosotros y con lo cual no logra distinguir del todo el ataque, ya que piensa que Sam sólo lo está lanzando contra sus guerreros que se hayan cerca de el, pero Sam demuestra lo contrario al dejarse caer en caída libre desde la altura en que nos encontramos, con las espadas por delante, para así dejarlas caer con energía acumulada en el centro del triangulo, a lo cual Anubis no se percata debido a que bastantes de sus guerreros Anubis le tapan la vista, por lo que se abre paso entre ellos, pero ya demasiado tarde, puesto que Sam ha asestado el golpe energético de sus espadas, el cual provoca un derrumbe del suelo en el que se hayan Anubis y sus guerreros, quienes se comienzan a colapsar en el foso provocado por el poder de Sam, quien se despide pícaramente de Anubis con un beso antes de que vuelva a saltar en mi lomo en el instante que paso cerca del suelo para darle la oportunidad de saltar sobre mi.

En ese momento que nos alejamos aparece Anatis sobrevolando el área con ayuda de su Piedra Ben Ben y por medio de su poder, ya que pocos instantes antes, había creado un gran torbellino hecho de energía que acarrea a su paso con una gran cantidad de guerreros Anubis, los cuales deposita en el agujero en donde han caído Anubis y su sequito de guerreros. A continuación Anatis aterriza encima de la muralla de la ciudad y desde ahí genera una especie de campo de fuerza alrededor del foso, el cual ha sido tapado por los guerreros Anubis, sin permitirles moverse aunque sea un centímetro por lo apretados que se encuentran, lo cual ha dejado prisionero por completo a Anubis. Dando así resultado el perfecto plan que se le ocurrió a Sam, momentos antes de que comenzáramos nuestro ataque, ya que vio reflejada en Anatis una gran preocupación por su amigo de la infancia Anubis, y pensó que esta seria la mejor manera para mantenerlo alejado de la pelea mientras que nos ocupábamos de su cuantioso ejercito, y al parecer el plan esta funcionando a la perfección.

Siptah es el primero en llegar ante todo el ejercito de Anubis y en cuanto se encuentra enfrente de ellos, salta de su caballo expandiendo su arma y comienza a desatar golpes y a rasgar la piel de sus enemigos para dejarlos fuera del combate, al igual que detiene ataques y contra ataca de manera increíble, ya que Siptah disfruta y goza al pelear, y ya que jamás había tenido una batalla de tal magnitud, su satisfacción es enorme, por lo que su despliegue de ataques es formidable, y Musashi al darse cuenta de ello, aun se encuentra mas decidido a pelear al lado de su amigo, ya que lo inspira de manera increíble, ya que jamás había disfrutado anteriormente las peleas de esta manera, ya que en su pasado aun desconocido para nosotros, solo había presenciado masacres, destrucción por falsos ideales, tal y como había comentado

que se demostraba en sus ojos y en su alma, pero al parecer Siptah le ha
animado a tener un nuevo punto de vista ante las peleas, en donde se
debe disfrutar y pelear por los ideales en los que uno cree, por justicia,
por honor, por ayudar a sus amigos, al igual que para defender a sus
seres queridos, tal y como es el motivo de esta batalla que enfrenta el
y sus nuevos amigos, aparte de que Musashi ha aprendido nuevas
técnicas con ayuda de Anatis, y sabe que sus enemigos no son comunes,
sino que se tratan de bestias sin razonamiento que solo tienen sed
de sangre y destrucción, por lo que Musashi sabe que a cualquier
costo debe derrotarlos, y tras mirar a Siptah disfrutar del encuentro y
su espontaneidad en la pelea, esto provoca que dentro de Musashi
despierte un sentimiento que desconocía en su interior, ya que ahora
que se encuentra peleando, esta gozando y divirtiéndose al lado de
Siptah, utilizando ambas espadas, no solo para eludir y detener golpes,
sino para atacar y detener a una gran cantidad de fuerza descomunal
proveniente de enemigos que los sobrepasan enormemente, y en lugar
de preocuparse por ello, solo se limita a disfrutar de la batalla y a
asestar ataques a diestra y siniestra contra todo enemigo que se le ponga
enfrente.

Ambos amigos se cubren las espaldas el uno con el otro, contra una
gran cantidad de enemigos, quienes al parecer detectan al enemigo que
podría ser peligroso para ellos de acuerdo a su Devachan, por lo que se
unen una gran cantidad de ellos para acabar con el enemigo en común,
por lo cual el único que se percata de la táctica de ataque es Musashi,
ya que Siptah solo se dedica a atacar a cuanto guerrero Anubis se le
ponga enfrente, los cuales atacan tanto con espadas, pequeñas hachas,
lanzas, espadas dobles, mazos enormes con hachas como las de su líder,
el original Anubis. Y Mientras Siptah se ocupa de ellos, Musashi sabe
que debe ganar tiempo en lo que su amigo y el se ocupan de los que
vayan llegando, con tal de no tener a una gran cantidad sobre ellos, que
puedan ganarles y terminen matándolos, decide concentrar una gran
cantidad de energía en sus espadas y lanza dos torbellinos de energía
en direcciones opuestas con tal de desagrupar a los guerreros Anubis
que se aproximaban a ellos. Siptah se percata del ataque de Musashi y
tontamente piensa que solo lo hizo para presumir su poder, y ya que no
quiere quedarse atrás, lanza una gran ráfaga de energía ante unos treinta
guerreros Anubis que iban hacia ellos, y logra derribarlos por completo,
a lo cual Musashi, sonríe ya que piensa que Siptah capto la idea, cuando
en realidad no fue así, pero a pesar de todo, ambos continúan en su

despliegue sin frenesí de demostración de habilidades y técnicas de pelea contra sus enemigos.

Mientras tanto, un servidor sobrevuela el campo de batalla lanzando grandes ráfagas de fuego contra los guerreros Anubis, con el objetivo de separarlos por grupos entre treinta y cincuenta para que Sam pueda continuar lanzando ráfagas de energía de sus espadas contra ellos para dejarlos fuera de combate, pero en ese momento una lanza pasa muy cerca de nosotros, logrando de esta manera llamar la atención de Sam hacia el enemigo que nos la lanzo y Sam logra distinguir que se trata de un guerrero Anubis con un color café obscuro en lugar del negro característico, que cuenta con una gran cicatriz en la parte de arriba del cráneo, lo cual hace reaccionar a Sam quien menciona el nombre de Pershak, por lo que salta de mi lomo para dirigirse a este enemigo en particular, lo cual me hace pensar si en verdad se tratara de quien enfrento en el torneo de artes marciales, ya que el gran tamaño de este guerrero y cicatriz en el cráneo podrían coincidir, ya que Sam logró estrellarlo contra uno de los muros del coliseo para vencerlo, lo cual pudo haberle provocado dicha cicatriz, pero al parecer si se trata de el, ya que cuando Sam se haya ante el y lo observa a los ojos sin duda lo reconoce, por lo cual me hace imaginar que para ella el conocer bien a su enemigo en una pelea es fundamental ya que así lo puede identificar ante cualquier situación, y viendo que Sam se haya ocupada por completo contra este rival, decido mejor dirigirme al flanco derecho en donde están a punto de llegar la Reina Mauth y Chronos, no sin antes alejar a los posibles obstáculos de Sam en su reencuentro contra Pershak, por lo que los encierro en un circulo de fuego que los mantiene aislados de los demás guerreros Anubis, permitiéndole de esta manera a Sam disfrutar por completo de este encuentro.

Pershak al parecer, no ha reconocido exactamente de manera racional a Sam, pero por instinto sabe que se trata de una rival sin igual, y tras tocarse la cicatriz de su cráneo, en su interior se da cuenta de que fue ella quien se la provoco, por lo que toma un par de espadas de uno de sus compañeros caídos que se hayan quemados por el fuego que lance, y tras tenerlas en sus manos, ruge y aúlla como animal para prepararse para la batalla. Sam sabe que en esta ocasión Pershak no peleara para ganar un simple torneo, sino que peleara para asesinarla a como de lugar, por lo que Sam saca sus espadas nuevamente y decide atacar primero a Pershak quien rugiendo y sacando baba de su hocico se lanza también contra

Sam, y tras encontrarse ambos contrincantes, el choque de espadas se hace inminente y Pershak por instinto intenta morderle la cara con su gran hocico de chacal, pero Sam lo rechaza con un fuerte cabezazo en la frente que saca de control a su rival, aunque también afecta un poco a Sam, ya que al parecer Pershak se ha vuelto mas cabeza dura de lo que era anteriormente, pero aun así ella se recupera rápidamente antes de que Pershak logre atinarle con ambas espadas en la cabeza, ya que Sam salta dando vueltas hacia atrás logrando evitar el golpe y saltando inmediatamente con ambas espadas por delante para enterárselas a Pershak, pero el salta rápidamente hacia enfrente con una voltereta y logra con sus pies caer encima de de la espalda de Sam, y ya que quiere matarla de una vez por todas, se levanta de ella, y prepara sus espadas para terminarla, pero Sam gira hacia delante para después deslizarse en medio de las piernas de Pershak, y estando una vez detrás de el, con sus piernas logra atrapar el cuello de Pershak, para después girar su cuerpo logrando tirar así a Pershak.

Pershak cae muy cerca del circulo de fuego y logra ver una gran hacha como la de Anubis y estira su brazo para hacerse del hacha, aun a pesar de que se quema con el fuego, y una vez que la obtiene, ataca a Sam, quien logra eludir fácilmente con su cuerpo cada uno de los ataques de Pershak, quien al parecer ha dejado de ser un rival digno de ella, ya que su sed de sangre le han quitado parte de su técnica de pelea que identificaba a Pershak, y Sam al darse cuenta de ello y de que perdió a un gran rival, decide terminar la pelea de una vez por todas, por lo que corta el hacha a la mitad con sus espadas y girando su cuerpo sin que Pershak se percate, entierra ambas espadas en el cuerpo de su enemigo, una en el pecho y otra en el estomago, las cuales recupera inmediatamente para que Pershak caiga vencido en el suelo. Sam se siente decepcionada por la actuación de Pershak en su estado de bestia, pero sabe que no puede hacer nada para remediarlo, por lo que regresa a la realidad dándose cuenta de que hay una gran batalla aun por librar al lado de sus nuevos amigos, quienes necesitan de su ayuda, por lo que sale de la muralla de fuego con un gran salto para unirse de nuevo en la batalla.

Mientras tanto, Yira, Yazak y Fenril están a punto de llegar a donde se encuentra la contienda, y Fenril va gritando que no puede ser que los mocosos les hayan ganado a llegar primero a la batalla. Refiriéndose claro a Siptah, Sam, Anatis y a Musashi. Y por ello Fenril azota aun mas fuerte a su caballo para que se apresure en llegar, pero quien realmente esta galopando mas rápido, es Kara, quien le gana el paso y llega primero ante los guerreros Anubis, ganándole de esta manera a los demás hombres, y ya que sus armas son un par de Sais, y son armas de corto alcance, decide bajar de su caballo saltando encima de unos cuantos guerreros Anubis que se aproximaban a ella portando espadas y lanzas, quienes atacan a la vez, pero Kara demuestra ser una verdadera maestra con los Sais, por lo que detiene el ataque y contra ataca con sus Sais al igual que con piernas, codos y cabezazos, y ante ello los guerreros Anubis comienzan a aumentar en numero para unirse a la pelea contra Kara, pero ella demuestra ser una gran contrincante que se puede dar abasto contra todos ellos. Muestra de ello es que dos guerreros Anubis la atacan a la vez con sus grandes hachas, pero ella las detiene con sus Sais y salta para propinarles una patada doble a ambos y noquearlos, mientras que otro mas la ataca por enfrente con sus espadas, las cuales elude fácilmente al dar una vuelta hacia atrás después de haber propinado la patada doble, logra ponerse de pie para detener el ataque de otros dos con espadas, las cuales detiene con sus Sais, y las atrapa para ayudarse con ellas a detener el ataque con espadas del guerrero Anubis de enfrente e inmediatamente a los tres los derriba con tres patadas seguidas con la misma pierna, y salta con una patada giratoria hacia atrás para derribar a dos mas que se aproximaban y al caer barre a tres mas, se para y otro mas intenta darle con su gran hacha, por lo que arquea su cuerpo hacia atrás para eludir el golpe y se reincorpora, propinándole un fuerte golpe con el mango de los Sais, e inmediatamente da un gran salto hacia atrás y con una patada giratoria derriba a otros tres, y con sus Sais, vuelve a detener dos ataques de espada al mismo tiempo, y gira con ayuda de ellas, que están atoradas en sus Sais, y tras pisar el suelo les propina dos golpes con los mangos a los dueños de las espadas.

Fenril queda sorprendido ante la demostración de agilidad de Kara y grita a los cuatro vientos que esa es la mujer con la que desea casarse algún día, ya que ama las mujeres con poder, aunque lleguen a golpearlo mas tarde, pero su alegría es callada, ya que ve como se aproxima un gran numero de guerreros Anubis hacia ella, por lo que no quiere quedarse con los brazos cruzados solo observando y decide ir a todo galope para ayudarla y a la vez para divertirse un poco, así que desenfunda su gran espada de su espalda y con ella se abre paso entre todos los guerreros Anubis cortando o desarmando a cuanto guerrero Anubis se le cruce, todo con tal de formar un perímetro alrededor de Kara para que no se acerquen mas enemigos a ella, y para ello también ayudan Yira y Yasak, quienes bajan de sus caballos y Yira lanza su ataque de relámpago con ayuda de su espada, con el cual derriba a una gran cantidad de guerreros Anubis quienes tratan de detener el ataque con sus armas, pero no lo consiguen y terminan siendo gravemente lastimados, mientras tanto Yasak, quien no cuenta con ninguna arma, detiene de un solo golpe a un guerrero Anubis que se aproximaba, para así poder quitarle su lanza, con la cual se defiende de otros dos mas con espadas, y logra desarmarlos por completo y noquearlos con la misma lanza, pero no se percata de que otro mas se aproxima con su hacha y para defenderse interpone la lanza, pero esta es partida a la mitad, pero aun a pesar de ello, no le impide a Yasak utilizar las dos mitades como armas, las cuales las utiliza muy bien, ya que le permiten atacar aun mas rápido y con una gran cantidad de golpes a quien se le ponga enfrente, aparte de detener los ataques de sus enemigos, al golpearles las muñecas que sostienen sus armas, para que las tiren al suelo, por lo cual de esta manera Yasak los golpea para dejarlos noqueados.

Fenril no deja de formar un perímetro para que de esta forma los guerreros Anubis que entren a el, puedan ser fácilmente vencidos, para que a continuación pueda entrar otra cantidad pequeña, para que puedan pelear sin problemas, Kara, Yira y Yasak, sin vérselas negras ante una gran numero de enemigos, y con esta acción me doy cuenta que Fenril no solo es un gran guerrero, sino que también forma estrategias que pueden ayudar en estos momentos, y para ayudarlos un poco mas, me desvío de mi rumbo hacia la Reina Mauht y Chronos, con tal de formar una barrera de fuego, para que Fenril no tenga que recorrer todo el circulo, y solo recorra la mitad de su perímetro planeado, lo cual agradece con un saludo de su espada y un grito de batalla con el cual continua su ataque hacia los guerreros Anubis que se aproximan hacia ellos, los cuales han de tratarse fácilmente de cincuenta guerreros Anubis, pero para Fenril y Yira quienes se encuentran formando el perímetro no son ningún problema, así que se empiezan a desplegar un poco mas, con tal de permitir pasar a unos cuantos guerreros mas para que Kara y Yasak se ocupen de ellos.

Anatis sigue concentrando su energía para mantener atrapado a Anubis, quien al parecer trata de salir de su prisión, ya que se puede apreciar mucho movimiento en su prisión formada por su propio ejercito, aparte de que Anatis cada vez tiene que concentrar mas cantidad de energía ya que Anubis esta expulsando aun mas de la que solía tener anteriormente cuando aun no se había transformado con ayuda de su madre en la bestia que es ahora, pero aun a pesar de ello Anatis lo sigue manteniendo prisionero en lo que sus compañeros continúan acabando con el ejercito enemigo.

Sam tras salir de la barrera de fuego que yo había formado continua su ataque al ejercito de Anubis, y con ayuda de sus espadas de energía, logra desarmar y a dejar fuera de combate a varios guerreros Anubis a la vez, por ejemplo, con una espada detiene el golpe de uno, mientras que con la otra detiene una hacha, y con un leve giro de su cuerpo ataca los costados de ambos, y con patadas o codazos se ayuda para detener a los que se aproximan a ella, para después girar sus espadas tanto por la espalda como por el frente, a la vez que va girando su cuerpo mientras camina, va deteniendo ataques y contra atacando a sus enemigos, y cuando ve que una gran cantidad de ellos se aproxima hace uso de su técnica que acaba de perfeccionar, con la cual lanza ráfagas de energía de sus espadas hacia sus enemigos, tanto por la mitad de sus cuerpos, como en forma de relámpago como el ataque de Yira, por lo que dicho ataque atraviesa a un máximo de cinco guerreros Anubis a la vez, y ya que se trata solo de una ráfaga de energía, no son cortados a la mitad, sino impactados por la energía, y van cayendo totalmente noqueados al suelo, permitiéndole de esta manera a Sam no preocuparse por la cantidad de enemigos que se lleguen a aproximar a ella.

Siptah y Musashi, siguen avanzando fácilmente entre el ejercito de Anubis, y ya han derrotado alrededor de doscientos guerreros Anubis por su propia cuenta, y aun así continúan peleando y divirtiéndose a la vez, atacando y defendiéndose de sus enemigos.

Siptah hace buen uso de su arma de doble hoja cortante, con la cual se da el lujo de defenderse y contra atacar inmediatamente, ya que mientras uno ataca ya sea con su espada o hacha, Siptah detiene el golpe con un extremo mientras que con el otro, en un giro de su cuerpo devuelve el ataque y con patadas logra quitarse a los que se le aproximen, aparte Siptah siempre ha demostrado ser muy ágil saltando y dando giros hacia atrás y hacia adelante, lo cual esta aplicando en estos momentos, ya que mientras gira con su cuerpo mientras camina, logra asestar varios golpes a sus oponentes y a quitarse ataques, y tras saltar y girando sobre sus oponentes para colocarse a sus espaldas, logra sorprender a sus enemigos, principalmente cuando sus compañeros en esos momentos quieren atacar a Siptah quien salta inmediatamente provocando que los guerreros Anubis se ataquen entre ellos mismos, lo cual causa mucha hilaridad a Siptah, quien no deja de divertirse mientras se la pasa peleando contra los guerreros Anubis. Musashi por su parte acompaña a su amigo, y en su rostro se ha dejado de reflejar agonía y arrepentimiento a la hora de pelear, y al contrario de ello, ahora tiene una expresión muy parecida a la de Siptah, lo cual hace que casi parezcan gemelos, a excepción del cabello largo de Musashi que suele tenerlo agarrado en una cola de caballo, pero que en estos momentos lo tiene suelto, aparte de que Musashi tiene la piel demasiado clara en comparación de Siptah, quien por el sol presenta un excelente bronceado, aparte de la forma de los ojos ya que Musashi los tiene rasgados, pero de ahí en fuera, ambos son muy similares.

Musashi ataca con su espada de filo invertido y se defiende con la espada con filo y aunque uno dijera que la espada de filo invertido no le sirve para contener a este excelente ejercito, Musashi demuestra lo contrario, ya que la magnitud del golpe que asesta es tal, que deja totalmente noqueados a los guerreros Anubis. Siptah aun a pesar de ser un gran combatiente, aun se sorprende con la manera en que Musashi maneja sus espadas, ya que las maneja con una sincronía de defensa y ataque, que no permite que algún guerrero Anubis llegue a rosarlo tan siquiera, y sin necesidad de saltos como a los que Siptah esta acostumbrados.

Musashi es un gran rival contra cualquier enemigo que se le presente y en estos momentos lo esta demostrando, al partir de un solo movimiento la gran hacha de un enemigo, darle un golpe con la espada de filo invertido, para continuar inmediatamente y detener el ataque de dos espadas de otro enemigo, para después alejarlo con una patada, mientras que con su espada de filo invertido le asesta el golpe para noquearlo, y tras un giro de su cuerpo, parte la lanza de otro enemigo que lo atacaba por detrás y le conecta un golpe en el cuello con la espada de filo invertido, con lo cual queda fuera de combate, y viendo que se aproximan mas guerreros Anubis, Musashi concentra energía en su espada y lanza su remolino de energía, con el que logra derribar por lo menos a quince guerreros Anubis que se aproximaban hacia el en un salto desesperado para atacarlo, pero Musashi logra despacharlos, para después continuar con sus ataques consecutivos contra el resto de sus enemigos.

Al acercarme a donde están sobrevolando la Reina Mauth y Chronos, me percato que todo el batallón de arqueros se encuentra disparándole flechas de fuego a la pareja de Aghartis, pero ambos no son tan fáciles de derribar ya que Chronos se encuentra al mando del vehículo volador y pasa a gran velocidad en medio de las flechas que surcan el cielo, y las que no alcanza a desviar detiene en seco las flechas, con un leve movimiento de su mano izquierda hacia enfrente de el, mientras que la Reina Mauth con ayuda de su cetro real que casi nunca suelta, lanza ráfagas de energía hacia el ejercito de Anubis, el cual sale volando por los cielos, y en el terreno en donde caen dichas ráfagas solo llega a quedar un agujero causado por el impacto, así me doy cuenta de que al parecer la Reina Mauth y Chronos no necesitan tanto de mi ayuda, así que me ocupo de despachar a otros cuantos guerreros Anubis con ayuda de mi fuego, pero al girar mi cuerpo en el aire para poder dar la vuelta, me doy cuenta de que se aproxima una gran roca hacia mí, y apenas logro esquivarla por pocos centímetros, y tras recuperarme del ataque, giro mi cabeza para saber de donde provino el ataque, y me doy cuenta de que Neftis esta dirigiendo desde la muralla a una gran cantidad de guerreros Anubis para que carguen catapultas con rocas y otras mas cubiertas con paja y telas amarradas a ellas, para después prenderles fuego y así puedan ser lanzadas como bolas de fuego en contra del vehículo de la Reina Mauth y en contra mía, quienes somos los que nos ocupamos del espacio aéreo. Ya me parecía extraño que esta mujer no estuviera presenciando el ataque en contra nuestra.

Aparte de las bolas de fuego y las rocas, Neftis al parecer había preparado con anticipación esta defensa aérea, ya que también cuenta con enormes ballestas con lanzas enormes, de las cuales puede lanzar hasta cinco a la vez, lo cual es un gran dolor de cabeza, ya que estas ballestas, las catapultas de piedras y de las bolas de fuego, fácilmente se han de tratar de doscientas armas antiaéreas, y son manejadas por tres guerreros Anubis en cada una de ellas. Y en cuestión de instantes son disparadas todas estas armas al unísono, lo cual nos ocasiona grandes problemas a Chronos y a mí.

Yo por mi parte vuelo lo mas alto posible para lograr evitar lo mas posible el ataque directo en lo que me reagrupo, mientras que Chronos decide lanzarse en contra de su atacante, y logra eludir una gran cantidad de lanzas, pero viendo que las rocas y las bolas de fuego son un gran impedimento para acercarse, ya que con su poder no puede detener tantos objetos, decide mejor girar el vehículo hacia la derecha, pero aun a pesar de eludir las rocas y las bolas de fuego. Las flechas de fuego aun son lanzadas en contra de ellos, pero la Reina Mauth no se deja intimidar y estando el vehículo en una posición de noventa grados, a toda velocidad dispara varias ráfagas de energía que logran destruir varias rocas y con éxito desagrupa a unos cuantos guerreros Anubis con sus ráfagas en contra de ellos. Por mi parte ya que me hayo en el cielo a una gran distancia en donde cualquier objeto no me puede alcanzar, intento lanzar unas cuantas bolas de fuego con todo mi poder en contra de las armas antiaéreas, pero me doy cuenta de que por la altura y la velocidad en la que bajan, las bolas de fuego que lanzo se desvanecen antes de llegar contra mis enemigos, así que se me ocurre la loca idea, aunque algo arriesgada, de descender en caída libre, intentando eludir el mayor numero de armas posibles y disparar mis ráfagas de fuego, así que sin pensarlo dos veces lo llevo a cabo, y hecho un bólido atravieso el cielo a toda velocidad, por lo que los guerreros Anubis no dudan en dispararme con todas las ballestas, las cuales son las que alcanzan mas altura, pero con gran habilidad logro eludirlas, aunque no a todas ya que varias de ellas rozan mi piel, que por fortuna es lo suficientemente gruesa, por lo que solo me causan cosquillas los roces, y en cuanto tengo una altura considerable, comienzo a lanzar varias bolas de fuego contra las ballestas y logro destruir varias de ellas, pero no debo cantar victoria, ya que descubro que están comenzando a preparar las catapultas con rocas, así que me apresuro a bajar a mayor velocidad, así que extiendo mis alas, y en cuanto me encuentro a un mínimo de cuatro metros del suelo, suelto una gran ráfaga de fuego en mi camino para volver a recuperar el vuelo, pero en mi camino logro quemar unas cuatro catapultas, y pensando que en una distancia muy corta no les doy oportunidad de utilizar las catapultas y las ballestas, continuo mi vuelo planeando hábilmente a través de los soldados Anubis, expulsando aun mi fuego contra las paredes de la muralla de la ciudad que es en donde incremento mi velocidad parta levantar el vuelo de manera horizontal, lo cual ocasiona que varios guerreros Anubis no reaccionen rápidamente en lo que hacen, ya que al intentar atinarme, disparan las catapultas y las ballestas, de las cuales, las bolas de fuego caen en las chozas de la aldea de la ciudad, mientras que las piedras destruyen el muro de la muralla, de donde sus restos caen encima de varios de sus compañeros, mientras que las lanzas, pasan muy cerca de donde se encuentra Neftis, quien se enfurece por la maniobra que acabo de realizar y le grita a los guerreros Anubis para que tengan mas cuidado en lo que hacen. Esto me provoca demasiada hilaridad y decido dirigirme hacia Chronos para explicarle una manera de deshacernos de las catapultas y las ballestas, pero mientras lo hago, Yasak, Fenril, Yira y

Kara siguen peleando con tolo que tienen contra una gran cantidad de guerreros Anubis que comienzan a rodearlos por todos los flancos.

Fenril baja al fin de su caballo ya que se da cuenta de que no tiene caso seguir dando vueltas en un perímetro circular que a cada momento se angosta por la cantidad de enemigos que se acerca a ellos, por lo que decide ponerse de acuerdo con Kara, Yira y Yasak, para reagruparse en cuatro ángulos para extender aun mas su perímetro antes de que queden acorralados como ratas en una cacería de gatos.

Una vez que se unen los cuatro, el primero en atacar es Yira quien con su espada especial y su ataque relámpago, logra eliminar a una gran cantidad de guerreros Anubis en línea recta, así que constantemente lanza su ataque logrando cortar a varios enemigos. Fenril por su parte se lanza contra otros guerreros Anubis en su Angulo y con su espada logra despacharse a una gran cantidad de enemigos, gracias a su fuerza y del tamaño de su arma, y al ver esto Kara se une a Fenril desde su propio ángulo el cual se encuentra muy cerca del guerrero nórdico, en donde se ayuda con los ataques a corta distancia de sus Sais para noquear rápidamente a los soldados Anubis que están de su lado, y acompañada de patadas y codazos logra abrirse camino fácilmente, aunque cuando nota que tiene a muchos enemigos contra ella, se pesca rápidamente del cuello de alguno de ellos con sus piernas y girando su cuerpo los lanza hacia donde se encuentra Fenril abanicando su espada con gran fuerza, lo cual saca fuera de combate a varios guerreros Anubis, que salen volando hacia Fenril, quien sonríe al ver la estrategia de Kara, ya que esta comenzando a tener confianza en el, lo cual lo llena de alegría, ya que en su interior le encanta la idea de hacerse de una esposa como Kara, por lo que tiene pensado proponérselo cuando termine esta batalla, pero en estos momentos sabe que tiene que concentrarse en la pelea así que no deja de abanicar su espada para derrotar a sus enemigos. Kara por su lado no cesa de atacar, de dar saltos mientras despacha patadas voladoras y golpes a cuanto guerrero Anubis tenga en su camino, logrando abrir así el perímetro circular en donde se encuentran y Yasak aun a pesar de no contar con un arma propia demuestra que al conocer a su enemigo y sus motivaciones de atacar, le da una gran ventaja ya que en este caso se tratan de enemigos con instintos animales con el único objetivo de acabar con su enemigo sin importar las consecuencias, por lo que no cuentan con un plan de ataque o una técnica en especial, y ya que atacan por instinto, le es mas sencillo quitarles sus armas y utilizarlas en contra de ellos, por lo que en estos momentos se encuentra utilizando un par de lanzas en ambas manos, con las cuales comienza a abrirse camino entre los guerreros Anubis al girar ambas lanzas al mismo tiempo que su cuerpo con tal de mantener a distancia a sus enemigos, pero al ver que las lanzas no son suficientes, las lanza contra ellos y por medio de codazos y rodillazos pone fuera de batalla a tres guerreros Anubis de los cuales les quita un par de hachas cortas con las cuales se abre camino mas fácilmente deteniendo ataques de sus enemigos, y golpeándolos a la vez, hasta dejarlos fuera de combate, y con cabezazos se logra ayudar un poco para noquear al ejercito de Anubis.

De esta manera los cuatro valientes guerreros se abren paso por el blanco izquierdo, el cual esta a punto de quedarse sin guerreros Anubis, todo con el fin de llegar hasta donde se encuentran Siptah, Musashi, y Sam en el centro de la batalla, quienes continúan abriéndose camino entre cientos de guerreros Anubis que no dejan de acorralarlos.

Sam entre ataque y ataque que no cesa de atacar al ejercito de Anubis quienes se acercan cada vez mas a Musashi y a Siptah, así que cuando logra verlos a lo lejos mientras salta para dar una patada doble a dos guerreros Anubis, le grita a Siptah para que planeen una estrategia para poder acabar pronto con esto de una vez por todas, pero Siptah no logra escucharla, ya que tiene a una gran cantidad de enemigos que se lanzan contra el a la vez, por lo que salta y en el aire gira junto con su alabarda para poder quitárselos de encima con patadas, cortadas de su arma y cuando aterriza, barre a otros mas con una patada, e inmediatamente salta hacia atrás para quitarse a otro guerrero Anubis que se abalanza contra el con su hacha por delante, y cae muy cerca de donde esta Sam quien le propone que para acabar esto lo mas pronto posible porque no unen los tres sus respectivas técnicas para formar un ataque especial que pueda eliminar a varios enemigos a la vez. A Siptah le atrae la idea, pero le sugiere a Sam que para llevar a cabo su plan, lo primero que tienen que hacer es llegar hasta donde se encuentra Musashi para poder llevarlo acabo. Sam voltea a todos lados para tratar de encontrar Musashi, pero al no encontrarlo, Siptah le mueve la cabeza bruscamente para que mire a un punto que parece estar a cien metros de donde están ellos en donde se observa como salen volando varios guerreros Anubis y se agrupan en gran numero para atacar a alguien. Sam supone que se trata de Musashi así que le pide a Siptah que en cuanto ella le de la indicación la siga sin dejar de atacar a todo lo que se mueva exceptuando a el mismo, a

Musashi y a ella, y en cuanto termina de decir esto, lanza dos ráfagas verticales consecutivas, en forma de cruz con ambas espadas, por lo que Siptah entiende que esa es la señal para avanzar así que decide ir delante de Sam y se adentra en el tumulto de enemigos atacando con su arma dando vueltas sobre su eje mientras camina al igual que gira su alabarda, mientras que Sam lo sigue muy de cerca quitándose de su camino a todo guerrero Anubis que se aproxime a ellos.

Musashi, tras abrir una brecha con uno de sus ataques de torbellino, se percata de que Siptah y Sam se acercan hacia el, y sin pensarlo dos veces decide unírseles, así que salta por encima de los guerreros Anubis, brincando de cabeza en cabeza, y una vez que se encuentra junto a ellos, Sam les propone su plan mientras que no dejan de defenderse de los sus enemigos que los tienen cercados, pero una vez terminada la explicación del plan de Sam, ella es la primera en concentrar una gran cantidad de energía en sus espadas, mientras que Musashi concentra su propia energía en sus espadas también, Siptah activa su brazalete que le regalo Chronos y les dice a Sam y a Musashi que solo los esta esperando para cuando ellos digan, y antes de que logre terminar lo que esta diciendo, Sam salta lo mas alto posible, y dando vueltas sobre su eje, lanza una gran cantidad de ráfagas de energía que salen de sus espadas mientras que va descendiendo, mientras que Musashi lanza un gran tornado de energía con sus respectivas espadas, para que a continuación Siptah con ayuda de su brazalete salga corriendo a toda velocidad dentro del tornado de Musashi y comience a recorrer el perímetro en donde se encuentran los guerreros Anubis para jalarlos dentro del tornado que creo Musashi y así queden atrapados dentro de el, y ya que Siptah maneja el control del tornado, decide correr aun mas rápido para atrapar las ráfagas de energía que lanzo Sam para que atraviesen el tornado junto a los guerreros Anubis, quienes son expulsados del tornado y quedando fuera de combate al mismo tiempo, y ya que Siptah no es lastimado por las ráfagas de energía y que las puede atravesar sin problemas, utiliza toda esa energía aprovechando al máximo las técnicas de sus amigos para realizar esta maniobra a favor suyo y de sus amigos. Pero Siptah se percata que las ráfagas de Sam no serán suficientes para tantos guerreros Anubis, así que decide poner de su parte para ayudar, por lo que concentra una gran cantidad de energía en sus manos y la lanza con total decisión, mientras que aumenta la velocidad para hacer que dicha ráfaga de energía quede atrapada y recorra todo el tornado desde la parte inferior hasta lo mas alto, mientras que va capturando a mas guerreros Anubis en su camino, los cuales ya son muy pocos, ya que Siptah no se ha dado cuenta que mientras acumulaba dicha energía en sus manos, aumento sin querer su velocidad, por lo que cuando la ráfaga de energía de Siptah recorre todo el tornado, ya todos los guerreros Anubis que estaban en el centro de la gran batalla han quedado capturados.

Cuando al fin la ráfaga de energía termina de extinguirse al igual que el tornado causado por Musashi. Siptah se detiene en seco, provocando que todos los guerreros Anubis que estaban dentro del tornado vayan cayendo al suelo como grandes gotas de lluvia negra, y justo cuando están cayendo los últimos enemigos; por el flanco izquierdo aparecen Yasak, Yira, Fenril y Kara quienes admiran el espectáculo de los guerreros Anubis cayendo, y quedan realmente asombrados por la hazaña de los jóvenes, en especial de Siptah quien deja de dar vueltas y cae al suelo totalmente mareado por correr tan rápido en círculos, ocasionando que tenga ganas de vomitar, lo cual no consigue aguantarse y vomita, por lo que Sam se ríe a carcajadas de Siptah al igual que Musashi, y los demás.

Durante una de mis caídas libres, me percato de cómo van cayendo los guerreros Anubis en el centro del campo de batalla, al igual que noto que los los enemigos que se hallaban en el centro del campo y del flanco izquierdo, han quedado totalmente vencidos, por lo que deduzco que los jóvenes han logrado vencerlos después de todo, en lo que Chronos, la Reina Mauth y un servidor aun seguimos teniendo problemas por el flanco derecho ya que no dejan de dispararnos flechas con y sin fuego, al igual lanzas, rocas y bolas de fuego, aun a pesar de que ya hemos derrotado a mas de la mitad.

Chronos continua volando muy bajo, cerca de los arqueros, y verticalmente a toda velocidad a lo largo de la extensión de terreno que ocupan, mientras que la Reina Mauth no cesa de disparar rayos con su cetro, en lo que yo continuo mis ataques en picada mientras que eludo las lanzas de las ballestas, pero ya que me harte de esta misma secuencia por parte mía, decido bajar aun mas rápido, tomar una de las catapultas con mis cuatro patas y dejárselas caer a las ballestas, lo cual da buenos resultados, ya que las bolas de fuego logran quemar a varios guerreros Anubis, y mientras unos huyen, yo ataco con mis bocanadas de fuego, aunque me doy cuenta que todavía es demasiado peligroso ya que aun hay demasiadas ballestas disparándome, así que decido alzar el vuelo una vez mas.

Pero mientras me elevo, veo como se acercan hacia el flanco derecho, Siptah, Musashi, Sam, Yira, Yasak, Fenril y Kara para ayudarnos por tierra. Siptah, Musashi y Sam son los primeros en llegar al flanco derecho y por medio de los torbellinos de energía de Musashi, y las ráfagas cortantes de energía de Sam, que lanzan al unísono, varios de los Anubis arqueros son sacados fuera de combate fácilmente, pero Siptah que no quiere quedarse atrás de sus amigos activa una vez mas su brazalete especial y corre a toda velocidad por en medio de las flechas pero por su imprudencia no mide la velocidad en que corre y queda justamente en medio del área en donde anteriormente me estaban disparando los arqueros las flechas de fuego, pero ya es demasiado para Siptah para escapar y evitar tal cantidad de flechas con fuego, así que lo que decide es aprovechar de que tiene activado su brazalete, y a una velocidad sorprendente gira su alabarda de frente a las flechas para de esta manera evitar que una le pegue, y tras lograr evitar la primera ronda de flechas, piensa rápidamente que tiene la ventaja del tiempo que les tomara a sus enemigos cargar una segunda ronda de flechas para lanzarlas, por lo que decide reunir una gran cantidad de energía en sus manos para después lanzarla inmediatamente en contra de los arqueros, logrando de esta manera derribar a una gran cantidad de ellos, pero no los suficientes, así que con el brazalete activado escapa del lugar para reunirse a donde se hayan Sam y Musashi, quienes ven pasar corriendo a Fenril, Yasak, Kara y a Yira quienes se dirigen a los enemigos que disparan las ballestas, los cuales no dudan en dispararlas en contra del cuarteto de valientes guerreros, pero por fortuna, Fenril ya contaba con un plan, ya que utiliza su enorme espada para hacerla girar en círculos sobre su cabeza para evitar que alguna lanza les de de lleno a el y a Kara, mientras que Yira utiliza su arma de varias espadas para lanzarla en contra de cualquier lanza que se le acerque a el y a Yasak. Sam al ver el plan de Fenril, decide ayudar utilizando su ataque cortante de energía, para destruir las lanzas que amenacen en acercarse a sus compañeros de batalla.

Musashi y Siptah, por su parte prefieren seguir ocupándose de los arqueros ya que también han comenzado a llamar su atención hacia el quinteto que va por las ballestas, por lo que Musashi les lanza otro ataque de torbellino que logra tirar por lo menos a veinte arqueros Anubis, con tal de atraer su atención, así que Siptah decide ir corriendo contra los arqueros al igual que Musashi, y aun a pesar de que varios de ellos les están disparando, corren contra ellos, evitando las flechas con ayuda de su agilidad al saltar, correr de un lado a otro, como el destruir las flechas con ayuda de sus armas y cubriéndose las espaldas entre ellos mismos, tal y como si fuera una danza para evitar las flechas que buscan la sangre de ambos.

Mientras tanto Sam ayuda para que Fenril y Kara se logren colar a donde se encuentran los guerreros Anubis que manejan las ballestas, al igual que Yasak y Yira se apresuran a llegar hasta ellos, mientras que yo decido seguir ocupándome de las catapultas midiendo el tiempo en el que tardan en volverlas a cagar, para de esta manera aprovechar y lanzar mis bocanadas de fuego para destruirlas, mientras que Chronos y la Reina Mauth ayudan a Musashi y a Siptah en contra de los arqueros que no paran de lanzar flechas en contra de ellos, ya que aun quedan alrededor de doscientos de ellos, pero las ballestas no dejan que Chronos y la Reina Mauth puedan maniobrar fácilmente hacia los arqueros quienes tampoco dejan de atacar. Yasak se da cuenta que para poder acabar con esta batalla, a como de lugar todos tienen que ayudarse entre sí, por lo que le recomienda a Fenril y a Kara que corran mas rápido para alcanzar a las ballestas, y también le pide a Yira y a Sam que se ocupen de cubrirlos lo mejor posible en lo que ellos se ocupan de los guerreros Anubis que manejan las ballestas. De esta manera Yira destruye de tres en tres las ballestas con cada uno de sus ataques en línea recta sobre las cabezas de Yasak, Fenril y Kara, mientras que Sam saltando y lanzando ráfagas de energías cortantes logra destruir alrededor de diez lanzas, lo cual facilita que Fenril, Kara y Yasak logren llegar después de un rato de eludir lanzas y de ser ayudados por sus compañeros, hasta donde se encuentran las ballestas, en donde Fenril con su enorme espada logra acabar con los guerreros Anubis que se encuentran a su paso, al igual que Kara que con ayuda de sus Sais se ocupa de los que van en contra de ellos, pero Yasak también es de gran ayuda ya que utiliza las lanzas regadas en el suelo, que utiliza para atravesar a los guerreros Anubis que se acercan a sus amigos.

Sam y Yira por su parte llegan con sus compañeros y se encargan de los demás enemigos que manejan las ballestas que aun siguen lanzando lanzas en contra de Chronos y la Reina Mauth, y Yira al ver esto se coloca en una posición adecuada para lanzar su ataque relámpago en línea recta, para de esta manera acabar por lo menos con diez guerreros Anubis que se encontraban en esa trayectoria controlando las ballestas.

Sam también se ocupa de igual forma de otros enemigos con su propia versión del ataque relámpago de Yira. Gracias a las magníficas técnicas de estos jóvenes, poco a poco las lanzas dejan de volar por los cielos, ya que el quinteto de guerreros se están ocupando de ellos, y el ataque antiaéreo comienza a dejar en paz al cielo, en donde la Reina Mauth y Chronos por fin fijan su atención contra los arqueros, mientras que Siptah y Musashi se aproximan a toda velocidad turnándose para lanzar sus ataques de energía provenientes de sus manos, en contra de las flechas que son lanzadas en línea recta hacia ellos, de manera que si Musashi corre delante de Siptah es para atacar en lo que Siptah prepara otro ataque y se coloca delante de Musashi para lanzar su ráfaga de energía y así consecutivamente hasta que por fin se encuentran cara a cara contra los arqueros, quienes lanzan sus arcos y flechas al piso para enseguida desenfundar sus espadas para intentar impedir la arremetida de Musashi y Siptah quienes con sus armas reparten diversos ataques contra esta serie de guerreros Anubis, al avanzar entre ellos para acabarlos rápidamente sin dejar de atacar, con tal de terminar de una buena vez con las flechas que surcan el cielo.

Chronos decide volar aun mas abajo para acabar definitivamente con los arqueros quienes no cuentan con cuartel para defenderse, y poco a poco son rodeados por Siptah, Musashi, la Reina Mauth y Chronos, quienes con un solo ataque de gran potencia que es lanzado al mismo tiempo por ellos, derrotan a los pocos arqueros que quedaban y que habían sido rodeados. Por lo que de esta manera, Musashi, Siptah, la Reina Mauth y Chronos acaban con todos los arqueros, para después dirigir su atención a las catapultas. Chronos le pide a Siptah y a Musashi que suban al vehículo para acercarse aun mas rápido, ya que Fenril, Kara, Yasak, Yira y Sam ya casi llegan hasta ellos corriendo, pero Sam, y Yira van destruyendo las rocas que se aproximan a ellos por los cielos con sus ataques, por lo que algunas son partidas a la mitad, y otras totalmente se esparcen en pedacitos, pero por fortuna fuera del rango en el que van corriendo los cinco.

Al darme cuenta de que siguen aproximándose los chicos, me elevo al cielo para evitar a algunas rocas y ya que la posición del sol me puede favorecer, lo ocupo para ocultarme, mientras desciendo a toda velocidad, pero en lugar de que sea de frente, me dirijo por la lateral de las catapultas, por lo tanto puedo quemar a algunos guerreros Anubis con mis bocanadas de fuego, para así ayudar a los chicos y les sean menos rocas lanzadas. En ese momento se acercan Chronos junto con Musashi Siptah y la Reina Mauth, y logran destruir con sus ataques, tanto rocas que se aproximan a ellos, como las catapultas restantes, para que al fin se puedan acercar Kara, Fenril, Yira, Yasak y Sam quienes se unen a los demás y de esta manera juntos logramos acabar de una buena vez con todos los guerreros Anubis restantes, a excepción de los que esta utilizando Anatis para mantener prisionero a nuestro antiguo amigo, el verdadero Anubis.

Ya una vez terminada la batalla, nos acercamos volando a donde se encuentra Anatis, llevando en mi lomo a Sam, Kara, Yira, Yasak y a Fenril, y una vez que nos acercamos a mi pequeña, la Reina Mauth le pide a Anatis que suelte a Anubis, lo cual ella agradece enormemente ya que se estaba agotando bastante con esa expulsión de energía que mantenía atrapado a Anubis, quien nunca ceso de expulsar su propia energía para soltarse, y que si no fuera por el peso de los demás guerreros Anubis y su manejo del Gaia a su favor, muy probablemente se hubiera desmayado por tanto poder en su contra.

Todos estamos pendientes para ver salir a Anubis de su prisión improvisada, y en cuanto Anatis deja de generar energía, el primero en salir es Anubis con un gran salto de entre todos sus guerreros y queda levitando por unos momentos a unos cuantos metros del suelo y ahí permanece observando todo el campo de batalla en donde yacen sus guerreros, en su mayoría noqueados, pero algunos muertos regados por todo el terreno, lo cual ocasiona una gran rabia e ira en su interior, ya que recuerda en su mente las palabras que le menciono su madre al crear a su ejercito, "que aquellos que mueran en batalla, jamás podrán ser vueltos a la normalidad", y al voltear su mirada a donde nos encontramos todos, que en ese momento nos encontramos peleando contra los guerreros Anubis que acompañaban al original en su prisión. Fenril y Yira, atacan con sus respectivas armas, con lo cual eliminan a otros guerreros Anubis. Al ver esto, Anubis explota en rabia, y expulsa una gran cantidad de energía que provoca que el cielo se vuelva de un azul obscuro que se asemeja a la energía de Anubis, quien se vuelve a cubrir de pelo negro por toda su piel, y sus ojos brillan con un rojo sangre intenso que denotan un gran odio y rabia hacia nosotros, ya que en el fondo, aun sigue siendo una persona noble y bondadosa, quien al ver el asesinato de los habitantes de Uaset ahora convertidos en mitad chacales y mitad humanos, sabe que jamás recuperaran su estado original

En ese momento una gran cantidad de mariposas doradas emergen de los cuerpos de los guerreros Anubis muertos, como representación de su Devachan que se eleva al cielo, buscando el descanso eterno. El vuelo de estas mariposas son todo un espectáculo para los ojos, aun a pesar de las nubes negras de energía que parecen inundar el cielo, las cuales representan el odio y la desesperación de Anubis por ver a los habitantes de Uaset muertos, y el sabe que nosotros fuimos sus asesinos, así que sin pensarlo dos veces se lanza en contra de Fenril, quien esta a punto de masacrar a otro enemigo, pero Anubis lo impide al detener su espada con una sola mano, y se prepara a darle un fuerte golpe a Fenril, pero este interpone su enorme espada para intentar detener el ataque de Anubis, pero es inútil, ya que Anubis tiene una fuerza increíble y logra partir a la mitad a la espada de Fenril y logra asestarle un gran golpe en el estomago que lo levanta del piso y lo estrella contra el muro de la muralla de Uaset, al ver esto el siguiente en atacar es Yira con su ataque relámpago, pero Anubis detiene su ataque de nuevo con una sola mano, y sosteniendo el arma de Yira, lo jala hacia si mismo y de un solo golpe en la cara lo manda a volar hacia donde se acaba de estrellar Fenril.

Anatis se coloca frente a Anubis y le pregunta que porque hace esto, pero Anubis le contesta con otra pregunta sobre porque tuvieron que matar a sus guerreros, ya que ellos son los aldeanos de Uaset y ahora jamás podrán regresar a la normalidad, y en este momento Anubis puede sentir que hay mas de cuatrocientos muertos, los cuales jamás volverán a ver a sus familias, a estar de nuevo con sus hijos o sus esposa y vuelve a preguntar el porque de tal matanza. En ese momento todos se quedan callados, pero la Reina Mauth rompe el silencio y se acerca a Anubis, para comentarle que todo esto se trata de un hechizo que hizo su madre, y que los demás chicos no sabían sobre tal conjuro. Anatis interrumpe y dice que no era su intención matar a esas abominaciones, que si no fuera por su madre no habría necesidad de ello, y la Reina Mauth le comenta que ella puede ayudar a que los sobrevivientes vuelvan a la normalidad, pero Anubis se llena de aun mas rabia y le grita que ella ya ayudo suficiente, que si no hubiera sido por su ambición de poder y de apoderarse del reino de Uaset, del reino de su padre para su enclenque hijo, todo esto no hubiera sucedido. Pero entre palabra y palabra, Anubis va expulsando aun más energía de su cuerpo, y todos nos damos cuenta de cómo los guerreros Anubis que fueron asesinados, comienzan a levantarse del suelo, y observamos que de sus ojos aparece un brillo rojo, tal y como esta presentando Anubis en este momento, quien no para de hablar, alegando con la Reina Mauth, que si su plan no se hubiera llevado a cabo, nada de esto hubiera sucedido, pero la Reina Mauth se defiende comentando que esta equivocado, que aquí la única que ha codiciado mas poder y un lugar entre los Agharti ha sido su madre, quien le ha hecho esto a los habitantes de Uaset, a Osiris y a el mismo, refiriéndose por supuesto a Anubis quien no soporta que hablen así de su madre, por lo que le grita a la Reina Mauth para que se calle, lo cual molesta a Yira, quien aun se encuentra malherido y trata de moverse hasta Anubis, pero Kara corre hacia el y le pide que se detenga y con ayuda del Reiki lo ayuda a recuperarse en lo que Anubis declara que no se sentirá contento hasta cobrar venganza en nombre de su padre y de los habitantes de Uaset que acaban de perder la vida, y para obtener su venganza, tendrá que matar a la Reina Mauth y a aquellos que la hemos seguido hasta esta masacre.

En ese momento Anubis explota por completo su energía y todos los guerreros Anubis muertos en batalla, son elevados por los cielos, pero hay un cambio en ellos, ya que pareciera que acaban de perder los últimos rastros de humanidad que les quedaba, al tornarse sus ojos rojos llenos de sangre, de sus hocicos solo emanan baba como perros rabiosos que buscan sangre, y todos ellos son atraídos por su líder, hasta donde nos encontramos todos nosotros, y Anubis los deja descender en el suelo de manera que quedamos rodeados por ellos en un perfecto circulo y antes de que Anubis los deposite por completo en el suelo, comenta que ha llegado la hora de nuestra muerte ya que estos guerreros no pueden ser asesinados, ya que siempre regresaran de la muerte, todo gracias a nuestra impertinencia, la cual será la que ocasionara nuestra propia perdición, y en ese momento deja descender a todos los guerreros Anubis quienes inmediatamente se abalanzan contra nosotros tanto con armas como sin ellas, pero ahora su fiereza es idéntica a la de animales feroces quienes se lanzan contra sus presas para devorarlas, pero todos tratamos de deshacernos de ellos y que no se acerquen tanto a nosotros.

Siptah y Musashi, lanzan sus respectivas ráfagas de energía con las manos, al igual que Anatis, ya que es la técnica mas rápida que pueden realizar en estos instantes, con lo cual logran librarse de unos cuantos enemigos, mientras que Sam hace lo mismo con sus ráfagas de energía, pero ella se ocupa de cubrir a Kara quien se encuentra junto a Fenril y a Yira, a quienes trata de curarlos inmediatamente al mismo tiempo con ayuda del Reiki, pero al ver que va demasiado lento y con trabajos, ya que esta cansada por la batalla, Chronos corre rápidamente entre los demás guerreros Anubis quienes ni siquiera pueden fijar un momento la vista en el, debido a su gran velocidad con la que se mueve, lo cual ocasiona que solo se note un manchón que se mueve a toda velocidad en el área, hasta que llega con Kara y así ambos curan rápidamente a Fenril y a Yira quienes una vez curados se sorprenden al darse cuenta que una gran cantidad de guerreros Anubis se encuentran de pie, siendo mas fuertes y feroces que nunca, lo cual motiva a Fenril, ya que siempre gusta de una buena pelea, pero Yira por su parte, al ver como unos guerreros Anubis se acercan a la Reina Mauth, corre para recuperar su arma evitando a los chacales por así decirlo, que saltan sobre el, ya sea de varias direcciones o por arriba, que hábilmente logra evitarlos a como de lugar, y tras recuperar su arma, lanza sus ataques relámpago para eliminar a quienes amenazan a la Reina Mauth.

Yo por mi parte me quito a los chacales que se suben encima de mi, elevándome a toda velocidad por los cielos para que estos no se puedan sostener gracias a la velocidad del viento y se precipiten al vacio, pero ahora que ya se que están completamente muertos, desciendo hacia ellos, y los rostizo por completo con mis llamas, permitiendo que solo caigan los huesos al piso, sin darles oportunidad de pararse nuevamente, pero al parecer estoy equivocado, ya que Anatis que esta cerca de ellos, se da cuenta que de las cenizas que quedan en los esqueletos, se comienza a regenerar lentamente el tejido de los chacales, lo cual nos sorprende a varios de nosotros, ya que queda demostrado que lo mencionado por Anubis era totalmente cierto, ya que no serán fáciles de eliminar.

Siptah, Musashi y Sam continúan sus ataques contra los guerreros Anubis y también se dan cuenta de que estos se continúan recuperándose aun a pesar de que las ráfagas de energía les dan de lleno, y la Reina Mauth que esta junto con Anatis y Yira, sugiere que la única forma de detenerlos es ir a la raíz del problema, lo cual significa ir a la búsqueda de Neftis y detenerla, para terminar con la pesadilla, pero al escuchar estas palabras, Anubis desciende frente a la Reina Mauth, alegando que no permitirá que toquen a su madre, y la ataca con una ráfaga de energía proveniente de su mano derecha, pero la Reina Mauth logra detenerla con otra ráfaga proveniente de su cetro. A continuación lleno de vigor y valentía, Siptah se interpone en el camino de Anubis, alegando que ambos aun tienen una cuenta pendiente que atender, y que no importan las circunstancias, ya que a el no le gusta dejar los asuntos inconclusos, lo cual a Anubis le da orgullo volverse a encontrar contra Siptah, por lo que termina aceptando el reto dejando a un lado a la Reina Mauth, ya que es mas importante su orgullo de demostrar que es mas fuerte que nadie en una pelea, que cualquier otra cosa. Anatis entiende el plan de Siptah y mientras su amigo guía a Anubis a un lugar en donde nadie los pueda interrumpir, que es al interior de la ciudad de Uaset, Anatis les sugiere a los demás encargarse de los guerreros Anubis, en lo que ella y su servidor sobrevolamos el lugar hacia donde se encuentra Neftis, quien durante la batalla me pude percatar que se dirigía hacia el palacio real, de seguro a sus habitaciones en donde tiene sus pócimas, con las cuales podría conspirar un plan en contra nuestra, por lo que sin dudarlo dos veces, ambos emprendemos el vuelo hacia donde se encuentra ella, pero en ese momento varios chacales saltan sobre de mi, y Anatis tiene que deshacerse de ellos con ayuda de su dos espadas, pero aun a pesar de ello, le cuesta trabajo ya que entre mas chacales tira de mi lomo, suben cada vez mas, como si supieran lo que planeamos hacer. Al observar esto, Musashi sube también encima de mí, y ayuda a Anatis a encargarse de los chacales, en lo que yo me encargo de quitar algunos con ayuda de mi hocico y de mi cola.

Mientras tanto Chronos, Fenril, Yasak y Kara, continúan enfrentándose a los chacales que se lanzan contra ellos, quienes al parecer ahora quieren devorárselos, ya que casi no están utilizando sus armas.

Chronos se mueve a gran velocidad entre ellos, y los golpea lo mas rápido posible, pero estos guerreros parecen imparables, ya que inmediatamente se ponen de pie, así que piensa que lo mejor que puede hacer es darles golpes en puntos estratégicos para aturdirlos, así que vuelve a moverse a gran velocidad, y sostiene a uno de los chacales por las fauces, y las abre con ambas manos lo bastante como para desmayar a los chacales, pero no se da cuenta que otros mas se aproxima a el saltando, y en ese momento aparece una ráfaga de energía mas potente proveniente del cetro de la Reina Mauth, el cual atraviesa al chacal de hocico a cola, dejándolo fuera de combate. Yasak se dio cuenta del ataque de la Reina Mauth y decide ponerla en practica al tomar una lanza que esta muy cerca de el, y esperar a que uno de los chacales salte hacia el, permitiendo de esta manera que se acerque lo suficiente para lanzar la lanza con todas sus fuerzas y atravesarlo por completo. Sam también se da cuenta de ello, y sosteniendo sus espadas de energía, se concentra en ellas, y de alguna manera el filo de ambas espadas se vuelve mucho mas fino, con lo cual logra cortar completamente a la mitad a dos chacales que estaban a punto de caerle encima, pero sus cuerpos partidos solo caen muy cerca de ella.

Fenril sabe que no puede volver a utilizar su espada, y por un momento se siente mal, pero Kara se acerca a el, y le comenta que la espada no hace al hombre, sino que el hombre se hace guerrero a si

mismo por sus habilidades, su fuerza y su valor de seguir adelante a pesar
de las circunstancias, e inmediatamente le planta un beso tierno a Fenril
en la boca, lo cual le sube el animo y toma dos espadas que estaban en el
piso, con las cuales comienza a atacar con mucha felicidad a los chacales
que tiene a su alrededor.

Siptah y Anubis, una vez que se encuentran dentro de la ciudad,
en la plaza principal, tienen de fondo las casas de los aldeanos, el cual
contrasta perfectamente con la iluminación del sol en todo lo alto de la
ciudad, invitando a que ambos se enfrenten entre si hasta que alguien
salga vencedor. Ambos guerreros se miran fijamente, mientras que Anubis
gruñe con odio a su oponente, pero Siptah le sonríe, pues sabe que esta
será una pelea por demás interesante, ya que reconoce que Anubis ya
no es el mismo de antes, y aun a pesar de ser mucho mas fuerte que el,
Siptah no rechazaría por nada una pelea de tal magnitud.

Anubis es el primero en atacar, sacando mientras corre su propia arma
de su cinturón, con lo cual salta girando en el aire su cuerpo, y Siptah
preparado para detener el arma de Anubis, es sorprendido con una
fuerte patada en la cara por parte de Anubis que ocasiona que se vaya
arrastrando por todo el suelo su rostro, y tras recuperarse, nota como
Anubis salta con su arma por delante para atacarlo, pero sabe muy bien
que Anubis espera que Siptah detenga el ataque con su arma, pero ahora
Siptah lo sorprende al girar su cuerpo mientras Anubis desciende, para
así aplicarle una patada giratoria al cuello, lo cual hace que ahora Anubis
sea arrastrado por el suelo. Anubis se pone de pie, y le gruñe a Siptah,
quien es un bromista de primera, y comienza a gruñir de igual manera
a Anubis, pero no logra sostener mucho tiempo el gruñido y se ahoga
por unos momentos, hasta que se recupera, y termina por saltar hacia
Anubis dándole dos patadas en la cara, pero Anubis quiere quitárselo con
su arma, y Siptah gira su cuerpo hacia atrás, y con una combinación de
patadas en las piernas de Anubis a quien logra tirar al suelo y colocarse
encima de el, para después atrapar el cuello de Anubis con su alabarda.
Anubis trata de morder a Siptah con su hocico, pero este le dice que si
no se calma, le pondrá su bozal para que no muerda a nadie mas, ya que
no quiere arriesgarse y le pueda pegar la rabia a alguien, pero Anubis se
enoja aun mas con el comentario, y con ayuda de sus piernas se impulsa
para girar hacia atrás y quitarse de encima a Siptah, quien cae parado
muy cerca de donde amarran a los caballos con su arma en la espalda y

en posición de ataque con la cual invita a Anubis para que lo ataque de nuevo, por lo que Anubis ataca inmediatamente.

Por mi parte no me puedo elevar lo suficiente, debido a todos los chacales que llevo encima de mi, y contra los cuales se encuentran peleando Anatis y Musashi quienes no pueden lanzar sus técnicas especiales para no causarme daño, pero aun así no se dan por vencidos, y tras intentarlo varias veces, logro por lo menos elevarme lo suficiente para pasar el muro de la muralla de la ciudad, pero en ese momento Sam y la Reina Mauth que se encontraban lanzando sus ráfagas de energía destruyen sin querer un muro cercano a donde estamos, lo cual permite que los chacales se introduzcan a la ciudad, así que Kara, Yasak y Fenril tratan de detenerlos, para permitir que Anatis, Musashi y yo podamos acercarnos al palacio.

La pelea crece a cada momento, ya que ahora Fenril sin su enorme espada, no tiene la misma ventaja de antes, pero no por eso se da por vencido, y con dos espadas que tomo del enemigo logra cortar por la mitad a los chacales, ya sea vertical o horizontalmente, y lanza lo mas lejos posibles una de las mitades para que les cueste trabajo a los chacales regenerarse. Mientras tanto Kara sabe en que puntos golpear para dejar inconscientes a los chacales, ya que al parecer detrás de la oreja derecha de los chacales se encuentra un punto que al ser golpeado debidamente, los deja totalmente inconscientes, así que con gran agilidad elude las mordidas de los chacales, aun a pesar de que tiene que utilizar uno de sus Sais para introducirlo en sus hocicos y evitar que la muerdan e inmediatamente golpear en el punto que descubrió y deja noqueado al chacal en cuestión de segundos, y también sabe utilizar lo que se encuentra en su entorno, ya que se ayuda de los muros de muralla, para zafarse de algún chacal y con el mismo impulso patea detrás de la oreja y noquearlo, aparte de que utiliza sus rodillas y la parte inferior de su Sais, para quitarse de encima a cualquier chacal que se le acerque.

Yira por su parte le es fácil partir a la mitad a los chacales, aunque ahora dentro de la ciudad, parte también los maderos que sostienen los tejados de las cornisas de las casa, para dejarlas caer encima de los chacales, a lo que la Reina Mauth responde con otro ataque de su cetro para incendiar los restos de las cornisas, lo cual aprovecha Yira para volver atacar a los chacales y cortarlos lo mas posible para que el calor consuma sus entrañas y no les permita regenerarse rápidamente.

Yasak observa la estrategia que realizan la Reina Mauth y Yira, por lo que decide imitarlos, al prender el extremo de una lanza, para que con otra mano pueda cortar las cabezas de los chacales, e inmediatamente prenderles fuego con la lanza, pero viendo que ese fuego no es suficiente, corta un poste de otra choza, para dejar caer las cornisas, las cuales incendia, y lanza la cabeza de los chacales al fuego, para después quemar otra cornisa, en donde lanza el cuerpo cercenado.

Siptah, mientras tanto ya se ha alejado aun mas de donde nos encontramos nosotros, sin dejar de pelear con Anubis, quien con su arma no para de atacar a Siptah, pero este no se deja tan fácilmente, y sabe que no se debe de fiar de Anubis por cualquier motivo y de basar sus ataques y defensa en su alabarda, por lo que salta lo mas salto posible y cae con una de las cuchillas de su arma por delante hacia Anubis quien al parecer utiliza su enorme hacha para batearlo, pero al hacer esto, ayuda a Siptah para girar su cuerpo y darle una patada en el cuello a Anubis, lo cual lo descontrola y lo tira al suelo. Siptah espera a que Anubis se ponga de pie de nuevo, y coloca su arma en posición de defensa esperando el contraataque de Anubis, quien reacciona tal y como Siptah esperaba, logrando detener la hacha de Anubis que se dirigía a sus costillas, clavándola en el suelo, para después clavar su propia alabarda para girar en ella y darle una fuerte patada a Anubis en las costillas, e inmediatamente desclava su alabarda del piso, y salta para darle tres patadas giratorias en el aire a Anubis, y antes de caer al suelo concentra una fuerte cantidad de energía en sus manos para lanzársela a Anubis. El golpe le da de lleno en el pecho a Anubis, y se estrella contra una casa, la cual se colapsa por el impacto. Siptah, se alegra por haberle dado de lleno su ataque, pero sabe que eso no será suficiente para detener a Anubis, así que prepara la segunda ráfaga de energía, pero en ese momento aparece Anubis saltando muy alto para salir de los restos de la casa, y Siptah, no duda en lanzar la segunda ráfaga aun a pesar de que no es lo suficientemente fuerte, pero sabe que tiene otra opción, así que activa su brazalete y mientras corre a toda velocidad por el lugar para lograr alcanzar la altura suficiente para estar por encima de Anubis, prepara una tercera ráfaga de energía, y cuando por fin se encuentra posicionado, se la lanza a Anubis, quien no sabe bien que fue lo que lo ataco, y se impacta contra el piso.

Musashi se da cuenta que mientras siga montado en mi, seguirá estando en desventaja contra los chacales, por lo que decide bajarse y tratar de detener a la mayor cantidad de chacales que sea posible para permitir que Anatis y yo nos acerquemos al palacio real, así que decide bajar de mi, mientras lanza uno de sus característicos torbellinos de energía, dejando así, solo a cuatro chacales sobre mi, a los cuales Anatis despacha sin ningún problema con ayuda de sus espadas, pero aun a pesar de la ayuda, no pienso abandonar a Musashi ya que una gran cantidad de chacales se encuentran rodeándolo, así que alzo el vuelo y les lanzo una gran bocanada de energía, dejando a Musashi en el interior de un circulo de fuego, para otorgarle una buena defensa y a la vez, una buena ofensiva a distancia para que pueda lanzar sus torbellinos sin problemas. Mientras tanto, Anatis y yo nos dirigimos volando hacia el palacio a donde se encuentra Neftis para que detenga esta atrocidad, y mientras sobrevolamos el área, vemos como Sam se aleja de sus demás compañeros siendo perseguida por un chacal de gran tamaño el cual supongo que debe tratarse de Pershak, y al cual Sam debió haberlo buscado entre los guerreros Anubis hasta encontrarlo, y decidió alejarlo de los demás, para darse el lujo de ocuparse de el por separado, así que lo dirige hacia donde se enfrentaron la primera vez. En el coliseo de la ciudad, y una vez estando dentro, Sam lanza una gran ráfaga cortante de sus espadas para derribar la entrada principal del coliseo para que nadie los interrumpa, ya que al parecer esto lo ha vuelto bastante personal, y no piensa dejar el asunto hasta que logre terminar de una buena vez con Pershak.

Pershak es quien al parecer mas se ha deformado físicamente, debido a que mide alrededor de cinco metros y con un aspecto mas feroz, mas mortífero, ya sea por la sed de sangre que siempre ha tenido aun estando vivo y siendo humano, o al odio que siente particularmente por Sam, ya que en sus ojos refleja un odio que pareciera que le devora el alma al observarla, quien se encuentra preparada con sus espadas para cualquier ataque proveniente de Pershak, quien después de un rato de analizarla, se lanza contra ella, pero Sam elude el ataque con un pequeño salto hacia la derecha, pero Pershak no duda para volver a atacarla inmediatamente, con una de sus garras, que si no fuera porque Sam interpone sus espadas para defenderse, la hubieran atravesado por completo.

Sam sabe que ahora no le será tan fácil derrotarlo y para probar la resistencia de Pershak vuelve a lanzar una de sus ráfagas cortantes de energía, que logran cortar apenas la superficie del pecho de Pershak quien inmediatamente se regenera quedando como nuevo. Sam al parecer ya se lo esperaba, pero aun así no le teme a su enemigo, ya que esta preparada a dar todo lo mejor de si misma para vencerlo, así que lanza otras dos ráfagas cortantes que pasan cerca de los costados de Pershak, como una manera de invitarlo a atacar, lo cual sucede inmediatamente. Pershak enviste a Sam, pero ella da un enorme salto, girando su cuerpo hacia atrás, permitiendo que Pershak pase por debajo de ella sin cuidado, y al aterrizar Sam, corre hacia Pershak, saltando encima de el, y le clava sus espadas, pero Pershak se agita demasiado por el dolor, y a Sam le cuesta trabajo mantener el equilibrio encima de el, por lo que cae, dejando sus espadas encajadas en el.

Pershak vuelve a envestir a Sam, quien apenas logra detener sus fauces con sus piernas, pero aun así la arrastra varios metros con el, Sam voltea hacia atrás y se da cuenta de que están apunto de llegar a uno de los muros del coliseo, así que decide impulsarse a su lado derecho ayudándose solamente con sus piernas, justo a tiempo para dejar que Pershak se estrelle contra el muro, y mientras su enemigo trata de recuperarse, Sam no duda dos veces para saltar una vez mas encima de Pershak, con un enorme salto, y mientras va descendiendo en picada para tomar sus espadas, logra concentrar una cantidad de energía, que en cuanto toca sus espadas, logra soltar una gran ráfaga de energía cortante, que atraviesa por completo a Pershak, pero Sam aun no estando satisfecha, por lo que mantiene dicha ráfaga cortante, y saca sus espadas de manera que la ráfaga que desprende, cada espada parte a la mitad a Pershak como si fueran tijeras, desde su cola hasta su cabeza, y con lo cual cae cortado totalmente a la mitad.

Sam siente que ya venció, por lo que se aleja de donde cayo Pershak, secándose el sudor de la frente, pero en ese momento las dos mitades del cuerpo cortado de Pershak tratan de ponerse de pie para regenerarse, así que Sam voltea y al darse cuenta de ello, lanza una gran cantidad de ráfagas cortantes en distintos ángulos, que cortan a Pershak como si fuera un conjunto de hojas secas, y una vez que esta cortado en diferentes pedazos de diversos tamaños y formas, Sam se acerca y nota como intentan regenerarse las partes del cuerpo de Pershak, así que gira su cuerpo para buscar algo que la pueda ayudar, así que se percata de una antorcha perdida por donde se encuentra la entrada de los guerreros al coliseo, y corre hacia ella, y al tenerla en mano, regresa a donde esta Pershak, y se le ocurre que al igual que como forma su ráfaga cortante con ayuda de sus espadas, tal vez pueda hacer lo mismo con la antorcha, ya que de alguna manera siente una especie de energía a través del fuego, pero lo que ella no sabe es que esta sintiendo la esencia del Gaia, pero aun así lo intenta, y en vez de formar una ráfaga cortante, logra obtener una gran llamarada de fuego parecida a mi bocanada de fuego que sale de su mano, que logra quemar todos los restos cortados del cuerpo de Pershak, volviéndolos cenizas, que se las lleva el viento que hay dentro del coliseo. Sam se queda viendo fijamente a la antorcha y a su otra mano, preguntándose como logro eso, pero sabe que este no es el momento para buscar respuestas que desconoce por lo que sale saltando de entre los escombros del coliseo, para volver a la batalla y así ayudar a sus amigos, quienes aun continúan peleando contra una gran cantidad de chacales.

Al salir del coliseo Sam logra visualizar a lo lejos un gran circulo de fuego y decide ir a investigar lo que sucede en ese lugar, pero en su camino se da cuenta que hay muchos chacales tras de ella, así que prefiere evitarlos por un momento y saltar de choza en choza hasta llegar a donde esta el circulo de fuego para quitárselos de encima y poder pelear contra ellos tranquilamente. De esta forma Sam salta de choza en choza, pero los chacales no están decididos a perder a su presa, así que comienzan a saltar en los techos de las chozas y a perseguir a Sam, pero esta no se da por vencida en su avance, y cada vez que salta de choza en choza, da un giro con su cuerpo para posesionarse de cabeza y con sus espadas, lanza su ráfaga cortante para librarse por lo menos de dos o tres chacales, e inmediatamente recupera el equilibrio al caer a la siguiente choza para seguir corriendo hasta su objetivo, pero se da cuenta de que los chacales no lo permitirán tan fácilmente ya que la comienzan a rodear tanto por las laterales de la calle como por delante y detrás, pero aun a pesar de ello continua corriendo, y justamente cuando los chacales saltan para atacarla, ella también salta lo mas alto posible, y mientras desciende, lanza alrededor de ocho ráfagas cortantes que terminan por eliminar a todos sus perseguidores, y no estando contenta con ello, al ver que ya se encuentra a unos cuantos metros del fuego, decide volver a experimentar con el fuego, así que guarda su espada derecha y con su mano derecha alzada en dirección hacia el fuego intenta llamarlo hacia ella, así que se concentra aun mas, y logra conseguirlo, justamente cuando los chacales se encuentran regenerándose y reincorporándose para atacar, pero la flama los alcanza por completo en una gran llamarada de fuego y Sam consigue rostizarlos por completo haciéndolos cenizas, como momentos antes hizo con Pershak, ya que el viento también se lleva sus cenizas y las esparce por la aldea.

Sam por fin llega a donde se encuentra el círculo de fuego y se da cuenta de que Musashi se encuentra dentro de él, pero la técnica que está utilizando no es precisamente la de lanzar sus torbellinos de energía, sino que cada vez que un chacal salta hacia el círculo intentando atravesar el fuego, les corta las cabezas y las patea hacia el lado contrario al fuego, y aunque saltan de dos en dos los chacales, parece funcionar la estrategia de Musashi aunque sea lenta. Sam prefiere hacerlo rápido ya que sabe que sus demás compañeros necesitan ayuda contra el resto de los chacales, y tras haber practicado con el fuego en sus dos ultimas peleas, se le ocurre una idea para acabar con estos chacales que los están acorralando.

Tras haberle secreteado su plan a Musashi, Sam guarda por unos momentos sus espadas para concentrarse en el fuego a su alrededor y después de unos momentos, eleva el circulo de fuego en una espiral lo cual es la señal para ella y Musashi para que avancen hacia donde están sus amigos a través de los chacales, y mientras van corriendo, parten a la mitad a cuanto chacal se atraviese en su camino, quienes saltan contra ellos para morderlos y se acercan por todos pates, por lo que ambos se cubren las espaldas.

Ambos no cesan de correr, y notan que mas chacales se aproximan a ellos, así que Musashi lanza su ataque torbellino para quitárselos de enfrente, pero al mismo tiempo Sam lanza sus ráfagas cortantes para cortar a los que están atrapados en el torbellino de Musashi, y una vez que ambos han avanzado una distancia prudente, Sam voltea a ver si ya han comenzado a regenerarse los chacales, y en cuanto se da cuanto que ya se están recuperando, se detiene en seco guardando sus espadas, se concentra, estira ambas manos hacia la espiral de fuego que dejo atrás, y la invoca para que avance a toda velocidad por donde ella y Musashi pasaron a través de los chacales, los cuales terminan siendo calcinados por el fuego, quedando convertidos solamente en cenizas, las cuales salen volando esparciéndose en los alrededores.

Kara, Fenril, Yasak, Yira, la Reina Mauth y Chronos se encuentran aun peleando contra los chacales que al parecer se han concentrado la mayoría en donde se encuentran ellos, ya que hay alrededor de doscientos acorándolos y que no dejan de atacar. Fenril se pregunta cuando se cansaran estas criaturas, pero en ese momento, Kara se queda observando algo que la sorprende, y Fenril voltea a ver que esta viendo ella, y cuando voltea, se percata del torbellino de fuego que esta a unas cuantas cuadras de donde están ellos, e inmediatamente se observa como un torbellino de energía azul se dirige hacia ellos, y como se despacha algunos chacales en su camino. Fenril y los demás suponen que se trata de Musashi, y agradecen que un poco de ayuda se aproxime a ellos, ya que no logran ver final a esta pelea, aun a pesar de que han quemado una gran área de la aldea para exterminar a los chacales que no dejan de atacar.

Sam observa que muy cerca de ellos se encuentran los demás y le pide a Musashi que apresure el paso para ir a ayudarlos, por lo que Musashi lanza su torbellino y Sam ve que Fenril se ha dado cuenta de ellos, así que aprietan el paso, pero los chacales los persiguen muy de cerca así que vuelve a subir por el techo para que entre ella y Musashi puedan ocuparse de algunos de ellos en el camino. Así que ambos comienza a correr a ritmos diferentes permitiendo que Musashi se ocupe de los chacales que persiguen a Sam por el techo con sus torbellinos de energía, en lo que Sam lanza sus ráfagas cortantes a los que persiguen a Musashi y así consecutivamente, hasta que por fin llegan con sus amigos.

Ahora por fin todos se encuentran juntos y nadie cesa de atacar y de defenderse de los chacales, ayudándose unos a otros, aun a pesar de que todos los chacales que se encuentran aun de pie, se acercan hacia ellos para rodearlos por completo sin darles cuartel para refugiarse, pero aun a pesar de ello, ninguno de los valientes guerreros cesa de pelear, sino al contrario, aumentan la intensidad de sus ataques, ya que ya quieren descansar de estas bestias que solo buscan acabar con ellos.

Siptah y Anubis mientras tanto continúan con su incontenible lucha. Al parecer Anubis se ha desesperado demasiado, ya que Siptah no cesa de saltar de un lado a otro y de propinar golpes, que no terminan por derrotar del todo a Anubis, quien enojado, cesa por un momento su ataque y concentra una gran cantidad de energía en su cuerpo, el cual comienza a brillar con un fulgor negro a su alrededor, lo cual hace que Siptah sospeche que se trata de la energía de Anubis incrementada, por lo que activa su brazalete justo a tiempo cuando Anubis a toda velocidad se mueve con su hacha para asestarle un golpe a Siptah por encima de su cabeza, pero Siptah ya se había movido cuando el hacha se estrella en el techo de la choza en donde estaban peleando ambos, y Siptah ahora se encuentra saltando con su arma por delante para atacar a Anubis, pero este logra voltear a tiempo y detener el ataque con su hacha, y le propina una fuerte patada a Siptah, con una vuelta hacia atrás, sin que Siptah lo pueda evitar. Siptah cae adolorido por el golpe y se desactiva por un momento el efecto de su brazalete, pero en cuanto nota un manchón negro aproximarse a el, vuelve a accionar su brazalete, y torciendo su cuerpo hacia atrás logra evitar por poco el hacha de Anubis, e inmediatamente se reincorpora y le da dos codazos fuertes al torso de Anubis, acompañado de un fuerte golpe con la palma abierta a la quijada de Anubis que lo hace volar un par de metros. Anubis se seca la sangre que le salió por la boca, y retoma el efecto de velocidad para continuar peleando con Siptah, quien ya se encontraba atacándolo con un ataque múltiple de giros con su arma y de patadas, de los cuales Anubis apenas logra detener los ataques del arma, pero no se puede decir lo mismo de las patadas, por lo que cae de la choza de donde se encuentran peleando. Pero antes de caer al suelo Anubis se recupera y logra interponer una pierna para impulsarse nuevamente e ir contra Siptah quien recibe una fuerte embestida de Anubis quien utiliza su hombro derecho para derribar a Siptah, y no conforme, captura su cabeza y la estrella contra su rodilla, y termina golpeándolo fuertemente, provocando que la cara de Siptah se vaya arrastrando por toda al cornisa hasta al orilla de la choza.

Siptah sabe que el espacio en donde están peleando es una desventaja para el, y a la vez una ventaja, debido al enorme tamaño de Anubis, así que decide volver a accionar su brazalete, y corre aun mas rápido de lo usual, saltando entre choza y choza, en dirección al palacio.

Anubis no duda de las intenciones de Siptah y con un poco de concentración emprende el vuelo hacia el palacio. Siptah nota como Anubis se acerca a toda velocidad hacia el, pero no por ello se da por vencido así que acelera un poco mas sus saltos hasta llegar al palacio, en donde corre en línea recta por las paredes hasta el techo principal, en donde Anubis llega en cuestión de segundos, pero Siptah lo espera con su arma por delante, a lo que Anubis no teme, ya que también lleva su hacha por delante, para arremeter en contra de Siptah, pero este hábilmente desvía el ataque con una de las navajas de su alabarda y girando su cuerpo, logra rasgar la espalda de Anubis, quien malherido sale volando arrastrando su rostro sobre el techo del palacio.

Anubis se pone de pie bastante enojado, aullando y logra reunir un poco mas de energía, pero no se da cuenta que de la herida que le acaba de provocar Siptah comienza a emanar fuego negro que cierra por completo la herida, pero sin regenerar pelo en esa zona que queda en forma de un relámpago.

Siptah sabe que Anubis ya no piensa andarse con rodeos, quien piensa llevar esta pelea hasta que alguno de los dos muera, así que Siptah también se concentra hasta expulsar una cantidad considerable de energía, de la cual dirige en su mayoría hacia su arma y el resto lo expande alrededor de todo su cuerpo, e inmediatamente activa su brazalete, y ataca a Anubis quien también consiguió reunir una gran cantidad de energía, y detiene el ataque de Siptah, pero en esta ocasión, le tiemblan las manos ante el ataque poderoso de Siptah.

Anubis se queda observando por un momento a Siptah y se percata de que este poder que esta expulsando no lo expuso en el torneo en su pelea contra el, y que esta llegando a los limites de su energía con tal de vencerlo, a lo cual Anubis se enoja al principio, pero al final se siente orgulloso de su antiguo amigo, y esta decidido a llegar al final para demostrar de una buena vez quien es el mejor de los dos, así que retira a Siptah con una patada en el estomago, y balancea por arriba de su cabeza su hacha, para tomar impulso, el cual una vez obtenido, ataca a Siptah de una manera muy similar a como Siptah maneja su arma de doble navaja, por lo que ahora la pelea se vuelve aun mas reñida en el tejado del palacio en donde se encuentran. De la cual a distancia se pueden observar dos auras de energía, una negra y otra azul que chocan constantemente entre sí.

Siptah aumenta aun más la velocidad de sus ataques y trata de combinarlos lo más rápido posible con patadas y cabezazos, pero le funcionan muy poco, ya que Anubis también ataca de la misma manera. Pero aun a pesar de ello, Siptah no se da por vencido y con ayuda de su brazalete que comienza a brillar aun mas intensamente, Siptah aumenta aun mas su velocidad y por fin logra darle unas cuantas patadas fuertes y codazos a Anubis en la cara y en el pecho, los cuales lo conducen hasta la orilla del palacio en donde Siptah le hace una herida profunda en el cachete izquierdo, lo cual hace despertar a Anubis, pero ahora con mucho mas furia de la que tenia anteriormente.

La pelea se vuelve cada vez mucho mas agresiva con ataques aun mas rápidos y poderosos que apenas logran detener y contra atacar cada uno de ellos, lo cual no da tregua a ninguno de los dos.

La energía provocada por ambos peleadores se esparce por todo el tejado del palacio y la superficie vibra de tal forma, que pareciera que se va a colapsar por completo, pero Anubis y Siptah no se fijan en ello, y solo se dedican en pelear y en aumentar en cada ataque mas y mas, su energía para acabar con su oponente, hasta que ambos se golpean fuertemente en la cara con una patada giratoria en el aire, la cual envía lejos a ambos del punto en donde se encontraban peleando. Ambos caen bastante agotados, jadeando y sudando, ya que no tienen energías para seguir peleando, sus heridas les duelen tremendamente, pero su mente no transfiere el dolor a la cabeza, ya que solo tienen en mente acabar con su enemigo y ni otra cosa mas.

Siptah es el primero en ponerse de pie, y a continuación Anubis, por lo que ambos se quedan viendo fijamente a los ojos preguntándose quien será el primero en caer en esta pelea, pero nadie lo sabe, así que ambos con un último esfuerzo expulsan todo el poder que les queda para un último ataque. Anubis consigue obtener un nivel considerable, pero Siptah no logra conseguir reunir mucha energía debido al agotamiento, y por primera vez en su vida tiene miedo, pero no por ello ha dejado la valentía, ya que si muere, quiere hacerlo con honor y sin dejar de pelear, así que decidido se lanza contra Anubis quien también no duda en atacar, y Siptah elude el primer ataque al hacerse a un lado, el segundo ataque lo detiene con la mitad de su arma, en el tercer ataque salta, en el cuarto logra asestarle una patada fuerte a Anubis en su cara, pero sin hacerle mucho daño, pero en el siguiente ataque cuando ambos contrincantes giran para asestar el golpe final con sus armas, Siptah no logra ser lo suficientemente fuerte y su cabeza sale volando de donde se encuentra su cuerpo ahora inerte, mientras que Anubis solo obtiene una leve herida en el cuello.

Anubis observa como la cabeza cae rebotando en el techo de palacio y se queda sin habla, mientras que un millar de imágenes pasan por su mente, de cuando compartía diferentes momentos con Siptah, el bromista, el valiente, el juguetón, el aventurero, el osado que no tenia miedo de nada, el astuto, el impulsivo, el espontaneo que jamás planeaba lo que hacia, pero principalmente, su amigo de la infancia, su amigo a quien jamás volverá a ver sonreír cuando peleaba, quien era el único con malos modales en la mesa, quien ya jamás lo hará enfadar cuando robe la presa que será comida en un día de expedición, ya que ahora se encuentra sin vida, todo gracias a una venganza sin sentido, a una pelea sin porvenir, con un objetivo superfluo y sin razón de ser, ocasionada por una obsesión y un capricho, que ha provocado la muerte del único a quien pudo considerar en su vida como un verdadero amigo.

Anubis comienza a perder todo el pelaje que tenia, para al final recuperar su forma humana mientras que se acerca a la cabeza de Siptah para recogerla, pero su cambio no es completo ya que continua teniendo la cabeza en forma de chacal, y las heridas provocadas en la pelea son recuperadas en su totalidad, a excepción de una enorme cicatriz en la espalda con forma de relámpago que le quedara grabada y que lo acompañara hasta el fin de los tiempos, por lo que siempre le recordará esta pelea de consecuencias trágicas para su vida personal. Y antes de llegar hasta donde la cabeza de Siptah, observa como una mariposa dorada sale del cuerpo inerte de su amigo difunto. Anubis la observa detenidamente y como si fuera por instinto, la atrapa con una mano, y cuando lo consigue, una energía azul absorbe a la mariposa y es succionada partícula por partícula dentro del cuerpo de Anubis, quien toma la cabeza de Siptah entre sus brazos, abrazándola fuertemente, y poco a poco comienzan a frotarle lagrimas de los ojos, hasta que por fin se suelta en llanto y comienza a aullar con todas sus fuerzas, y su aullido es escuchado por todo el reino de Uaset, hasta donde se encuentran los amigos de Siptah, quienes desconocen por completo el destino de su amigo, a excepción de Musashi, quien al parecer logro tener una relación muy estrecha con Siptah, aunque en mi propia opinión, siento que es algo que va mas allá de nuestro entendimiento, y cuando suena el aullido de Anubis siente que algo malo acaba de suceder, y percibe como si acabara de perder algo en el fondo de su corazón, pero a la vez como si algo le devolviera vitalidad, en pocas palabras un sentimiento que no llega a comprender del todo.

Chronos es quien también se percata de que acaba de suceder algo trágico, tras escuchar el aullido de Anubis, pero a el no le duele, sino que solo mantiene un temple, como si supiera y aceptara lo que le acaba de suceder a Siptah. Los chacales en cambio tienen otra reacción diferente, ya que cesan el ataque en contra de los amigos del fallecido Siptah y todos comienzan a postrarse en los pocos techos que quedan de la ciudad de Uaset y a aullar compartiendo el dolor de su triste amo, Anubis.

Anatis y su servidor, estamos a punto de llegar a la habitación del palacio en donde se encuentra Neftis, y al parecer ella ya se dio cuenta de que nos encontramos muy cerca de ella, ya que estando asomada tras la ventana de su habitación, comienza a lanzarnos ráfagas de energía que están siendo expulsadas del báculo de Osiris, el cual tiene un poder similar al báculo de la Reina Mauth. Aun a pesar de que Neftis nos lanza estas ráfagas de energía, no son obstáculo para mi, ya que ágilmente las eludo agitando mis alas a gran velocidad para obtener un balance irregular que provoca que mi cuerpo vuele sin una trayectoria determinada, lo cual impide que Neftis logre alcanzarme con una de sus ráfagas, aparte de que

las que llegan a aproximarse demasiado a mi, Anatis las destruye con otras
ráfagas de su propia energía, las cuales son aun mas poderosas, tanto que
aparte de destruir a las de Neftis, se estrellan de lleno contra la habitación
en donde se encuentra ella, provocando así, grandes agujeros en el palacio
real.

Una de las ráfagas de Anatis da de lleno muy cerca de donde
se encuentra Neftis, quien sale lanzada por los aires para estrellarse
finalmente contra el muro al otro lado de la habitación, lo cual aprovecho
para volar más rápido y arremeter de lleno contra la habitación de Neftis,
pero Anatis anticipa mi estrategia, y lanza demasiadas ráfagas de energía
hacia las habitaciones aledañas, para que yo pueda penetrar sin problema
en la guarida de Neftis, quien queda finalmente emboscada por Anatis y
por mi. Aunque al parecer Neftis ya había anticipado nuestro plan, ya que
en cuanto aterrizo mis patas en la superficie de la habitación de Neftis, se
activan unos símbolos extraños en el suelo, en las paredes y en el techo
de la habitación de donde salen hilos delgados y poderosos de energía,
tan fuertes como cadenas, que inmediatamente me dejan inmovilizado,
sin poder escapar de esta prisión mágica, pero la cual no me impide lanzar
mis bocanadas de fuego, que no dudo en lanzar contra Neftis, quien las
detiene con un escudo mágico que puede controlar con ayuda del báculo
de Osiris.

Anatis se percata de la situación, y saca a relucir sus espadas, las cuales
las carga con una pequeña cantidad de energía y avanza muy decidida
hacia Neftis, quien muy confiada de su nuevo poder, cree que Anatis no
podrá contra su escudo, y se burla totalmente de ella, pero Anatis le da
una sorpresa al partir su escudo como si fueran hojas secas con ayuda
de sus espadas cargadas de energía, por lo que Neftis grita de terror,
e impulsivamente le lanza una ráfaga de energía a Anatis, quien logra
detenerla con ayuda de sus espadas, pero a pesar de ello es impulsada
hacia atrás por la fuerza del impacto de la ráfaga de Neftis.

Neftis siente temor, ya que no contaba que el control de la energía
de las piedras Ben Ben de Anatis la hicieran tan poderosa, así que busca
desesperadamente entre sus pócimas, algo que pueda ayudarla, pero
la situación la vuelve demasiado torpe, lo cual hace que a Anatis le de
risa, y con ganas de jugar un poco con ella, así que prepara una ráfaga de
energía con una de sus manos y se la lanza a Neftis, tratándola como una
simple mosca, pero a pesar de ello Neftis forma otro escudo y detiene la
ráfaga de Anatis, mientras que yo me percato de su plan para buscar una
pócima, así que aprovecho su distracción y lanzo una bola de fuego hacia

sus pócimas, y al ver esto Neftis se asusta demasiado y forma un escudo de fuerza aun mas fuerte, ya que mi bola de fuego hacia las pócimas de Neftis ocasiona una gran explosión en la habitación, la cual explota junto con las habitaciones aledañas, al igual que la prisión mágica que me impedía moverme, pero por desgracia también me deja demasiado noqueado la explosión, y tras recuperarme, apenas puedo visualizar a mi alrededor, de que Anatis se encuentra muy cerca de mi, tratando de ponerse de pie, ya que al parecer salió lastimada por el estallido, y tiene un brazo sangrando, lo cual me hace suponer que no le dio tiempo de formar un escudo de energía, por lo que habrá lanzado una ráfaga de energía, con el poco tiempo que tuvo, para aminorar la explosión hacia ella, lo cual no le sirvió de mucho.

En el techo del palacio, Anubis reciente la explosión, y piensa inmediatamente en su madre y en Anatis, ya que mientras abrazaba la cabeza de Siptah vio como nos acercábamos volando hacia al palacio, y supone que estamos combatiendo contra su madre, pero en esta ocasión, no se percibe odio ni ira en su corazón. Así que deposita la cabeza de Siptah suavemente en la superficie del techo del palacio, toma su arma y de un salto baja rebotando por las habitaciones del palacio para darnos alcance.

Neftis se acerca riendo satisfecha por su supuesta victoria hacia Anatis, quien le grita que se calle, mientras se aprieta fuertemente la herida de su brazo, el cual parece estar a punto de rompérsele. Neftis, no hace caso de las palabras de Anatis y le lanza una ráfaga de energía de lleno al estómago, que la hace estrellarse contra uno de los muros que quedaron de la habitación. Por mi parte, le grito a Neftis que se detenga, de manera que mis gritos se convierten en fuertes rugidos, pero Neftis no hace caso y vuelve a lanzarle otra ráfaga de energía a Anatis, quien apenas logra hacerse a un lado para evitar la ráfaga, pero el impacto de la ráfaga le afecta un poco y de nuevo es lastimada. Neftis disfruta como Anatis va cayendo poco a poco al suelo de rodillas por el dolor causado por la explosión y de la ráfaga que le lanzo, y se dispone a terminar con Anatis de una vez por todas, pero en ese momento, la desesperación, el enojo y el sentimiento de querer salvar a Anatis, provocan que se active sin querer la piedra Ben Ben que se encuentra en mi interior, y con un fuerte rugido de mi parte, logro formar un escudo de energía que se interpone entre Anatis y Neftis, el cual logra revotar la ráfaga de energía que acababa de lanzar Neftis contra Anatis, por lo que dicha ráfaga, manda volar por los aires a Neftis hacia una de las desaparecidas paredes de la habitación, y que ahora dan hacia el vacio, y justamente cuando Neftis va cayendo del palacio, logro observar como un mancha pasa rápidamente hacia Neftis, y al intentar acercarme un poco para observar, al igual que Anatis, podemos observar como Anubis asciende hasta la habitación, sosteniendo a Neftis entre sus brazos, y aterriza suavemente en la habitación.

Mientras tanto por las calles de la ciudad de Uaset. Kara, Yasak, Yira, Fenril, La Reina Mauth, Chronos y Musashi, caminan entre todos los chacales que no dejan de aullar en dirección hacia el palacio, y Sam que se encuentra muy cerca de Chronos le pregunta que es lo que esta ocasionando tal reacción, ya que desde su interior sabe que algo acaba de suceder y que le afecta también a ella, por lo que le exige una explicación, y Musashi de igual forma le pide una explicación a Chronos, pero la Reina Mauth habla con ambos y les pide que sean pacientes, ya que Chronos tiene sus razones por no contarles lo que sucede, que todo lo sabrán a su debido tiempo. Chronos voltea y le sonríe a la Reina Mauth como si ella lo entendiera, y a continuación se aleja como si fuera un fantasma del lugar con ayuda de su velocidad, provocando sólo manchas de su persona en su trayecto con dirección hacia el palacio en donde se pueden observar muchos haces de luces salir de una de habitación destruida. Sam y Musashi corren para alcanzarlo, pero la Reina Mauth los encierra en un campo de fuerza, lo cual los molesta demasiado, pero la Reina Mauth les pide que la perdonen, ya que no deben de intervenir en los hechos que están aconteciendo en estos momentos, pero Musashi y Sam, no quieren escuchar esas palabras y ambos sacan sus armas para romper el escudo de fuerza, el cual es lo demasiado fuerte y no logran ocasionarle daño alguno, en cambio el tornado de Musashi si logra causarles daño dentro del campo de energía. La Reina Mauth ve como se reincorporan para intentarlo de nuevo y vuelven a fallar, y ya que no quiere que se causen más daño, va cerrando el campo de fuerza, haciéndolo mas estrecho y en forma de burbuja que la hace flotar a pocos metros del piso tras cerrarla por completo, lo que ocasiona que el oxigeno se les vaya acabando a ambos, quienes no les queda de otra mas que aceptar que no pueden hacer nada para ayudar a sus amigos, y terminan dirigiendo su mirada hacia el palacio, mientras van perdiendo el conocimiento.

La Reina Mauth los deposita suavemente en el suelo, por lo que les comenta a los demás que no intervengan, ya que están sucediendo cosas más allá de su comprensión, y les pide que sólo esperen y observen. Yira obedece la orden, mientras que Yasak, Fenril y Kara no aceptan la petición y se acercan a sus amigos que acaban de perder el conocimiento, pero la Reina Mauht les pone una barrera de energía en su camino, ya que sabe que Kara puede curarlos con ayuda del Reiki, y les pregunta si quieren acabar inconscientes como ellos, a lo que solo quedan observando en dirección al palacio deseándoles suerte a sus amigos.

Anubis no baja de sus brazos a su madre, y avanza con paso suave, hacia Anatis, quien continua a salvo gracias al campo de fuerza que provoque con mi rugido. Anubis pasa sus dedos por el campo de fuerza y sabe que la energía que hay en el campo es mucho mas poderosa a la que haya visto en su vida, y Neftis también pasa sus dedos, y sospecha de algo, pero no sabe de que se trata, hasta que Anubis voltea la vista hacia mi, y observa como mi pecho comienza a brillar con un azul en verdad intenso. Neftis, recuerda que hace mucho vio un brillo similar y sintió la misma energía hace mucho tiempo, y justamente cuando Anubis se acerca hacia mi, Neftis se da cuenta que de donde proviene esa luz intensa, tiene la figura de una de las piedras Ben Ben originales de Shambala y asimila que yo la poseo, así que sin dudarlo dos veces, se suelta de los brazos de su hijo y comienza a gritarme que yo no debo poseer algo tan preciado, que no soy merecedor de un poder así.

Anubis y Anatis no saben a lo que ella se refiere, así que le grito a Neftis que puede ser que no merezca este poder y esta enorme responsabilidad, pero que mientras siga vivo no permitiré que alguien como ella se apodere de un poder como este. Neftis sabe que no puede acercarse a mi tan fácilmente, ya que la piedra podría reaccionar ante mis deseos y mis impulsos, por lo que retrocede y permanece con los ojos puestos en su hijo, quien no entiende lo que esta pasando. Neftis sonríe maliciosamente, y se acerca a su hijo sin que él vea su sonrisa, así que lo abraza amorosamente quitándole algo de su cinturón, para después voltear a ver a su hijo a los ojos y le pide que la perdone, e inmediatamente tras estas palabras se retira de su hijo mientras hace surgir el hacha de Anubis con la cual le hace una profunda herida en el pecho de su hijo de donde emana una gran cantidad de sangre. Anatis y yo no podemos creer lo que estamos viendo, ya que jamás habíamos pensado que Neftis fuera capaz de realizar tal hazaña, y más sabiendo que la pelea que acabamos de librar contra el ejército de Anubis fue a causa de su madre.

No cabe duda que Neftis no tiene corazón, y la primera pregunta que me viene a la mente es porque hizo esto. Neftis tras ver como se desangra su hijo, mete una mano en su túnica y saca una piedra Ben Ben, la cual baña con la sangre de Anubis, hasta cubrirla por completo, a continuación concentra una gran cantidad de energía con ayuda de la Piedra Ben Ben, pero la Piedra Ben Ben, reacciona bastante diferente de cuando Anatis trabaja con su propia piedra, ya que la energía proveniente de la Piedra de Neftis se introduce en ella, ocasionando que el contorno de sus ojos se vuelva de color negro, y con un fuego azul en el centro de ellos.

Al parecer Neftis no puede con la energía de la Piedra Ben Ben que esta bañada con la sangre de Anubis, pero no por eso se da por vencida y vuelve a concentrarse, pero ahora se ayuda con el báculo de Osiris, que contiene su propia piedra Ben Ben, y de manera extraña ambas trabajan en conjunto, ya que una cantidad de la energía que está en el cuerpo de Neftis se traspasa al báculo, provocando que Neftis recupere su estado normal, teniendo más control de sus acciones y de la piedra Ben Ben, y una vez que la energía entrelazada logra equilibrarse, Neftis comienza a reír satisfactoriamente por lo que acaba de lograr, volteando a ver a todos nosotros, demostrándolo con el báculo en alto. Pero su sonrisa no dura mucho tiempo, ya que la finaliza estrepitosamente observando la barrera de energía que la separa de Anatis, así que concentrando energía en el báculo de Osiris, lanza una ráfaga de energía negra que logra destruir de un solo golpe la barrera de energía, creada por mi Piedra Ben Ben, y menciona que tal y como lo imaginaba, la fusión de la sangre de Osiris e Isis en su hijo, es una fusión demasiado fuerte, y combinada con su Piedra Ben Ben, le puede otorgar un poder impresionante, pero al no ser una Agharti, ese poder podría consumirla, así que el Báculo de Osiris le esta ayudando a tener pleno control de el, con lo cual puede hacer lo que quiera aun en contra de una de las piedras Ben Ben originales.

Al terminar de mencionar esto, voltea a verme, al igual que a Anubis y a Anatis, como si me preguntaran el porque calle por tanto tiempo este secreto, pero decido quitar mi mirada de ellos, y la dirijo hacia Neftis, al igual que le lanzo una gran bocanada de fuego, la cual no logra causarle ni un mínimo rasguño, ya que el báculo de Osiris le permitió salvarse.

Neftis esta muy decidida a mostrar su poder, por lo que me lanza una gran ráfaga de energía hacia mi corazón, en donde tengo al piedra Ben Ben, el cual reacciona automáticamente, creando una campo de fuerza que me salva de la ráfaga de Neftis, quien no estando contenta vuelve a lanzar otra ráfaga, pero en esta ocasión mi campo de energía es destruido por completo, así que volteo a ver de nuevo a Anatis quien no se ha recuperado del todo, en caso de que Neftis quiera atacarla y yo no pueda protegerla, por lo que decido mejor emprender el vuelo y alejarme lo más pronto posible del palacio para que Neftis ocupe su atención en mi, pero al parecer Neftis no me dejara escapar tan fácilmente, ya que sabe que no se controlar aun el poder de la piedra Ben Ben, y que será mejor destruirme antes de que lo consiga, y así como lo piensa me lo menciona, por lo que trato de escapar y le lanzo otra gran bocanada de energía que no logra hacerle nada, gracias a su campo de energía, y me lanza una gran cantidad de ráfagas de energía, las cuales trato de eludir y con ayuda de la piedra Ben Ben, logro formar pequeños campos de energía para cubrirme de los ataques de Neftis, quien se se encuentra desesperada, debido a que se ha dando cuenta de que ya aprendí a controlar los campos de energía.

Anubis y Anatis por su parte, tratan de ponerse de pie para observar la pelea. Anatis rompe un pedazo de tela de unas cortinas de seda que estaban en la habitación continua a la de ellos para vendar la herida de Anubis y así ambos se acercan al gran agujero que hay en la pared del palacio para observar el espectáculo aéreo. Anatis le menciona a Anubis que deben detener a Neftis antes de que cometa una atrocidad todavia mayor de las que ha ocasionado. Anubis esta de acuerdo con ella, y le pregunta si se encuentra un poco mejor como para ayudarlos a volar, mientras el concentra su energía en atacar, pero Anatis sugiere que sea mejor lo contrario, ya que ella es mejor atacando por aire que el. Anubis no tiene otra opción y la abraza de la cintura con un brazo, mientras que con la otra se aprieta la herida ocasionada por su madre, e inmediatamente emprenden el vuelo a pesar de estar muy mal heridos, y así Anatis concentra sus energías en el brazo que aun tiene sano y con ayuda de su piedra Ben Ben que lleva en el cuello, logra conectarse con el Gaia para formar un torbellino, acompañado de su propia energía, para desequilibrar a Neftis, para después atraparla en él y estrellarla contra uno de los muros del palacio, y tras observar tal acción, los apoyo al lanzarle una gran bocanada de fuego a Neftis, pero esta vuelve a atacarnos con dos ráfagas de energía que apenas logramos esquivar, por lo que reaparece volando, pero ahora con la cara ceniza por el fuego y con las ropas algo quemadas.

Anubis trata de volar lo más rápido posible a pesar del dolor que le ocasiona su herida, para poder llevar a Anatis lo mas alto posible en lo que yo me encargo de lanzarle una serie consecutiva de bolas de fuego a Neftis, que no logran hacerle daño alguno, pero por lo menos logro llamar su atención y desviarla de los chicos.

Neftis al parecer se harta de mis ataques, y mientras reúno fuego para lanzarlo de mi boca, Neftis se logra mover a una velocidad increíble, colocándose justamente frente a mi para lanzarme una ráfaga de energía a mi boca y acabar conmigo, pero en ese momento mi miedo y desesperación ocasionan que la Piedra Ben Ben de mi interior vuelva a reaccionar extrañamente, haciéndome saber de una forma que no cese en realizar mi bola de fuego, por lo que la lanzo inmediatamente, pero mientras sale el fuego de mi boca, siento como la energía de la piedra Ben Ben surge de mí, ocasionando que la bola de fuego se combine con la energía, a lo cual Neftis apenas puede lanzar su ráfaga de energía, pero el choque entre ambas energías, nos mandan a volar a ambos.

A Neftis la hacen estrellarse contra el suelo de la ciudad Uaset, derribando a su paso dos casas de gran tamaño, mientras que yo recupero a tiempo el vuelo, a unos cuantos metros de los muros del palacio. Pero Neftis tras unos momentos de tenerme en suspenso mientras me acerco a ella, resurge volando de entre los escombros y no se percata que Anatis y Anubis están encima de ella, en donde Anatis esta preparando una gran ráfaga de energía en sus manos y para lanzársela a Neftis quien se cubre de ella, pero mientras lo hace, no se da cuenta de que Anubis y Anatis descienden en caída libre, sin que Anatis deje de concentrar su energía en sus manos, y al darme cuenta de ello, yo también me concentro para repetir mi hazaña anterior, y justamente cuando Neftis abre los ojos, esperando el impacto de la anterior ráfaga de energía de Anatis, mi bola de fuego de energía, junto a la lanzada después por Anatis que ya se encuentra debajo de ella, y se impacten contra Neftis. Provocando que no le de tiempo de cubrirse con otro campo de energía, así que las tres ráfagas de energía le pegan de lleno, provocando que caiga al vacío, haciéndonos pensar a Anatis, a Anubis y a mi que por fin derrotamos a Neftis. Pero estamos totalmente equivocados ya que Neftis abre los ojos y logra sostener a Anatis de ambos brazos y la jala consigo, para buscar que se estrellen ambas contra el suelo.

Anatis se percata de ello, y mientras ambas van cayendo a gran velocidad, junta suficiente poder para realizar otra ráfaga de energía para lanzársela a Neftis, mientras que lucha con ayuda de sus piernas para colocarse arriba de Neftis, quien la sorprende, juntando ella también una ráfaga de energía en el báculo de Osiris aun mas fuerte de las que ha lanzado contra nosotros en la pelea. Por lo que Anatis no sabe que hacer, así que reaccionando por instinto en medio de la caída lanza su propia gran ráfaga de energía, al igual que Neftis lanza la suya. El choque de ambas ráfagas, ocasionan que Neftis se estrelle de lleno contra el suelo, mientras que Anatis sale volando por los aires y Anubis consigue atraparla cuando estaba a punto de caer de nuevo.

Los tres descendemos tranquilamente al suelo, junto a Anatis quien esta muy mal herida, pero en ese momento vuelve a surgir Neftis de los escombros de donde se estrelló, y sosteniendo el báculo de Osiris señalándonos, avanza hacia nosotros y apuntándolo hacia mi, pero repentinamente la piedra Ben Ben del báculo de Osiris se desprende de la punta, provocando que en Neftis se descontrole por completo la energía acumulada, y en un arranque de desesperación mientras se retuerce del dolor, notamos que los ojos le están volviendo a cambiar, y como busca arrancarse del cuello su Piedra Ben para después lanzarla lejos de ella, por lo que la energía obscura se eleva por los aires y desaparece por completo, mientras que Neftis cae inconsciente al suelo.

Después de observar a Neftis, Anubis y yo observamos como Anatis comienza a emanar una energía azul combinada con un extraño color negro, que rodea por completo su cuerpo, y nos volteamos a ver cada uno, para ver si uno de los dos tiene la respuesta de lo que esta sucediendo, ya que su respiración esta disminuyendo, pero ninguno de los dos sabe la respuesta. Pero en ese momento un haz de luz aparece desde la punta del palacio, en donde permanece el cuerpo inerte de Siptah, y vemos como Chronos obtiene algo de el, para después voltear a vernos y comienza a descender muy lentamente hacia nosotros, como si estuviera caminando en el aire.

Cuando Chronos por fin se encuentra a nuestro lado, nos damos cuenta de que en su mano lleva consigo el brazalete que le había regalado anteriormente a Siptah y quien lo supo utilizar sorprendentemente en cada una de sus pelas, pero que ahora ha perdido la vida en una sorprendente pelea contra Anubis a quien tengo a mi lado, y con quien me encuentro preocupado por la salud de Anatis quien no deja de emanar esa extraña energía. Chronos se acerca a Anatis para examinarla, y menciona que sucedió lo que temía que sucediera. Su comentario me sorprende, ya que pareciera que él ya sabía que esto sucedería así que le pregunto: ¿que es lo que le sucedió a Anatis y que podemos hacer para ayudarla? A lo que él me responde al mismo tiempo que se acerca a mi y se apoya en mi corazón, donde llevo conmigo la Piedra Ben Ben, y me menciona que soy el único que puede ayudarla a salvarse, pero que ella también tendrá que poner de su parte. Anubis le dice desesperado que ¿si no ve en que estado se encuentra Anatis? Que ella no se encuentra en disposición de hacer algo para su propia salvación, pero Chronos abre su mano y permite que veamos el brazalete de Siptah, el cual se lo coloca en el tobillo a Anatis, diciéndonos que nos equivocamos, ya que ella desde su subconsciente puede salvarse. Anubis y yo no sabemos a que se refiere Chronos y le preguntamos que fue lo que le sucedió, a lo que el nos responde que en el momento en que chocaron las ráfagas de energía de ella y de Neftis, Anatis sabia que perdería en ese momento, por lo que el único deseo que paso por su cabeza es perderse en el tiempo para no morir en ese momento, ya que recordó lo que solía hacer Siptah en los momentos que utilizaba el brazalete que le obsequio Chronos, pero que en el instante del impacto, la fusión de ambas energías, ocasionaron que el alma de Anatis se perdiera en el tiempo, mientras que su cuerpo se esta muriendo por la cantidad de energía opuesta a la de las piedras Ben Ben, la cual estaba acabando también a Neftis, si no fuera por la ayuda del cetro de Osiris que contrarrestaba esa energía opuesta que podemos ver de color negro.

Chronos nos pide que cerremos los ojos y nos concentremos un momento Anubis y yo, y dejemos que nuestras mentes se unan con el Gaia y el entorno en donde nos encontramos en este momento, y al hacerlo nos damos cuenta de que el alma de Anatis se encuentra en el lugar que se encontraba cuando las ráfagas de energía aun no se colapsaban entre si, pero al abrir los ojos no podemos ver el alma de Anatis, y Chronos nos responde antes de que le preguntáramos, que esto se debe a que solo nuestro contacto con el Gaia puede hacer tal cosa, y de la misma forma se le pude salvar. Anubis le pide que se deje de rodeos y que nos diga de una buena vez como podemos salvar a Anatis, a lo que Chronos responde que para hacerlo se necesitara de un gran sacrificio que tal vez a futuro sea doloroso para ella, no de muerte, pero si para su corazón. Anubis sin dejarme responder, le contesta a Chronos que estamos preparados para lo que suceda, pero que no permitiremos que muera Anatis en estos momentos. Chronos sabe al verme que mi respuesta es la misma a la de Anubis, ya que en estos momentos lo único que deseo es verla con vida, así que Chronos me dice que la única oportunidad de salvarla es viajar a donde surgen las energías provenientes del Gaia, en donde Anatis hará contacto con su alma para recuperarla por completo para que esta regrese a su cuerpo, ya que la función del brazalete, en este caso tobillera, es permitir que uno se mueva a través del flujo del Gaia sin formar parte del flujo del espacio tiempo, para que de esta forma la energía pueda fluir como agua a la misma sincronía en que se encuentra el poseedor de dicho articulo.

Chronos activa algo en la tobillera de Anatis por lo que el cuerpo de Anatis comienza a armonizarse con el flujo del espacio tiempo, impidiendo que la energía que fluye de ella penetre por completo en su cuerpo. Chronos de alguna manera extraña logra moverse tan rápido, para poder colocar a Anatis sobre mis garras delanteras, las cuales extiendo para sostenerla, y en cuanto el cuerpo de Anatis hace contacto con el mío, este comienza a diluirse de igual manera, y Chronos me pide que vuele a toda velocidad a la tierra de Bimini ubicada en lo que algún día se conocerá como el Océano Atlántico, en homenaje a la ciudad perdida de Shambala o Atlántida, y que busque la laguna que se encuentra en lo alto de las montañas, y que ahí mismo me sumerja junto a Anatis, ya que esas aguas son las energías provenientes desde el Gaia que aun existen en la tierra, y son las únicas en donde podrá fluir libremente el cuerpo de Anatis para que su alma pueda localizarlo. Pero Chronos me advierte que no sólo ella sufrirá cambios, ya que yo también sufriré cambios debido a la Piedra Ben Ben que llevo en mi interior, y que tal vez algún día me afecten gravemente, pero haciendo caso omiso de su advertencia acepto el reto, y Chronos me comenta que en este estado en el que me encuentro debo concentrarme en el Gaia y que este me guiará hasta sus raíces y que no pierda el tiempo, ya que la vida de Anatis se acorta a cada segundo perdido.

Así que me elevo de donde se encuentran Chronos quien regresa a su estado normal y de Anubis, quienes sólo sienten una ráfaga de viento que se aleja de ellos y con ayuda de la tobillera de Anatis logro desplazarme a toda velocidad por el cielo, y al concentrarme en el Gaia me puedo percatar de cómo la energía fluye por todas partes, y de que el alma de Anatis se encuentra desconcertada muy cerca de Anubis y Chronos, por lo que busco la fuente de toda esta energía, y tras encontrarla, acelero mi aleteo a toda velocidad, y estando en medio del flujo del Gaia, pareciera que me moviera como un haz de luz color arena a toda velocidad surcando el cielo, dejando atrás las dunas, los desiertos, las selvas, y el territorio del continente en donde se encuentra Uaset, pero en mi corazón solo siento que no debo dejar de percibir el alma de Anatis, por lo que no permito que esto me desconcentre, así que solo me queda aumentar mas la velocidad y tras varios minutos de seguir el flujo de energía, veo como se llega a concentrar toda esta energía a lo lejos, como si fuera un sol azul que me deslumbra por completo, pero aun a pesar de ello, cierro los ojos y acelero mas el vuelo, hasta que siento que me encuentro arriba de esa fuente de energía, por lo que me elevo un poco mas y giro mi cuerpo, de manera que caigo en picada hasta zambullirme en la laguna de energía que menciono anteriormente Chronos.

Al introducirme en la laguna, siento como la energía de mi Piedra Ben Ben se activa como si se conectara con la energía de la laguna, ya que se trata de un flujo de energía azul sorprendente como jamás había visto y sentido en mi vida. Anatis por su parte comienza a brillar dentro de este flujo de energía, y la energía obscura que la cubría, comienza a desprenderse de ella, hasta que solo queda su propia energía, pero la obscura no desaparece del todo y se concentra en un solo punto, lo cual me preocupa, pero en este momento me ocupo más de observar en como la energía de Anatis se distingue de todo el flujo de energía del Gaia, y como se eleva entre este flujo, y se aleja de el, como si mantuviera contacto en otra parte con algo mas, y por lo que supongo debe de tratarse del contacto con su alma, ya que aun a pesar de estar aquí, siento como el alma de Anatis continua divagando en Uaset, hasta que al mantener mi concentración en el cuerpo de Anatis y en su alma, me doy cuenta que la energía que emergió del cuerpo de Anatis se pone en contacto con su alma, la cual ya sabe en donde se encuentra su cuerpo, así que me doy cuenta como se conectan ambas. De manera que el alma de Anatis empieza a viajar a toda velocidad por el flujo de energía del Gaia hacia donde nos encontramos, pero a una velocidad que triplica o quintuplica a la que estaba hace unos momentos viajando con su cuerpo inerte. Hasta que por fin, sin darme cuenta de su llegada, el alma de Anatis aterriza por fin en su respectivo cuerpo, pero en este momento se crea una reacción sumamente extraña, ya que al tenerla en mis brazos, la energía obscura que aun permanecía junto al alma de Anatis se fusiona con la que se había acumulado, y esta estaba a punto de mezclarse una vez mas con el cuerpo de Anatis, pero en un acto involuntario, mi energía quería impedir eso, por lo que estiro mi brazo, pero la energía de mi Piedra Ben Ben que es encuentra activa ocasiona una reacción entre esta energía y mi cuerpo, provocando que se fusionen, por lo que mi cuerpo comienza a cambiar de color, y esta reacción empieza a dolerme por completo, así que lanzo un rugido de dolor, pero mientras lo hago, siento como mi hocico estuviera estirándose, al igual que mi cuerpo empieza a retorcerse por completo como si estuviera cambiando, y cuando logro darme cuenta de ello, mi cuerpo ya se encuentra cambiado por completo, tanto de color, como de forma, ya que ahora el color de mi piel se de color azul marino, casi volviéndose negro, y mi figura ahora es alargada, tal como mi hocico, dejando atrás mi figura ovalada, y mi hocico redondo, aparte de que ahora cuento con unos cuernos demasiado alargados que antes no tenia.

Una vez que el dolor y el sufrimiento finalizan, sostengo con mis patas a Anatis quien al parecer ya había despertado desde antes, ya que me observa fijamente, como si hubiera estado atenta a todo mi cambio físico, pero esto no me preocupa en estos momentos ya que se que este cambio fue para bien, ya que sirvió para que Anatis tuviera una oportunidad más de vivir, y al observarla, me doy cuenta que también hay unos cuantos cambios físicos en ella, al principio pienso que es mi imaginación, y prefiero salir de este flujo de energía que me cambio físicamente y que sirvió de guía para el alma de Anatis hasta su cuerpo.

Al salir de la fuente, me doy cuenta de que realmente hubo un cambio físico en Anatis, ya que su piel se aclaro un poco, volviéndola de tez blanca, y de igual manera, sus ojos y su cabello también han cambiado por completo del negro que tenia a un color azul claro, tal y como el tono de azul del flujo de energía del Gaia.

Pero a pesar de no encontrar una respuesta a estos cambios, nos alejamos del territorio de Bimini para dirigirnos de regreso al Reino de Uaset, al lado de nuestros amigos, pero en esta ocasión será un vuelo algo lento y sin presión alguna, por lo que disfrutaremos del viaje y narrando nuestras experiencias que sucedieron después de que Anatis perdió el conocimiento.

EPILOGO

Anatis y yo, tardamos toda una noche y un día en regresar a la ciudad de Uaset, haciendo de vez en cuando paradas en algunas islas que encontrábamos en el camino, ya sea para descansar o buscar algo de alimento, que regularmente se trataban de peces o de frutas silvestres, a excepción de un gran jabalí que quiso atacar a Anatis mientras recogía algunos frutos, y tras salvarla sin querer le rompí el cuello al pobre Jabalí, y para no desperdiciar su carne, lo almorzamos en el desayuno de hoy.

Una vez que llegamos a Uaset, unas horas antes del atardecer, todos nos reciben con júbilo y alegría en la plaza principal del palacio, y se sorprenden de ver el cambio físico que tuvimos, pero no por ello dejan de estár muy felices de que sigamos con vida. Los primeros que llegan a nosotros, son: Sam, Fenril, Yasak, Kara, Yira, incluyendo a Isis, quien aparece de entre todos como si hubiera resucitado, muy acompañada de su esposo Osiris. Aunque no en todos se les ve la cara de felicidad, ya que Musashi, tiene una cara de tristeza y de un gran pesar, y atrás de el esta Chronos quien trata de aparentar felicidad al vernos a Anatis y a mi, pero en sus ojos oculta lamentación, al igual que la Reina Mauth, quien tiene a su lado a su hijo Amon.

Osiris quien parece ya estar totalmente recuperado después de lo que le ocasionó Neftis, se acerca a mi para pedirme disculpas por el error que cometió de haberme culpado por la muerte aparente de Isis, pero yo le comento que no tenga cuidado, ya que el no sabia acerca de los planes de Neftis y se dejo cegar por falsas mentiras, y que mejor agradezca en que tiene de nuevo a su amada Isis a su lado, a lo que le pregunto como fue que logro revivirla. Isis me responde que ella sospechaba desde antes de que Neftis la quería ver muerta, y que ya llevaba varios días ingiriendo una pócima de su propia creación para que en el menor contacto de algún veneno con su cuerpo, este reaccionara inmediatamente como si dejara de vivir, cuando en realidad, las toxinas naturales de su cuerpo, crearían anticuerpos mas fuertes para eliminar cualquier tipo de veneno, aunque al parecer el veneno de Neftis fue mas poderoso de lo que ella pensó, así que con ayuda de la Reina Mauth, fue revivida por así decirlo, con otra pócima para aumentar la fuerza de su sistema inmunológico, que no solo le dio fuerza a este, sino que también aumento la fuerza física, y tras decir esto se acerca a uno de los muros mas cercanos de la plaza y sin necesidad de juntar demasiado fuerza, ni de impulsar mucho su puño, logra hacer explotar por completo el muro por completo, argumentando que esto se logra sabiendo golpear en el punto exacto. Osiris queda sorprendido, al igual que todos los que estamos presentes a excepción de la Reina Mauth y de Chronos quienes parecen no inmutarse.

Anatis después de recuperarse tras haber quedado impactada por la demostración de fuerza de Isis, voltea a ver a todas partes en busca de alguien, y al saber de que se trata le pregunto si acaso esta buscando a Siptah, pero en este momento aparece Anubis, que luce totalmente normal sin la cabeza de chacal, y se acerca a Anatis para explicarle todo lo que sucedió entre el y Siptah.

Anatis escucha atenta la narración de los hechos de Anubis, y cuando Anubis se aproxima al punto importante, Anatis suelta una gran cantidad de lagrimas de sus ojos, hasta que por fin se suelta en grandes gritos de dolor y sufrimiento cuando Anubis le cuenta sobre la muerte de Siptah. Todos los presentes bajamos las cabezas y algunos lloramos, la mayoría al recordar lo que le sucedió, pero Anatis y yo porque apenas nos estamos enterando de la tragedia. Anatis comienza a golpear en lagrimas y con dolor el pecho de Anubis y le llama asesino, una y otra vez, mientras va cayendo poco a poco en sus rodillas, y Anubis trata de consolarla mientras la abraza, aunque sabe que en realidad no podrá remediar la muerte del amigo de ambos, así que Anubis también se suelta en lagrimas y le pide perdón a Anatis una y otra vez, hasta que Anatis decide levantar su rostro para ver los ojos de Anubis por un tiempo, y tras confirmar su dolor lo abraza fuertemente, ya que al examinar los ojos de Anubis, se da cuenta de que no fue su culpa y que no sabia lo que hacia y que solo estaba siendo manipulado por la codicia y avaricia de su madre Neftis.

Anatis le pregunta a Anubis por Neftis, pero Anubis aun continua en su dolor como para poder hablar, por lo que la Reina Mauth se acerca a

Anatis y le responde que una vez que termino la batalla y que Anatis y yo nos habíamos alejado volando a toda velocidad en dirección al atlántico, Neftis fue aprisionada por Yira y Yasak y tras decisión de la Reina Mauth, fue enterrada en las arenas del desierto, dejando únicamente su cabeza por fuera, para que los rayos del sol la consumieran poco a poco, para que sufriera por las atrocidades que había cometido, ya que una celda en algún calabozo, seria muy poca cosa para ella, pero aun así hubiera sido preferible, ya que fue un error haberla enterrado así, ya que este error le permitió escapar por la mañana, cuando una enorme fiera, con apariencia canina, de color negro, y con grandes orejas la saco del hoyo en el que se hallaba atrapada. De esta manera Neftis es llevada inconsciente en el hocico de la extraña criatura a toda velocidad por el desierto a una velocidad impresionante, lo cual pudo apreciar Kikis y Yira cuando se disponían a llevarle algunos alimentos a Neftis, y en cuanto observaron lo sucedido se lo informaron a la Reina Mauth, quien inmediatamente sospecho que se trataba de Seth, el hermano mayor de Neftis.

Anatis con una gran cólera le pide información a Kikis y a Yira si vieron hacia que dirección se dirigía esa bestia felina que mencionan, ya que quiere ir por Neftis a como de lugar, pero en ese momento Isis se para frente a ella, y le menciona que no se precipite sin pensar las cosas debidamente, que lo mejor será esperar, ya que esta segura que Neftis volverá a hacer acto de presencia, y si Seth esta con ella, que tenga por seguro que la volverán a ver, y en ese momento podrán obtener su venganza si así lo desea, de lo cual Isis desea con fervor. Anatis voltea a ver a todos nosotros quienes aun estamos con un gran dolor en nuestros corazones por la perdida de Siptah, y se da cuenta de la sabiduría de las palabras de Isis, por lo que decide aceptar la proposición de Isis y calmarse.

Tras el alba, el sol comienza a ocultarse, llenando el cielo de un color naranja hermoso, que en estos momentos nos acompaña en el sufrimiento que todos sentimos dentro de nuestros corazones, ya que en estos momentos estamos llevando a cabo el funeral de nuestro querido amigo Siptah en una pira de fuego, donde hace muchos años, aterrizo la nave con la cual escapamos del hundimiento de la isla de Shambala, en donde una vez cantamos victoria por estar vivos, pero que ahora todo es diferente ya que nos despedimos de un gran amigo, de un gran luchador, y del futuro líder de una aldea, cuya gene se encuentra con nosotros en estos momentos, al igual que los pobladores de la ciudad de Uaset que en su mayoría recuperaron su apariencia normal, con ayuda de las pócimas de Isis y de la Reina Mauth.

Anubis, Musashi, Sam, Anatis y un servidor, lloramos con gran dolor esta perdida, en especial Anatis, quien aun en el fondo, no solo quiso a Siptah como un amigo, o como un hermano, sino como algo más que en estos momentos ella no puede comprender, ya que sabe que quería tener algún futuro con él, tal vez algún día se llegue a dar cuenta de que era Amor lo que realmente sentía por él, pero jamás se dio cuenta de ello, y no se lo podrá expresar nunca más, ya que Siptah, jamás volverá a estar entre nosotros, ni a sonreírnos cuando el cometa una locura, ni a motivarnos con su personalidad tan vivaz y despreocupada, ya que el esta muerto, y fue gracias alas manos de alguien a quien podía considerar amigo y uno de sus mas grandes rivales que jamás haya tenido, Anubis, quien llora por la perdida y por la furia que lo cegó hasta el último momento, cuando ya todo fue demasiado tarde, y que daría su vida por volver a recuperar a su amigo, y de ser posible buscaría una forma de hacerlo, pero en estos momentos sólo se lamenta por la muerte de Siptah.

Musashi por su parte se siente demasiado triste, ya que Siptah le enseñó a disfrutar de nuevo de la vida, las peleas, y a sonreirle a todo lo bueno que el mundo puede ofrecer, algo que después de tantos años, no había vuelto a hacer, tras tantas muertes, sangre y destrucción que ha tenido que sobrellevar en el camino de su vida, en el cual ahora tiene que superar la perdida de un gran amigo honorable como lo fue Siptah.

Yira, Yasak y Fenril, también lamentan la perdida de Siptah. Fenril, como rival y como compañero de batalla, mientras que Yasak y Yira, solamente como compañero de batallas, pero en cambio Kara, le duele la perdida, ya que Siptah fue para ella como un hermano, debido a que mi viejo amigo Bes, siempre los cuido a ambos desde niños, ya que ellos jamás conocieron a sus verdaderos padres, pues al parecer hubo una gran batalla hace mucho tiempo, entre su aldea, y la ciudad de Heliópolis, en donde varios perdieron la vida, entre ellos, los padres de ambos. Pero a pesar de ello, Kara vio crecer a Siptah y siempre cuido de él, hasta que conoció a Anubis y a Anatis, y entre los cuatro tuvieron muy buenos momentos en su niñez y la adolescencia de Kara, quien actualmente es una mujer por demás hermosa, quien se ha comprometido en matrimonio con Fenril, quienes no lo comentan a sus amigos, hasta que tengan decidido el día de la boda.

Sam mientras tanto, no deja de ver a Anatis quien ha cambiado por completo su apariencia, con ese cabello azul, acompañado de su piel blanca, que la hacen sentir algo desconcertada, con una sensación que jamás había sentido, algo familiar, con referente a la energía, que no encuentra sentido y que quisiera saber de que se trata, pero de igual manera lamenta la perdida de Siptah, ya que el le enseño a ser espontánea en la batalla y a ser un poco mas alegre y no tan antipática como solía ser cuando llego por primera vez a la ciudad de Uaset acompañada de Musashi y del misterioso Agharti Chronos quien está a su lado, y la toma del hombro, haciéndole una seña de que deben irse, al igual que a Musashi que esta muy cerca de ellos, por lo que ambos comprenden que es momento de partir para ambos, así que lo acompañan sin que alguien lo note, a excepción de la Reina Mauth, ya que ella y Chronos se despiden con una leve sonrisa, como deseándose buena suerte. Y no solo ella se percata, ya que desde el torneo de artes marciales de la Reina Mauth, no he dejado de percibir el peculiar rastro de energía de Chronos, por lo que siento como se aleja, y volteo a verlo, justamente en el momento en que sube a un caballo, al igual que Sam y Musashi, quienes descienden cabalgando por las escaleras de la plataforma de donde nos encontramos, y atraviesan las calles de la ciudad hasta la puerta de la ciudad amurallada, por donde salen cabalgando hasta perderse en las dunas del desierto, acompañados de un cielo semiazul a falta de sol que se acaba de ocultar en el ocaso para darle la bienvenida a la noche con su manto estelar. En donde de repente aparece y desaparece un gran destello de luz color azul, e inmediatamente después de este incidente, dejo de percibir la energía de Chronos, al igual que la de Musashi y la de Sam, lo cual me desconcierta, ya que parecería como si se hubieran esfumado de la faz de la tierra, por lo que decido levantar el vuelo, lo cual desconcierta a los asistentes del funeral de Siptah, pero esto me tiene sin cuidado, ya que Chronos guarda muchos secretos que no me agradan del todo, por lo que aumento la velocidad a donde sentí el ultimo rastro de energía de los tres, pero al llegar ahí me llevo una enorme sorpresa al encontrarme con un símbolo en forma de una pirámide, con cuatro picos elevados en su cúspide, y con caracteres extraños dentro de esta pirámide, como si fuera un código extraño formado de rayas y circulos, algo que jamás había visto sinceramente, a excepción del brazalete que llevaba puesto Siptah y que ahora le pertenece a Anatis en forma de tobillera.

Con mi fuego, que no se porque razón ahora surge de color azul y con mas potencia acompañado de energía, decido trazar el contorno de esta extraña pirámide, al igual que remarco los demás caracteres, para poder estudiarlos más tarde y tratar de comprender el enigma que esconde este personaje llamado Chronos, ya que sospecho que nos encontraremos con él en un futuro muy incierto.

¿FIN?